Reading in the Dark

在黑暗中閱讀

SEAMUS DEANE

薛穆斯・丁恩

目錄

導讀

北愛爾蘭歷史背景

謝志賢

討論愛爾蘭文學，英、愛兩國的糾葛是其中一個無可必免的議題，北愛爾蘭更是這個議題的燙手山芋，至今仍無皆大歡喜的解決方案。北愛與愛爾蘭的衝突之所以難解，因為它不是單純英、愛兩國的政治問題，還包括了因此產生的宗教對立與階級對立。

北愛議題的源起，可追溯至十七世紀初的「奧斯特省移民（Plantation of Ulster）」政策。奧斯特省位於愛爾蘭島的東北方，直到十四世紀前，奧斯特是愛爾蘭島唯一未受英國掌控的省分，仍由原來的蓋爾族部落統治，並持續反抗英國的統治。然而到了十七世紀初，歷經「九年戰爭（Nine Years War 1594-1603）」與「金塞爾戰役（Battle of Kinsale 1601）」的挫敗，蓋爾族部落領袖修・歐尼爾（Hugh O'Neill）與其同伴被迫於一六零七年流亡歐洲（Flight of the Earls），奧斯特的統治權也因此落入英國政府手中。當時的英王詹姆士一世為加強對愛爾蘭的掌控，便強制徵收了奧斯特省原本屬於這些部落領袖的土地，並以其為誘因，獎勵「說英語」的新教徒移民至北愛爾蘭[×]。

早在「奧斯特省移民」政策執行之前，其實便有許多蘇格蘭人移民至奧斯特省，但規模不大，並未產生太大的影響。而由英國政府主導的獎勵其對象略分為四類：大公司、執行者（undertaker）、退伍軍人（servitor），及為英國建功的「忠貞」愛爾蘭人（deserving Irish）。針對大公司，英國政府對設在倫敦的布商、鹽商、雜貨商等恩威並施，令其以低租金承租北愛爾蘭德里（Derry）一帶的土地，並帶領大量新教徒移民於德里周遭建立城鎮與商業開發。德里也改名為「倫敦德里（Londonderry）」，一方面表彰這些來自倫敦公司的貢獻，二方面加強這些新教徒移民對英國本土的認同。第二類「執行者」則是有錢人與王室成員，這些人手上掌握大量資源與權力，能在奧斯特省建立自給自足的純英國新教徒

× 本文所指的新教徒特指的是信奉英國國教（Church of England，又名聖公會）的新教徒。如文中有提及其他新教教派，例多數蘇格蘭人所信奉的長老教會（Presbyterian）或清教徒（Puritans），會特別標註說明。英國國教源起於英國國王亨利八世於一五三零年左右因其婚姻問題與羅馬教廷起衝突，便宣佈英國教會脫離羅馬天主教教會，並自封為英國教會的最高領導人。英國國王也因此能實質掌控教會的運作，而且國教的儀軌進行也都是使用英語，而不是天主教會所使用的拉丁文。

殖民地。除了獎勵大筆土地，英國政府還要求這兩者在其領地內不得將土地租給愛爾蘭本地農民，而是自英國本土帶進新教徒移民。在當時平均每千畝的土地就需要引進二十四位新移民才能管理。

移民政策獎勵對象的第三類則是退伍軍人，包括士兵與軍官。英國政府獎勵這些退伍軍人移民至愛爾蘭，除了要借助他們的軍事專長來協助對抗奧斯特當地的反英勢力，另外將這些退伍軍人遷至愛爾蘭，也減少了英國本土所要面對的社會問題。但相較於對前兩者動輒獎勵上千英畝的土地，退伍軍人所得到的土地面積便小了許多，而且這些退伍軍人也可以將土地租給本地農民，因為英國政府認為如果發生抗爭，這些退伍軍人有能力來弭平爭端。最後一類的獎勵對象則是在九年戰爭為英軍建功的愛爾蘭人，他們得到了約百分之二十的土地。與其說這些愛爾蘭人是效忠英國政府，還不如說他們是不滿歐尼爾等部落領袖的統治，而選擇向英軍靠攏。這些愛爾蘭人在九年戰爭主要是擔任英軍的眼線，將愛爾蘭軍隊的情報傳達給英軍，也是英軍最終能得到勝利的最大功臣。對英國政府而言，獎賞這些「忠貞」愛爾蘭人自不為過，而且這些新愛爾蘭地主也可以將土地租給本地農民，但土地的管理、買賣，與繼承全都得依照英國政府的規定。當時英國政府尚未全面實施對愛爾蘭天主教徒的壓迫，可是「奧斯特省移民」政策已禁止愛爾蘭人（包括親英愛爾蘭人）

購買土地，所以不論是新教徒移民或是親英愛爾蘭人因財務困難要販賣土地時，就只能賣給來自英國的新教徒移民。此消彼長，到了一六四零年左右，屬於本土愛爾蘭人的土地範圍都已遠離富饒的河谷，並集中在土壤貧乏的區域。看似優惠親英愛爾蘭人的政策，實際上仍透過諸多限制來削弱愛爾蘭人的本土勢力。

這段期間，約有一萬蘇格蘭人與三萬英格蘭新教徒移民至奧斯特省。一六零零年全愛爾蘭的人口約五十萬人，首都都柏林當時的人口甚至不到五千人，而這些位在奧斯特省的新移民便佔了將近總人口的十分之一，顯示英國政府想在短時間透過大量移民與強力的殖民政策來改變愛爾蘭島居民組成，並藉此改變愛爾蘭議會的政治生態。配合奧斯特省的大量新移民，英王詹姆士一世也增加了新的選區與議員席次，除了加強對愛爾蘭的政治掌控，也開始排除原有「舊英國人（old English）」與天主教徒在議會的勢力。

英國政府的如意算盤是想藉由奧斯特省移民政策以及後續的高壓政策，由北愛逐漸壓制天主教徒與本土愛爾蘭人，最後取得對愛爾蘭全島的控制。藉由增加親英勢力在愛爾蘭議會的席次，英國政府確實掌控了議會政治與法令訂定，並藉由制定懲戒法（Penal Laws）來打壓愛爾蘭天主教徒。隨時間演進，各時期懲戒法的內容都不盡相同，但大致的原則包括：天主教徒不得擔任公職、不得進入議會參政、不得擁有槍隻或加入軍隊、不得擔任司法相關職務、不得興學、不得進入三一學院[x]就讀，也不得將孩子送到海外求學等。懲戒法的規定完全剝奪了天主教徒的參政權、防衛權、司法權、與受教權；沒有權力、沒有保護、沒有知識的愛爾蘭天主教徒完全無法爬上社會中、高階層的地位，直接被排除在國家運作之外。而除了在「奧斯特省移民」政策明定的愛爾蘭人不得購買土地，懲戒法還規定當天主教徒過世後，其所擁有的土地須強制均分給他所有的兒子，如此一代傳一代，土地便越分越少，財產也自然越來越少。但如果過世者的長子改信新教，那他便能獨得所有的土地。到了一七七零年代，整個愛爾蘭島僅剩百分之五的土地是屬於天主教徒，其餘皆歸新教徒所有。

英國政府透過高壓的殖民政策來管理愛爾蘭，並以不平等手段與法規逼迫其人民改信新教，但實際執行上卻不如所預期。到了十八世紀，仍約有七成的愛爾蘭人為天主教徒，僅有奧斯特省因為移民政策，新教徒居民的比例才高於天主教徒居民，這也成為日後「英愛條約」（Anglo-Irish Treaty）簽定，造成愛爾蘭南北分裂的遠因。新教徒雖為少數，但種種優惠政策讓他們成了優勢階級（Protestant Ascendency）。身為地主、新教神職人員，以及知識分子，新教徒掌控了愛爾蘭大部分的權力，也將社會切割成為新教徒與非新教徒的階級之分，隨著時間過去，盎格魯・愛爾蘭階級（Anglo-Irish，原意為英裔愛爾蘭人）也成了這個優勢階級的泛稱。為了鞏固自身的利益，盎格魯．愛爾蘭階級自然希望愛爾蘭與英國政府的關係越緊密越好。可是到了十八世紀中後期，少數在愛爾蘭出生的盎格魯．愛爾蘭階級或是對自己的出生地產生認同與歸屬感，或是在與英格蘭本島的居民交流後發現自己是英國人眼中的次等公民，又或是同情受到英國政府不平等待遇的天主教徒等種種原因，他們逐漸成為帶領愛爾蘭人反抗英國，走向獨立的帶頭勢力。

在英國統治期間，愛爾蘭本土雖有數次在英國內憂外患時「趁你病，要你命」的起義抗爭，但人數與武力上的劣勢、戰略決策錯誤，以及間諜將內部情報洩露給英軍，都導致抗爭失敗以及英國政府更加嚴格的監控。直到一九一九年的愛爾蘭獨立戰爭，愛爾蘭共和軍（Irish Republican Army，IRA）採用了遊擊戰及暗殺英軍間諜與要員的戰略，才逼迫英國政府停戰。一九二一年七月，愛爾蘭共和軍指派葛里夫斯（Arthur Griffith）與柯林斯（Michael

× Trinity College，由英女王伊麗莎白一世於一五九二年創建，位於都柏林市中心，至今仍是愛爾蘭國內排名第一的大學。自懲戒法頒佈後，三一學院便禁止天主教徒入學，這項限制一直到一九七零年才解除。主因並不是三一學院不接受天主教徒，而是天主教教會禁止教徒就讀新教徒主辦的學校。

Collins）等五人代表抵達倫敦，並與英國首相勞合．喬治（Lloyd George）及其他代表協商停戰協議，但當時愛爾蘭的領導人戴瓦勒拉（Eamon de Valera）卻因為不明原因，拒絕加入愛爾蘭代表團。經過幾個月的爭辯，雙方終於在十二月初擬出英愛條約的內容：英國王權勢力全面撤離愛爾蘭，並承認愛爾蘭為擁有自主權的自由邦（Free State），但如同英國當時的其他領土如加拿大與澳洲等，英國國王仍為愛爾蘭的君主。新的愛爾蘭議會成員就職時，也需宣誓效忠英王。另外，為避免親英統一派（Unionist）居多的北愛爾蘭×在愛爾蘭成為自由邦之後遭受天主教徒報復，英國政府要求在條約簽訂後的一個月內，北愛爾蘭可以選擇加入自由邦或是仍由英國統治。

愛爾蘭代表團知道這樣的條約內容離實質獨立仍有段差距，也知道回到愛爾蘭國內定會遭受非議，但一方面勞合．喬治下了最後通諜，如果愛爾蘭方不同意簽字，那英國將會對愛爾蘭發動更慘烈的戰爭，另一方面柯林斯認為這條約至少給了愛爾蘭「得到自由的自由」。一九二一年十二月六日凌晨兩點二十分，英愛雙方都在條約上簽名同意其內容。在簽名時，英國代表伯肯赫德（Birkenhead）說：「今晚我可能簽下了我政治生涯的死刑執行令。」柯林斯聽了則回道：「我可能簽下了我人生的死刑執行令。」

葛里夫斯等人回國後，愛爾蘭議會果然針對接受英愛條約與否分成兩派激辯。反條約派為首的便是戴瓦勒拉，但他們反對的並不是條約將愛爾蘭分裂成南北，而是對英王發誓效忠一事；如對英王效忠，不就顯示愛爾蘭名義上仍屬於英王的領土，那為了讓愛爾蘭獨立成為共和國而流的血不就白流了？幾番辯論後，一九二二年一月七日，愛爾蘭議會投票的結果為六十四票對五十七票，支持條約派以七票之差勝出。兩天後戴瓦勒拉便宣佈辭去總統一職，議會也決議由葛里夫斯接任，戴瓦勒拉則帶領反條約派上街頭尋求人民支持。甫結束與英國惡戰的愛爾蘭因無法對脫離英國後的自治情況取得共識，而分裂為支持條約的自由邦軍與反對條約的共和軍，半年後便爆發內戰。內戰持續了十個多月，最後共和軍戰敗投降才結束，但因內戰造成的死傷人數卻比獨立戰爭還要多。總統葛里夫斯因心力交

× 在「一九二零年愛爾蘭政府法案」，英國政府將愛爾蘭島分成南北，東北方的六個郡因為親英的統一派（Unionist）居多，所以規劃為北愛爾蘭（North Ireland），其餘的郡則為南愛爾蘭。這個法案原來是想讓南北愛爾蘭各自設立議會，並由愛爾蘭總督（Lord Lieutenant or Ireland）成立內閣來治理。這個法案的長遠目標是希望漸漸將兩個議會合而為一，並將整個愛爾蘭帶向與英國統一之路。但在一九一九年愛爾蘭獨立戰爭爆發，這個法案雖在一九二零年年底正式通過生效，卻無法實施。直到英愛條約簽訂之後，英國政府才依據這個法案在北愛爾蘭成立自治議會。

瘁而病死，柯林斯則一語成讖，在內戰期間遭到共和軍暗殺死亡。帶頭反對英愛條約的戴瓦勒拉則暫時淡出政壇，直到一九二七年才創立「命運士兵黨（Fianna Fáil）」，重回愛爾蘭國會，並於一九三零年代開始推動新憲法的撰寫。一九三七年，戴瓦勒拉成為愛爾蘭總理，並於同年實施新憲法以取代一九二二年愛爾蘭自由邦的憲法。一九三七年版憲法的重大修改除了將愛爾蘭與愛爾蘭人民的主權與英國脫鉤，更明訂了愛爾蘭的國土包括了北愛爾蘭，而只要在愛爾蘭島上出生的都是愛爾蘭人。這樣的認定也讓較激進的新芬黨（Sinn Finn），與在內戰後便被政治邊緣化並轉至檯面下的愛爾蘭共和軍開始在北愛與英國本土進行暴力活動，欲將北愛奪回。

《在黑暗中閱讀》的故事背景便是這段「山雨欲來風滿樓」，IRA與當地英軍已開始有零星交火，但尚未發展成全面衝突的時期。

小說簡易導讀

《在黑暗中閱讀》是愛爾蘭詩人與學者薛穆斯・丁恩（Seamus Deane）目前唯一出版的一本小說，丁恩在數次訪談中都曾提及小說中部分內容或橋段皆取材自他自己的成長經驗。故事的背景是設在北愛爾蘭第二大城德里市，由一名無名敘事者敘述自一九四五至一九七一年，從童年至成人，從無心至有意，從單純好奇艾迪大伯的下場，至最終拼湊出糾纏家族三個世代的秘密真相，在黑暗中閱讀家族史與國族史的經歷。

故事開始前，丁恩便引了愛爾蘭民謠〈她從市集走過〉中兩句歌詞「常言道，每對結縭的愛侶／總有一人懷著未曾訴說的哀淒」點題，暗示「說不出口的秘密」是引領故事發展的重要主題之一，而這秘密便是艾迪之死的緣由。在小說中，這個秘密也因應不同角色轉化為不同的形態：對敘事者的父親，艾迪之死是讓他在外人面前抬不起頭的羞愧，也是導致家族宿仇加劇的主因；對敘事者的母親，艾迪之死在小說前半段是蟄伏在暗處，卻又不時縈繞心頭的鬼魂，到了後半段更成了讓她進入沉默的枷鎖；對旁人，這個秘密或者是閒聊時的八卦，又或是成了口耳相傳的鬼怪奇談；對敘事者，這秘密是他身分認同的關鍵，去拼湊出隱藏在後的真相成了從少年變成大人的成長課題。然而，去探究艾迪的下場，對敘事者不單只是追溯自己家族的過去，也顯示了瞭解國家因信仰與政治因素而分裂，是如何影響到家人之間的關係與個人的成長。

個人、家庭與國家三者最明顯的連結便是在與小說同名的〈在黑暗中閱讀〉這一章。在這一章，敘事者找到了母親年輕時看的小說《珊番渥》（Shan Van Vocht）。「珊番渥」是愛爾蘭文，意思是窮老太婆，但它也是愛爾蘭的別名。愛爾蘭作家經常用貧苦老嫗的形象來具現愛爾蘭在英國統治下的困苦生活。最著名的例子便是格雷葛利夫人（Lady Gregory）與葉慈（W. B. Yeats）合著的《胡立漢之女凱撒琳》（Kathleen Ni Houlihan）一劇，劇中是以一七九八年起義為背景，愛爾蘭化身為窮老太婆步入民家，鼓吹愛爾蘭青年為她上戰場，犧牲生命，抵禦外侮。丁恩所虛構的這本《珊番渥》與《胡立漢之女凱撒琳》相同，亦是以一七九八年起義為背景，因此當敘事者在閱讀這本小說時，他不只是在閱讀虛構的故事，也同時在閱讀愛爾蘭這個「窮老太婆」的歷史。而敘事者母親在扉頁上的簽名更複雜了被閱讀的對象：「我媽在扉頁寫了她娘家的姓。我盯著它看。即使墨水已經褪色了，但那些字母還是很清楚。它們對我來說很陌生，就好像它們代表的是她成為我認識的媽媽之前的某個人。」對敘事者，母親娘家的姓代表的是另一個身分，一個成為他母親之前的陌生人，也是一段他所不知道的過去，即使已然褪色淡去，卻仍清晰可見。也因此閱讀《珊番渥》對敍事者而言，也是在閱讀自己母親的過去。透過這個簽名，丁恩巧妙地將愛爾蘭的歷史與敍事者母親的過去連結，也將敍事者的個人身分、家庭與國家三者串連在一起。

另一個將《珊番渥》與敍事者母親連結在一起的便是情節安排。《珊番渥》雖是以一七九八年起義為背景，但主要是羅伯與安的愛情故事。與《胡立漢之女凱撒琳》相似，羅伯為了國家大義，決心離開凱撒琳，放棄愛情。敍事者雖未明說故事的細節，但在他自己與女主角安的纏綿幻想中，卻暗示了故事是以悲戀結尾：「所以就換我來跟她說話，跟她說她有多漂亮，還有我怎樣都不會去參加叛亂，只會坐在她耳旁低語，讓她知道現在就是永恆，而不是在未來槍戰與砍殺結束的時候，當人生剩下的就只是在晚上聽著風在墓地與空曠的山坡嚎哭的時候。」這個因為國家大義而導致的悲戀結局，可說是丁恩對極端國族主義的回應；比葉慈在一九三八年對《胡立漢之女凱撒琳》的晚年省思：「是否我那劇作送了／某些人至英軍槍火下」[×]來得直接具體，卻又不若喬伊斯在《青年藝術家的畫像》

× 出自葉慈詩作〈人與回聲〉（Man and the Echo）。

（A Portrait of the Artist as a Young Man），借主角斯提芬之口責難：「愛爾蘭是隻吞食己出豬崽的老母豬」來得苛刻。丁恩的反思呈現了在國家大義所帶來的激情退去後，逝者已矣，但留給生還者的不見得是光明的未來，反而是淒涼的懊悔。但那份懊悔並非來自於葉慈與喬伊斯文中為愛爾蘭獨立而亡的青年人，而是在家中苦等守候丈夫、兒子、兄弟，或情人歸來的女性；對丁恩來說，「珊番渥」並非是「有著女王般步伐的年輕女性」×所化身的老媼，亦不是食子的惡虎，而是心懷哀淒的老太婆。丁恩更以敍事者母親的遭遇體現那份哀淒：在結婚前，敍事者母親曾有段悲戀，愛人麥伊亨尼拋棄她，娶了她妹妹凱蒂，卻在凱蒂懷了米芙之後又棄她而去。敍事者的母親便是麥伊亨尼失蹤的關鍵。而在這一章，當敍事者在黑暗中探究「窮老太婆」的過去，想像他與安的浪漫情節，也暗示了他將在現實生活探索母親在「她成為我認識的媽媽之前的某個人」的過去，並拼湊出她這段悲戀背後的真相。

但真相究竟是什麼，就連敍事者自己也不確定，僅能從「在實際的經過與我所想像的之間，我之前聽過的，我一直聽到的」之間去判斷，而始料未及的是，他越是去探索真相，越是瞭解這段過去，便越讓他與家人、朋友，甚至是自己疏離。從破碎的真相中，敍事者或許解出了瘋子喬的謎語：「在某個地方，有人死了卻成為鬼繼續活下去，還有人像鬼一樣活著卻像個男人一樣死去，還有人本來應該像個男人一樣死去，卻為了像鬼一樣活下去而逃走。那是什麼地方？」但解開後，他卻成了糾纏母親內心，提醒她深深罪惡感的活鬼魂，母子關係也因此不復過往。

《在黑暗中閱讀》裡的鬼怪奇談通常都不是單純的靈異體驗，而是用來包裝某些不堪提起的回憶的偽裝，這也讓鬧鬼（Haunting）一詞變得複雜。在英語，haunt一字本就有兩個意思：一是遇見鬼魂的體驗，二是因為回憶或情緒所產生的內心糾結。在小說裡，丁恩便利用了這兩層意思將鬼魂與過去連結，並將回憶鬼魅化——鬧鬼（haunting）不是單純「見鬼了」，亦是不斷回想起不堪過去的精神折磨。更特別的是，「鬧鬼」不只會發生在個人身上，更會成為「病灶」在家族裡蔓延，並成了「有害的血緣」世代相傳。凱蒂故事裡的麥拉夫林家族、布朗神父大驅魔的葛雷納漢家族，甚至是敘事者自己家族裡的宿仇，都是

× 出自《胡立漢之女凱撒琳》結尾，劇中派翠克被問及是否有看見老婦人，他回答：「我沒看見，但我看見一個年輕女性，而她有著女王般的步伐。」

將不可明說的過去轉化成了鬼怪奇談，藉此掩飾家醜與內心的罪惡感。然而這個轉化過程也讓敘事者的雙親、外公，以及遇見狐狸精的賴瑞陷入了無法自拔的沉默。敘事者的母親更因為承受不住罪惡感，情緒崩潰，並封鎖自己的內心與過去的鬼魂為伍。

事者對過去種種的好奇心，最後演變成為執著，就如他的母親所說：「我覺得你有時候著魔了。你就不能讓過去的事過去嗎？」這份執著也深深影響了敘事者的成長。就敘事角度、風格、與結構來看，《在黑暗中閱讀》乍看是本成長小說（bildungsroman）。通常成長小說的主角在成長過程中都會經歷身分認同的疑難，但最後他／她克服困難，尋得了人生方向，順利在心理層面脫離青少年的迷惘，成為成熟的大人。《在黑暗中閱讀》的敘事者在故事裡確實遭遇了身分認同的困難——被誣陷為告密者、與雙親及手足的疏離感等——為了順利渡過這個危機，他必須解開艾迪之死與家族宿仇的秘密，好讓自己釋懷，並找到屬於自己的未來。可是在解謎的過程，他越陷越深；生理上他是長大了，但心理上他卻越走越回頭，最後就是停留在過去。如果鬼魂在某種程度是過去罪惡感與悔恨的投射，母親是因為看得見鬼魂而封鎖自己，那敘事者成了糾纏她的鬼魂之一也表示他一直活在過去，甚至成了過去本身。當敘事者針對母親說他對過去著魔似的執著，他在內心反駁：「但那不是過去啊而且她也知道。」這句話似非而是地暗示了敘事者與其母兩人的處境

——過去不是過去，而是他們的現在與未來，但他們都無法從過去走出來。如果敍事者的現在與未來就是過去，那他在心理上的成長自然便受限，甚至是停滯不前。這或許也解釋了小說最後兩章竟相隔十年的時間。十年來，敍事者就像個局外人，默默看著事態與家人的變化，但也因為選擇沉默，他與雙親的關係仍未見好轉。在最後一章，敍事者簡述了十年後雙親的生活、凱蒂與家族的相處，還有他的兄弟們如何遭受英軍的暴行，卻對自己這段時問的生活隻字未提，因為他就是活在過去，沒有成長，也因此沒有值得交待的情節。即使他最後終於補完了艾迪之死的關鍵，但自始至終，他都未能建立自己人生的論述。

丁恩於小說中，藉由敍事者未能成長的人生，暗示了在英國殖民下且分裂的愛爾蘭長久以來也未能成長，總是一犯再犯過去的錯誤。個人、家族與國家三者在《在黑暗中閱讀》裡從未是獨立的個體，而是三位一體的存在，三者彼此影響，彼此牽連。在愛爾蘭文學，這雖不是新鮮的主題，但丁恩將敍事者母親做為「窮老太婆」的再現，卻讓讀者省思極端國族主義背後鮮被提起的淒涼。在這本小說，丁恩仔細建構了每個事件與每個章節，讓它們緊緊相扣；某個莫名的橋段，可能是解開之前或之後謎題的線索。而讀者，就得和敍事者一樣，在黑暗中摸索與閱讀，尋得方向。

Reading in the Dark

常言道，每對結縭的愛侶

總有一人懷著未曾訴說的哀淒。

〈她從市集走過〉[×]

× 〈她從市集走過〉（She Moved through the Fair ）是首傳統愛爾蘭民謠。這兩句原文為：

The people were saying no two were e'er wed
But one had a sorrow that never was said.

PART 1

CHAPTER 1

第一章

樓梯

一九四五年二月

樓梯那兒，有股清楚且簡單的沉默。

那樓梯間短短的，總共才十四階，全鋪著油氈，上頭原有的花紋其磨損程度讓它看起來就好像模糊的記憶一般。走上第十一階來到樓梯轉角，從那兒的窗戶總能看見外頭的大教堂與天空。再爬三階便到了大概有六呎長的樓梯平台。

「別動，」我媽站在平台那兒說，「不要經過那扇窗。」

我站在第十階，她在平台。我能碰到她。

「有個東西在我們之間。一個影子。別動。」

我沒想動。我著迷了。但是我沒看見什麼影子。

「有人在那兒。一個不高興的人。下樓去，兒子。」

我退了一步。「那妳怎麼下來？」

「我在這裡待一會兒它就會走開了。」

「妳怎麼知道？」

「我會感覺到它走了。」

「那如果它不走呢？」

「它一定會的。我不會待很久的。」

我就站在那兒，抬頭看她。那時我還愛她。她個頭小而且總是很焦慮，但她並不真的害怕什麼。

「我確定我可以走到妳那兒啊，跳個兩次就好了。」

「不行，不行。天知道會發生什麼事。我感覺到它就夠糟了；我不想你也感覺到。」

「我不在意感覺到它啊。它就有點像是溼衣服的味道，對不對？」

她笑了。「不是，一點都不像。別說服自己相信這些東西。就下樓去吧。」

我下樓了，興奮地坐在有著紅色火焰與黑色鉛灰的火爐旁。我們家鬧鬼了！我們家有鬼，就在大白天。我聽見她在樓上走動。整棟房子都微微顫抖。不管我走到哪兒，它就在我面前屈服，然後在我後頭安頓下來。過了一會兒她下來了，一臉蒼白。

「妳看到什麼了嗎？」

「沒有，沒什麼，什麼都沒有。只不過是你老媽神經過敏了。全都是幻覺。那兒什麼都沒有。」

她還來不及多說什麼，我便衝到窗戶那兒，但什麼都沒有。我凝視著那迷茫的黑暗。我聽見臥房時鐘的咔嗒聲以及風吹穿過煙囪的聲音，然後看著當我手指滑下，扶手上的灰色微光突然在我手上消失的樣子。就在廚房門四步前，我感覺到有人在我背後，然後轉頭看見一道暗影從窗戶那兒離開。

我媽在爐邊無聲哭泣。我走過去坐在她旁邊的地板上，然後凝視鎖在火爐欄杆後頭的一抹紅。

消失

一九四五年九月

有人告訴我們說，綠色眼珠的人跟小妖精很親近；它們只是暫時待在這裡，尋找它們可以帶走的人類小孩。如果我們遇見有一隻綠色眼珠和一隻棕色眼珠的人，我們就要在胸前劃十字，因為那個人就是之前被小妖精帶走的人類小孩。那隻棕色眼珠表示它曾經是人類。當它死後，它就會回到藏在唐尼哥山脈後頭的那些妖精土丘，不像我們其他人是去天堂、煉獄、靈薄獄，或是地獄[×]。這些奇怪的目的地讓我興奮，特別是當神父來到瀕死之人

× 天主教認為人死後，靈魂會進入三個不同的世界：無罪之教徒進入天國（Paradise），惡人與有罪的異教徒會進入地獄（Inferno），而有罪的天主教教徒會進入煉獄（Purgatory）來洗滌他們的罪，當罪業洗滌完之後，方能進入天國。而靈薄獄（Limbo）則是一出生未曾受洗便夭折的嬰孩或是在耶穌基督誕生之前的善人，他們的靈魂雖無罪卻不幸未能受洗成為天主教徒，只能在靈薄獄中遊盪。

家裡進行臨終聖禮或臨終抹油禮的時候。這是為了不讓那個人下地獄。地獄是個很深的地方。如果你掉進地獄，就會在半空不斷翻轉，直到黑暗把你吸進去一個很大的火焰漩渦，然後你就會永遠消失。

我姐姐艾莉許是家中年紀最大的小孩。她比李恩大兩歲；李恩是老二，比我大兩歲。而其他人就隔一年或兩年出生——吉拉、埃門、烏娜，還有笛兒卓。艾莉許與李恩帶我跟他們一起去達菲的馬戲團看有名的班布茲倫，他是表演消失術的魔術師。那座帳篷高到就好像那些支柱是集合在吊架燈照不到的黑暗中。就在那些長凳的陰影中，我站在那些綁滿繩子的其中一根支柱底座旁邊，看他穿著高筒靴、高禮帽，褲腰高過他那顆像氣球般肚子的彩色條紋長褲，還有那件當觀眾鼓掌時他就會翻蓋上來的紅色燕尾服，他這樣看起來就像突然著火的樣子。接著，那頂黑色高禮帽又再出現，彷彿火突然熄滅了。他從空中、他的嘴巴、口袋，還有耳朵裡掏出珠寶還有撲克牌還有戒指還有兔子。當東西都不再消失了，他就從那撮巨大的鬍子後頭對我們微笑，漲起他那顆彩色條紋的肚子，舉起高禮帽致意，輕輕拂了拂那件火焰外套，碰的一聲消失在煙霧之中，聲響嚇得我們跳到半空。但是他的鬍子還在，就在他剛才的位置，在半空中用錯誤的方式微笑。

大家都笑了而且拍手。然後那撮鬍子也消失了。大家笑得更大聲。我偷偷側瞄了艾莉許與李恩。他們也在笑。但是他們真的都知道發生什麼事嗎？班布茲倫先生真的沒事嗎？我抬頭看往黑暗，有點害怕我會看見他的靴子和彩色條紋肚子航向那個吊架燈照不到的黑暗而去。李恩笑了說我是個蠢蛋。「他是從機關門下去的，」他說。「他就在那裡面，」他說，邊指著那個正被兩個人推出去的平台，他們後頭還跟著個孤獨恍神的遊蕩小丑，一手拿著班布茲倫先生的帽子，邊擦去眼中的淚水。大家都在笑而且拍手，但是我覺得很不自在。他們怎麼能這麼確定？

艾迪

一九四七年十一月

那一年是個嚴冬。大雪覆蓋著那些防空洞。晚上，從樓梯窗戶看出去，原野成了孤寂的白色樂園，被星光照亮的風讓玻璃震動得像片不受拘束的黑水，還讓窗檯上的冰打著呼，而我們都入睡後，陰影照看一切。

那年冬天，鍋爐炸開了，流出來的水從後刺穿爐火，隨著一陣羽狀煙霧和憤怒嘶聲熄滅。那真的很淒涼。沒水，沒暖氣，沒半毛錢，而且聖誕節要到了。我爸找了我舅舅，也就是我媽的兄弟，來幫他修理。來了三個——丹、湯姆，還有約翰。湯姆是有錢人；他是建築承包商，雇別人來工作。他有顆金牙還有一頭捲髮還穿西裝。丹是個皮包骨而且沒有牙齒，他的臉就在嘴巴周圍皺成一團。約翰有煙槍的嘶吼聲，還有能治癒人的笑聲。他們會邊工作邊聊天，說了一個接著一個的故事，而我就跪在桌子旁的椅子上，一邊搖前搖後，一邊聽。他們的故事包括了賭鬼、酒鬼、硬漢、騙子、第一流的泥水匠、拳擊賽、足球員、警察、神職人員、鬧鬼的、驅魔的，還有政治謀殺。有幾個他們不斷說到的重大事件，像是IRA[×]和警察在製酒廠發生大槍戰的那天晚上，艾迪伯伯就是在那時候失蹤的。那是一九二二年四月。艾迪是我爸的哥哥。

幾年後有人在芝加哥看見他，其中一個人說。

是在墨爾本，另一個說。

不對，丹說，他在槍戰那時候死的，屋頂塌下來時，他摔進了正好爆炸的威士忌大酒缸。確定的是他再也沒回來，不過我爸完全不談論這件事。舅舅們總會多花點時間談這件事，就好像在等他回應或是插嘴說出什麼決定性的東西。但他從來沒有。他要嘛起身到外面拿煤炭，要嘛就是儘快轉移話題。那總讓我覺得很掃興。我想要他把那個故事變成他自己的，然後插進他們的談話。但他老是不太參與對話，特別是關於那個主題。

還有一個故事是那個讓布朗神父一個晚上就黑髮變白髮的大驅魔。他們說，那個幽靈

× IRA，愛爾蘭共和軍（Irish Republican Army），在一九一九年為愛爾蘭獨立與對抗英軍而成立的志願部隊。可是在獨立戰爭結束後，因為針對英愛條約中北愛爾蘭六郡仍屬英國領土一事無法取得共識，因此分裂而導致內戰，最後由贊成條約的一方獲勝，而反對條約的一派便繼續以愛爾蘭共和軍之名持續在英國本島與北愛境內進行暴力活動。

生前是一名水手，他老婆趁他不在時勾搭上了另一個男人。他回來後，他老婆就再也不願意和他住一起。所以他就在對面的房子弄了個房間，然後就每天盯著對面他的舊家，幾乎足不出戶。然後他死了。一星期後，那個情夫在樓梯間跌一跤死了。還不滿一年，那個老婆被人發現死在臥房裡，臉上滿是驚恐的表情。那棟房子的窗戶全都打不開，而且樓梯間有股又濃又重會讓你反胃的味道。布朗神父是教區的驅魔師。他被找來後，他們說，他試了四次，邊握著他的十字架邊用拉丁文大喊，才好不容易進到大廳門。一進去，大戰就開始了。整棟房子發出了嗡嗡聲，就好像是用錫做的一樣。神父勇敢擊退了樓梯上的幽靈，他像是驅散將熄之火一樣驅趕它，然後把它囚禁在樓梯平台窗戶的玻璃裡。接著他把受祝過的蠟燭之蠟滴在窗銷上。他說，絕不可以讓人去解開封印，而且封印每個月都要更新。還有，他說，如果將死之人或是犯了不赦之罪的人在晚上接近那扇窗，他們就會在裡頭看到一個受苦的小孩拉長一張著火的臉。它會嗚咽懇求把它從囚禁它的惡魔手中釋放出來。但是如果窗銷被打開了，惡魔就會像一道光一樣進入那個人的身體，然後那個人就會被附身而且永陷絕境。

你永遠也比不過惡魔。

鍋爐修好了，然後他們走了——巨大的白色冬天又在紅色火焰周圍堆積起來。

意外

一九四八年六月

隔年夏天的某日我看到一個家住在布魯契街的男生被輛正在倒車的卡車輾死了。他本來是站在後輪邊，準備等卡車開動時跳上它後頭。但是司機突然倒車，然後那個男孩被捲到輪子底下，接著在街角的人們都轉身開始大叫跑過去。太遲了。他就躺在卡車底下的黑暗中，攤出一隻手，而血緩緩往四面流出來。卡車司機崩潰了，接著那個男生的媽媽出現，看啊又看啊，然後就突然坐了下來，人群圍過來站在她面前擋住這個可怕的景象。

我就站在米南公園的矮牆上，大概二十碼遠，接著我看到警車從路盡頭那邊的軍警營開過來。兩個警察下車，其中一個警察彎腰查看卡車底下。他站起來把頭上的帽子推到後面，然後雙手在大腿上磨蹭。我想他覺得噁心想吐。他的苦惱就像股味道一樣，透過空氣傳到我這邊；我覺得有點暈眩便坐在牆上。那輛卡車好像又搖晃了一下。第二個警察手上拿著筆記本向每一個事情發生時就站在街角的人問話。他們全都不理他。接著救護車來了。

接下來幾個月，我一直看見卡車倒車，還有羅瑞・漢納威被捲到底下，手攤出來的樣子。有人跟我說其中一個警察在卡車的另一邊吐了。我一聽到這件事，便又感到那時的暈眩，並同情起那警察。但這好像是不對的；每個人都討厭警察，要我們離他們遠一點，他們是壞人。所以我什麼都沒說，特別是因為我一點也不同情羅瑞的媽媽或那個卡車司機，他們兩個人我都認識。那之後還不滿一年，有天警察打斷了我們為八月十五聖母升天節×一年一度的篝火而砍樹的工作。我們躲進玉米田後，丹尼・格林詳細告訴我小漢納威是怎麼被警車壓死的，那輛車甚至沒有停下來。「那些雜種，」他說，邊用潮溼的草擦亮他斧頭的斧刃。我綁緊了繞在我腰上的曳引繩而且不發一語；不知怎麼的，這減輕了我一開始感覺到的那種微妙的背叛想法。結果我真的開始為羅瑞的媽媽與那個之後便再也沒工作的司機感到悲痛。警車從下方的路開過時，黃綠色的玉米發出了呼呼聲。我們把樹帶回去時天已經黑了，剛硬的樹枝把黑暗的巷弄掃得一乾二淨。

× 聖母升天節（The Feast of the Assumption），每年八月十五日，紀念聖母瑪莉亞逝世而且身體升至天堂的日子。

那塊塑膠桌布鋪得太低了，所以我只能看見他們的腳。但是我可以聽到聲響和一部分的談話，不過我整個身體都縮了起來所以只聽懂一點點他們在說什麼。除此之外，我們家的柯利牧羊犬——斯墨基——也在悲嗥；每次牠只要在牠的毛皮底下顫抖，我就聽不明他們說的話，只對聲音感到警戒。

雖然房裡都是朝不同角度站著的腳，斯墨基還是在桌子底下找到我，牠溜過他們然後在我身上縮成一團。牠也在害怕。烏娜。我的妹妹，烏娜。他們帶她去醫院了，她快死了。我能聽見救護人員搬運載有烏娜的擔架下樓梯那沉重的腳步聲。他們必須把擔架高舉過扶手；那個轉角太窄了。隨著救護人員光亮的鞋子出現在房間中央，我看到了擔架紅色的握把。其中一個人還一直九十度彎腰握著他黑亮鞋子旁的握把，他把擔架握把放在油氈上時，其中一隻鞋頭還映出微微的紅色。那擦得光亮的油氈也映照出那紅，上下顛倒地埋藏在表面之下。那天早上，烏娜就和現在一樣在發燒，臉色蒼白還流汗，她讓我想到那些地凹爐火[×]。她的眼睛隨著痛苦與壓力，從裡頭腫脹起來。

這是種新疾病。我愛其他病的名字─白喉（diphtheria）、猩紅熱（scarlet fever）或是爛喉丹痧（scarletina）、德國痲疹（rubella）、小兒痲痺（polio），還有流行性感冒（influenza）；它們讓我想到義大利足球員或是賽車手或是歌劇演員。每一種病都有它自己的味道，特別是白喉：那些掛在臥房門口消毒過的床單在冷空氣中湧散出的刺激味道會讓你的腳踝在樓梯就發冷。腮線炎（mumps），排名在白喉之後，一點也不恐怖；它怎麼會恐怖呢：名字好笑，而且每個人的臉都會腫起來看上去就好像被海扁過一頓似的。但這是種新疾病。腦膜炎（meningitis）。聽起來很嚇人而且有嘶嘶聲。每當我唸它的名字，我就能感覺到烏娜的眼睛不斷變大變輕，就好像她大腦往它們猛灌氦氣一樣。它們會炸開來，我想，除非他們找到方法來釋放那股純氦氣的痛苦。

他們在樓梯底部那邊。所有的腳都往那裡移動。我看到我媽媽的兄弟也在那裡。我認出了馬努斯舅舅的棕色鞋子：鞋跟都磨平了，而且他一直稍微前後移動。丹舅舅和湯姆舅舅穿著一模一樣的鞋子，厚重而且邊緣都是泥巴和水泥，因為他們是從克瑞根[××]的工地過來的。不過丹的那雙比較髒，因為湯姆是工頭。但是兩雙都不是好鞋子。丹一隻膝蓋跪在椅子上。他襪子上有鷹架用油。他一定是把支撐鷹架的橫木浸在油裡了。有一次他讓我伸手進桶子裡去找一根滑到底部的橫木，我把它拉出來時，整隻手到上臂的地方黑成一片，那滑溜溜的油順著皮膚成片下滑到我手腕上皺成一團。我在它上頭撒了幾把鋸木屑，把我的手臂變成了一只黑得發亮的燕麥袖子，然後丹就要我把它洗掉。

但我看得最多的還是我媽和我爸的腳。她穿著雙需要修補的低跟鞋，而且她的腳掌總是發腫，所以就算在桌子底下我仍能看到鞋皮從那個角度消失嵌進她的腳踝裡。又傳來更多慌亂的腳步聲和聲響，接著她的腳就跟著擔架在玄關那邊消失了，她邊咳邊哭然後我爸那雙鞋帶纏綁在後頭的巨大工作靴就緊跟在她後面。接著大家都出去，房間整個空了。

× 原文為sunken fire，是直接在平地挖洞，並在凹洞內生火作為爐火的方式。

×× Creggan，位在德里市區，主要是天主教徒的居住區。

我把斯墨基推開，牠在毛皮下頭抖動了一下，還悲嗥一聲。因為房門全都打開了，加上秋天陰鬱的空氣，讓我覺得好冷。烏娜要死了。她才五歲而已，比我還小。我試著想像她不在的情景。她會上天堂，一定的。她會不會想我們呢？妳在天堂能做什麼呢，除了微笑以外？她的微笑很漂亮。

大家又都進來了。沒什麼人說話。我爸站在桌子附近。我能從他的工作服聞到碼頭的味道，那股船在地平線漸漸成為小點然後消失的香味。每天他都到英國海軍基地去上班做電工助理，在我感覺他就像是要到國外去了，就好像我們在談論某人要出國一樣；然後每天他一回來，我就感覺鬆一口氣，他改變主意了。湯姆把一個水平儀放進他那件美式連褲工作服的長口袋裡。現在那個水平儀的小氣泡眼珠會跑哪兒去呢？離開它應該待著的那個小圈圈，消失在木頭的那端？那個圈圈會變得又大又空。丹把他的外套撿起來，它從椅子掉到地板上了。我能看見他手指與指關節上皮膚炎的傷痕。他對每天在工地接觸到的灰泥過敏。下個月他就不用工作了，他的雙手滿是疥癬和潰瘍。但到那時候，烏娜早死了。

除了我爸媽，其他人都離開了。我爸又站在桌子旁邊。我媽站在廚房碗櫃前，距離大概幾呎遠，她的鞋子貼得緊緊的，看起來很小。她仍在哭。我爸的靴子朝她移動直到他們非常靠近。他說了些什麼。然後他又更靠近，幾乎要站在她的鞋子上了，她鞋子現在分開了。他的一隻靴子就在她兩腿之間。先是她的鞋子，接著是他的靴子，接著是她的鞋子，接著是他的靴子。我看著斯墨基，牠舔了我的臉。他在親她。她仍在哭。他們的腳移動了，我以為她要跌倒了，因為有隻鞋離開地面一秒鐘的時間。然後他們站穩了，接著就站在那兒。一切都沈默了，我幾乎沒法呼吸。斯墨基偷爬出去坐在爐火旁。

那是我的第一個死亡。神父把前三鏟泥土拋到棺木上時，那撞擊的聲音彷彿響遍了整片山丘邊的墓園，接著我爸的臉就好像被打到般別向一旁。我們在狹窄的棕色墓穴邊站成一排，也因為這樣，那些纏繞在棺木把手上用來把棺木降到窄小穴基的繩子，拉上來時上頭就沾滿了暗褐色的泥土。其中一個挖墓人把一些泥土灑在墓碑上，接著開始又挖又拋把一大塚泥土倒在棺木上。那些泥土滿到邊緣外頭，就好像是沸騰溢出來似的。我們用鮮花加以抑制並且把手按在上頭說道別辭，就像之前我們把手按在那閃亮的棺蓋上，還有守靈的前一晚按在烏娜那雙像白蠟的手上一樣。守靈夜只點了一根蠟燭而且沒人喝酒。我們回到家時，蠟燭已經燒完了，姑姑阿姨們還有鄰居安慰了我媽，她們都帶著一樣嚴肅與堅強的表情，帶著同情與堅毅，因為這樣，長得漂亮與沒那麼漂亮的就全看起來一個樣了。男人脫下他們的帽子凝視遠方。似乎沒人看著另一個人的臉。小孩子則是這邊一個那邊一個，他們的臉交錯在大人後頭或是中間，一臉著迷樣，好像天使盯著亮光看。我上樓來到了臥房，烏娜曾躺與坐在這兒的其中一張床上，我看著她的床接著把臉埋進那個她痛苦曾留存的枕頭裡，想哭卻沒哭出來，在我腦中喊著她的名字但沒大聲喊出口，想聞她的味道卻只聞到棉花、肥皂的味道，只聞到一股生命被洗淨然後離開的味道。我聽見樓梯那兒的聲音，出去看見舅舅們正把樓下的第三張床高舉過扶手。他們叫我站到一旁，然後把它搬進了房間，而且放在那張她曾躺過的病床旁邊。守靈用的那張床比較好；它有床頭板。現在笛兒卓或艾莉許就有張自己的床了。

烏娜只回來過一次，就在幾星期後，十月初時。我媽要我去她的墓那裡擺些鮮花。一定得是野花，因為店舖的花太貴了。我忘了這件事，一直到快四點天色開始暗了才想起。我跑到墓園，希望還沒關起來。但太遲了，大門被鎖上了。我轉沿著東牆的小巷走到轉角，那兒有面上頭塌了大概兩呎左右的牆。很簡單就爬過去了，對面是塊荒地，那裡草長得老長，而且我之前看過有花長在那裡。但是那裡一朵花也沒有，就連牆角下矮小的灌木叢裡也沒有——沒半顆莓果，甚至乾殼也沒有。我拔了幾株長草想編成花，但它們太溼太滑了。我把那些已長滿黑斑的長莖扔到半空，它們就好像消失了似的落下來。我跑在墳墓間的小道上，迷路好幾次後才找到那座新墳，然後認出了那些我們前陣子才留下現已枯萎的花。我把花圈扯散，希望能找到幾朵沒那麼枯的花，但實在沒幾朵。一朵被扯斷的玫瑰、一朵像堅果閉得緊緊的菊花、幾朵花梗有點潮溼但還有些許藍色的鳶尾花——就剩這些了。但我沒法用原來花圈留下的繩子將它們綁在一起，所以我在地上挖了個洞然後把它們插在一起，再用腳把旁邊的土壓實。這整個過程，我不斷重覆喊著她的名字。烏娜、烏娜、烏娜、烏娜、烏娜。天黑了，我覺得痛悔和寂寞，還有害怕。「我得走了，」我對地面說，「我得走了。我不喜歡離開妳，但我得走了，烏娜。」那面牆感覺好遠。我站起身來然後雙手在襪子上擦。「我很快就會回來了。」我用跑的離開，沿著黑暗的步道，邊閃躲那些圓形的墓碑、那些在巨大玻璃鐘裡靜止不動的花、凱爾特十字架×、立像、孤寂且光禿禿的空地，以及另一座更新的墳墓，就算在讓樹木變得更近的微光之中，那兒的花都還

× Celtic cross，與傳統十字架不同，是在十字中央交叉處以一個圓環連接起來，十字與圓環上皆以花紋裝飾。其源起據說是當聖派翠克（St. Patrick）來愛爾蘭傳教時所使用的，將十字架與太陽之環（sun cross）結合，以讓異教徒瞭解十字架的重要性。亦有一說是聖戴可蘭（St. Declan）所創的。

有些顏色。她，那是烏娜，就在我眼前的步道那兒出現了一下，穿著她平常穿的格子裙還有上衣，頭髮上綁著緞帶，她的微笑比從前更甜。但就算我叫了她的名字，她不在那兒，然後我繼續跑，又喊著她的名字，現在我嚇壞了，一直到我抵達牆邊，然後從那崩塌的石牆上回頭看著那昏暗的山丘，還有它那沉重的死亡負擔。接著我又繼續跑，一路跑到了隆穆爾路的路燈那兒，我把鞋子在人行道路緣磨擦來清掉上頭的泥巴，然後儘可能把我衣服上的泥巴擦掉。我慢慢走回家。我回家晚了，但回家有點晚這件事現在一點都不重要。我不知道該不該說出口；那得看他們怎麼問我。我知道這件事一定會讓我媽心煩，可是，話又說回來，想想烏娜仍然在附近說不定能撫慰她，雖然我希望她不是一個人在墓園裡遊蕩。

我哥哥，李恩，幫我做了決定。我在街上遇到他而且馬上就告訴他。他一開始覺得很有趣，但一知道我在猶豫是否要告訴媽時他生氣了。

「你是腦袋秀逗了還是怎樣？你這樣會讓她發瘋的。反正她也是秀逗了，這個時節要你去放花。任何一個頭腦還算清楚的人一定都會答應然後就什麼也不做。總之，你什麼都沒看到。你什麼都不要說。放你一個人一點都不安全。」

我整個晚上就躺著想她，然後又聽見我媽在唸家庭玫瑰經唸到一半時的痛苦長嚎。那讓每個人都站了起來，還讓斯默基爬回到桌子底下。我希望自己也能跟著躲到桌下，但是我們就只是站著，任她邊扯著頭髮哭號，邊幾乎掙開我爸來安撫她的雙臂。她的五官扭曲到我幾乎認不出她來。這就好像夜晚站在風中，聽著她。她哭了整晚。我不時還會聽到她的嚎哭，淒涼到就好像是從遠方傳來的，然後我想到在墓園的烏娜，站在那些高聳的石頭十字架底下，頭上紅色的緞帶飄揚。

在黑暗中閱讀

一九四八年十月

我讀的第一本小說有綠色的硬板封面，而且有兩百一十六頁。我媽在扉頁寫了她娘家的姓。我盯著它看。即使墨水已經褪色了，但那些字母還是很清楚。它們對我來說很陌生，就好像它們代表的是她成為我認識的媽媽之前的某個人，那個人搞不好也不是那個寫購物清單，還有每星期幫雜貨店算帳，還有邊翻著白眼邊低聲說我就是她的祈求與夢想的人。在名字底下，她寫下「聖體大會×，都柏林，一九三二年」。我不知道聖體大會是什麼，然後我去問別人但所有的答案似乎都很模糊。它們好像全都和聖派翠克有關，還有某個約翰·麥科馬克伯爵，他一遍又一遍唱了首叫〈天使之糧〉××的聖歌，這些就是我所能瞭解的大部分關於一九三二年的事了。

那本小說叫做《珊番渥》×××，是愛爾蘭語「窮老太婆」的音譯，也是愛爾蘭從前的名字。小說是關於一七九八年的大起義××××，我們在八月聖母升天節時圍繞著篝火唱的那些

× Eucharistic Congress，是天主教神職人員與信徒的世界性集會，其目的在讓信眾一同參與聖餐禮，強化信仰。通常會有數日的活動。包括彌撒與祝福禮等。

×× Panis Angelicus，由聖湯瑪斯．亞奎納（St. Thomas Aquinas）為基督聖體聖血節（Feast of Corpus Christi）所作的五首讚美詩之一。在一九三二年的都柏林聖體大會，愛爾蘭著名的男高音約翰．麥科馬克（John McCormack）於鳳凰公園（Phoenix Park）演唱這首歌，也是其演唱生涯的高峰。

××× 原文為Shan van vocht。雖然有另一本同名小說，書全名為《珊番渥：一個關於聯合愛爾蘭人會的故事》（The Shan Van Vocht: A Story of the United Irishmen），是詹姆士．墨菲（James Murphy）於一八八九年出版的小說，但故事中的《珊番渥》小說應是作者丁恩虛構的作品，男女主角羅伯與安有可能是受愛爾蘭抗英領袖羅伯．艾默特（Robert Emmet）及其管家安．戴弗林（Anne Devlin）啟發所命名。

×××× 一七九八年愛爾蘭起義（Irish Rebellion 1798）是由聯合愛爾蘭人會聯合法國共和軍所策動的武裝起義。聯合愛爾蘭人會是在一七八零年代間所成立的政治組織，其原本的訴求是愛爾蘭議會的改革，但隨著英國政府對其訴求的漠視，加上受到美國革命啟發與法國大革命的激勵，其訴求逐漸轉變為爭取愛爾蘭脫離英國並獨立。雖然在這之前，愛爾蘭便不斷有小規模的反英行動，但一七九八年起義是第一個由昂格魯．愛爾蘭階級（Anglo-Irish，是在愛爾蘭出生的新教徒後裔。是愛爾蘭社會的特權階級，可以接受教育並擔任政府重要機關成員）所發起的抗爭。一七九八年起義雖帶動愛爾蘭各地的抗爭，但最後仍不敵英軍的優勢兵力，以失敗作收，起義的領導人亦全被處死。一七九八起義也堅定了英國政府加強對愛爾蘭掌控的想法，並在一八零零年英國國會通過聯合法案（Act of Union），正式將愛爾蘭併為聯合王國（the United Kingdom）的一部分。聯合法案廢除了愛爾蘭國會，將其併入英國國會，這不但剝奪了愛爾蘭立法與自治的權力，也削弱了昂格魯．愛爾蘭階級參政的機會。另外，原來的聯合法案曾提議提升愛爾蘭天主教徒參政的權力，但最後此一提案也因為英國國王喬治三世反對而作罷。

歌，幾乎有一半歌曲的來源就是它。開始的幾頁，在一個狂風暴雨的冬夜，人們圍坐在一個巨大的平爐火邊，低聲談論叛亂的危險。我把開頭讀了又讀了好幾次。外頭是壞天氣；裡頭是爐火，暗示著危險，還有一段愛情。這種混合裡頭有種很細緻的東西，我就躺在床上看書，我哥哥弟弟在睡覺，因為燈光照在他們的眼皮上而翻身，然後就這樣做了不同的夢。女主角叫做安，男主角叫羅伯。他根本配不上她。他們低聲私語時，有趣的話都是她說的。他就一直在講死亡的事，還說會永遠記得她，雖然她烏黑的頭髮、她深邃棕金色的雙眼，還有她古銅色的肌膚就在他面前。所以就換我來跟她說話，跟她說她有多漂亮，還有我怎樣都不會去參加叛亂，只會坐在她耳旁低語，讓她知道現在就是永恆，而不是在未來槍戰與砍殺結束的時候，當人生剩下的就只是在晚上聽著風在墓地與空曠的山坡嚎哭的時候。

「看在耶穌的份上，把燈關掉。你根本沒在看書，你這個大蠢貨。」

接著李恩會轉身，把他兩隻膝蓋壓到我背上，用幾乎聽不到的聲音抱怨咒罵。我就去關燈，回到床上，躺下，那本書仍開著，我又想像我所讀過的部份，各種可能的情節發展，在黑暗中，這本小說開啟了無限的可能性。

出乎我們意料，英文老師唸了篇由鄉下男生寫的範文。文章描述他媽媽在晚餐時把餐具擺好，然後和他一起等他爸爸從田裡回來。她準備了一瓶裝滿牛奶的藍白相間水罐、一整盤沒削皮的馬鈴薯，還有一個裝著一塊奶油的滾紅邊奶油碟，碟子上還印著一隻天鵝低頭的形狀。晚餐就是這樣。每樣東西都這麼單純，特別是他們等待的方式。她就坐著，手放在膝上，然後告訴他住在路那頭的某個人收到了封來自美國的航空信。她跟他說他爸爸一定累了，但即使這麼累，他在洗澡前也不會忘記微笑，吃飯前也不會沒禮貌忘記禱告，而他——那個男生——當他拿出回家作業要用的書，應該要看看他爸爸是怎麼笑的，因為讀書對他來說是件奇蹟，特別是拉丁文。然後她沒再說話，就只有時鐘的滴答聲、熱水壺的哼聲，以及壁爐臺上兩隻陶瓷狗，一如往常，彼此對看。

「這個，」老師說，「才是寫作。就把事實寫出來。」

我覺得很尷尬，因為我的作文裡都是從字典看來的又長又怪的字——「湛藍」、「蔚藍」、「幽幻」，還有「難以平息」——我只看過小說裡的安用這些字來形容天空與海洋。而我從沒想過那種東西值得寫，那只是平凡的生活——沒有叛亂或是情愫或是夜裡在丘陵間危險的逃亡。但是我一直想起那篇作文裡的那對母子在荷蘭式內景等待的樣子，桌上擺著牛奶罐和奶油，而他們後頭與上頭是那些來自叛亂裹著圍巾的瘦弱身影，在大火之上與令人發疼的強風之下嘶嘶作響。

外公

一九四八年十二月

黑暗的教室裡，雷根修士點燃了聖母雕像腳邊的那根蠟燭。每次雷根在國小做聖誕節致詞，他絕不允許從頂頭照下來的光源。雷根個子小小的，很乾淨，很簡練。幾個月前他和幾位在國小工作的基督兄弟會修士有來參加烏娜的葬禮。

「男孩們，」他說。

他說完「男孩們」後，頓了一會兒看著我們。接著他視線朝下而且一直往下看，直到他又開口，這次更大聲了。

「男孩們。」

這次是完全的沉靜。

「你們之中有些人，有一、兩個人，可能知道我今天要談的這個男人。你也許不知道自己認識他，但那不重要。」

「超過二十五年前，在德里的紛爭[×]期間，這個人被逮捕而且被指控謀殺了一個警察。那個警察在某個晚上要從克拉蓋文橋走回家。那是一九二一年十一月，一個寒冷刺骨的夜晚。時間是凌晨兩點。那個警察已經下班了；他穿著便服。橋的另一頭有兩個人迎面走來。就在那個警察快走到橋中央時，那兩個人經過他走到他的背後。他們就是散步，輕鬆聊天。他們帽子壓得低低的蓋住了臉，而且因為天氣又溼又冷外套領子都拉了起來。他們經過那個警察時，其中一個人說：『晚安。』而那個警察也向他問好。接著這個警察突然發現自己被人從背後捉住，並且抬到半空。他試著踢他們，但是其中一人捉住了他的腿。『這是為了尼爾．麥拉夫林，』其中一人說，『祝你下地獄腐爛去吧，你這個殺人的……』」

× the troubles in Derry，在一九二〇年，英國政府訂定了「愛爾蘭政府法案」（Government of Ireland Act 1920），決議將北愛六郡與其餘的愛爾蘭分離，並同意北愛成立自己的議會。但由於當時正值愛爾蘭獨立戰爭，所以這個法案並未在愛爾蘭生效，反而成了英愛條約（Anglo-Irish Treaty）的重要內容：愛爾蘭成為自由邦（Free State），而北愛六郡仍屬英國管轄。但將北愛自愛爾蘭分離也引發北愛內部反英派與擁英派的紛爭，也因此開啟了愛爾蘭內戰與北愛內部的各種暴力活動。

雷根搖搖頭，沒有說出那個髒話。然後他繼續說：

「他們把他抬到矮牆上，而且把他像根木頭一樣在那邊吊了一分鐘，讓他盯著下頭的河水看——那有七十、八十呎高。接著他們推了他一把，他就掉下去了，街燈照耀在他溼漉的外套上，直到他伴著水花消失在陰影中。他們聽到他打水的聲音，他叫了一聲，然後就沉下去了。三天後，他的屍體被沖到了岸邊。沒人看到襲擊他的人。

「他們回家後什麼也沒說。一星期後，有個人被逮捕而且被指控謀殺。他接受了審訊。但警察手上唯一的證據就是他是上個月被警察謀殺的尼爾．麥拉夫林的朋友與同事。事情是這樣的，麥拉夫林離開他工作的報社後，在街上被人槍殺，死前他低聲告訴這個被逮捕的人兇手的名字。然後有人聽見了這個人發誓要報仇，要找那個警察——我們就暫且叫他比利．馬恩吧——替他朋友之死報仇。當然，訴諸法律一點意義也沒有，正義永遠不會伸張；每個人都知道，特別是在那些年。所以警察可能認為他們可以把他打到承認，但是他沒有改變說詞。那個晚上，他根本不在城裡。他被報社派到二十哩外的雷特肯尼×，而且他有好幾個目擊者證明這件事。這個案子就被撤銷了。大家都很訝異，雖然他們也都認為那個人是無辜的。在那個時候，無辜是沒法保障一個天主教徒的。現在也一樣。

「唉，那段時間我根本不在城裡。但是有一個神父，我和他們從那時就是朋友了，他那時還是個年輕的助理神父，告訴我那個被指控的人的故事。他在地方的體育界很出名，而且用很多方法來幫教區建設基金募款。有個晚上，就在路那頭長塔教堂的聖器收藏室，他告訴那個神父說他已經有二十年沒有告解了。懺悔無法讓他的良心擺脫某件事。神父告訴他要相信天主無盡的慈悲。他願意聽那個人告解；如果那個人不想向認識的人告解，他願意幫他找別人，那位神父認識某個在波格列濃的僧侶，那個人可以去找他。但是他不要，他不會去。懺悔，他說，一點用也沒有，因為，在他心中，他對他所做的事一點都不感到懊悔。可是他想找個人說這個祕密，並不是告解。

「所以他告訴神父他被逮捕的事。他跟他說自己是怎麼被打的——橡膠警棍、拳打腳踢、威脅要把他扔下橋。他告訴神父自己是怎麼忍受這些暴行而且從不動搖。

「神父跟他說這種對自己說法的堅持，就證明一個人在知道自己是正確的時候是很堅強的。

✕ Lette-kenny，位在唐尼哥郡，是該郡的最大城。

「那個人詫異地看著神父。然後他說了這些話，那位神父永遠也忘不了的話。

「『你以為這就是我想告訴你的嗎？說我是無辜的嗎？看在天主的份上，神父，你還不懂嗎？我不是無辜的。我有罪。我殺了馬恩，而且如果他現在從那扇門進來我仍會再殺他一次。這就是為什麼我不能告解。我不懊悔，也沒有不再犯的決心。我沒有憐憫心。馬恩沒有原因就在街上殺了我最好的朋友。他就是個帶槍的醉警察，想殺個天主教徒，然後他就讓那個人的太太帶著兩個孩子守寡，而且他這輩子都不會受處罰；搞不好還會因為表現優良而升官。然後尼爾就躺在那兒，血一直流，跟我說是馬恩幹的。「比利．馬恩，比利．馬恩，那個警察，」他就是這麼說。而且就在那時候我還得跑進室內，讓他的屍體就躺在街上，因為他們開始從城牆上朝大街開槍。所以我不為殺了馬恩感到抱歉，而且把他扔下橋前我還告訴他這是為了什麼，然後在我跟他說晚安時他便知道我是誰了，只是太遲了。那晚真是愉快。少了一個殺人的……』」雷根低下頭。

「男孩們，從這個神父告訴我，現在由我告訴你們的故事，看看發生了什麼事。一個人沒有為他的罪告解就進了墳墓。而且想想在這個事件裡發生的所有事。這整個情況造就了邪惡的人。邪惡的人造就了整個情況。這些日子以來，類似的事一再發生。離開學校後，你們當中有些人可能會想要參與其中，因為你們真心相信你們是正義的一方，為真理奮戰。但是，男孩們，我告訴你們，有個能看見一切，知道一切，而且從不偏頗的審判者；這個審判者的懲罰與獎賞是超過人類所能想像的；有個法律比人類正義的法律更偉大，比復仇的法律更崇高，比任何一個國家的法律更恆久。那個審判者就是天主，那個法律就是主的法律，而你們靈魂的永生就是最重要的事。

「男孩們，我們活在一個會消失的世界。這房間牆上因蠟燭而形成的這些影子就和我們一樣的虛幻。不公義、暴政、自由、國族獨立也都是會消失的現實，因為它們不是終極的現實，而唯一值得過的人生就是生活在終極的光芒之中。我知道有些人相信那個犯了謀殺罪的可憐人是正當的，而最慈悲的天主會原諒他的作為。這是可能的。我衷心希望如此，而誰又能評斷天主的慈悲呢？但這對那個警察也是一樣的：他也許因為自己殺了人而受罪惡感折磨；他或許也覺得自己做的事是正當的；他或許拒絕懊悔而心神不寧；他或許原諒了自己或天主原諒了他。這由不得我們來評斷。但我們可以分辨，分辨發生在我們身上的錯誤與我們親手犯下的相同錯誤之間的差別；瞭解我們短暫的人生，無論多麼傷痕累累，無論多麼殘破，無論多麼不幸，它也是主的奇蹟與恩賜；我們可以試著改善它，但我們不能摧毀它。如果我們摧毀了其他人的人生，那我們也摧毀了自己的。男孩們，隨著你們又增長了一歲，你們也快要進入這個充斥著錯誤、羞辱、傷害與失業的世界，一個由不公之人掌權，由無知者統治的世界。但是內心的平靜是沒有事物能影響的；不被羞辱所侵犯，不被墮落所腐化。把握住它；它是你們曾擁有的孩童純真，也是你們長大成人應該成為的樣子。把握它。我祝福你們。」

接著他舉起手在我們頭上劃十字，然後穿過了房間。就在禮拜堂鐘塔的鐘激烈響起時，他吹熄了蠟燭，然後要求把燈打開。他沉默離開，而他身後那根在雕像腳邊的蠟燭冒著濃煙，在褶皺的蠟中變得又粗又短。

「那個人是你外公，」麥克申跟我說，「我也知道這個故事。他在報社工作，而且他是麥拉夫林的朋友。我爸都告訴我了。」

我嘲笑他。我也聽過這個故事，但我不打算在其他人面前承擔這件事。只要我媽的父親牽涉其中我就不會承認。雷根知道嗎？那件事真的是我外公幹的嗎，那個整天就穿著汗衫到處坐，看起來病懨懨還不怎麼說話的小個子？反正那只是個傳說而已。我之前就聽聞過一些，在我還小的時候，我晚上就躺在樓梯平台，聽樓下廚房裡的大人說話，然後趴在欄杆上想像是矮牆的邊緣，而我正在掉落，掉進玄關那條河流，就像根木頭一樣聾一樣光亮。

手槍

一九四九年一月

那個黑暗的冬天，兩輛警車，黑色配黑色，就像太空船登陸一樣出現在街上的晨曦中。它們帶走我們時，我從隔壁房子的彩色窗玻璃反射看到它們的金屬閃光。但在這之前還有搜索。有一個發亮的人，穿著白色的雨衣，從臥房門口走出來然後靠牆站著，把燈又開又關的。他大喊大叫，但我已經嚇傻了所以只看到他嘴巴又開又閉。我用沉默的薄膜把自己的內心包覆起來。我知道，他們在找那把槍，我是昨天中午在隔壁，也就是我姐妹臥房衣櫥最底層的抽屜裡發現的。

那是把細長、冰冷的槍，黑藍色而且很重，我偷拿出來給那些住在舊城牆附近法漢街的男牛看。他們之前來我們這裡踢足球，之後我們因為政治的事發生爭執。我曾被警告說絕不可以提到這把槍，他們跟我說這把槍是一個年輕德國水手送給我爸的禮物。在戰爭末期[×]那個水手的潛水艇被帶到港口，他和其他三十個人被關在碼頭那邊的半圓形營房，然後每次我爸到碼頭去幫忙安裝電燈與暖氣的管線，都會在午餐時間把多出的三明治或牛奶給他。離開前，那個年輕水手送給我爸那把槍當做紀念。可是我們因為有親戚是IRA成員坐過牢，所以我們是污點家庭，凡事都要小心。年幼如我，就是愚蠢。

就在我們都圍著那把槍，掂掂重量，拿起來瞄準，拿來和我們的手臂比長的時候，我覺得有人在看我們。佛吉・麥基佛，大家都知道他是警察的線民，就在巷子盡頭，遠遠看著。他大概二十歲左右，是個年輕而且相貌誠懇的人，有著開朗的微笑及又大又圓的眼睛。他看起來有個公正的靈魂。他後來看到我把槍帶回家裡。

我等了十分鐘，然後又把槍帶出來，用舊報紙包著，埋在空地那邊的其中一條石溝裡。我很確定這樣就可以了，所以在睡覺前就完全忘記了這件事。但是現在，警察就在這裡而房子被拆得四分五裂。油氈被扯開，地板被鐵橇橇開，衣櫥面向下地倒在地板中央，還有被撕爛的壁紙像緞帶一樣懸著。

我們全都擠在樓下，然後他們在搜索廚房時我們就被扣留在房間中央。有個警察開了罐澳洲水蜜桃，把裡頭黃色的彎彎切片和都是糖的糖漿灑遍了整個地板。另一個警察走到外頭的院子，然後在搜查工具小屋時扯破了一袋水泥。他就像穿過一片白雲似的走回來，靴子就黏在黏答答的油氈上，而水泥就像白色雪花一樣從他身上掉下來。我就沉默站著不動。所有的東西好像不受重力影響在房間各處漂浮。每個人臉上都有著汗水或淚水。接著我爸爸、李恩還有我被帶上警車，當我們轉過街角要去離這裡不到幾百碼的警局時，晨曦已經照到屋頂，就像磨得光亮的石板所發出的閃光一樣消失無蹤。

槍在哪裡？我之前帶著，有人看見我帶著它，它在哪裡？臉很大的警察彎腰問我，一開始還很安靜，然後越來越大聲。他們強迫我爸坐在桌子前還趴在桌上，雙手伸直。接著他們用短而通紅的橡膠警棍打他的脖子和肩膀。他跟他們說了，但他們不相信他。所以他們也打在桌子對面的我們，李恩和我。我還記得他看著我們挨打時臉上的汗水與憤怒。有一陣子他們把我的下巴壓在桌子上，我抬起眼睛看他。他在對我眨眼嗎？還是他眼中滿是淚水？然後因為挨揍我的頭猛地撞上桌面，讓我重重咬到了舌頭。

× 這裡指的是第二次世界大戰。

在那之後好長一段時間，我會在凌晨醒來，冒汗，一遍又一遍問我自己：「槍在哪裡？在哪裡？槍在哪裡？」我會睡不著，然後恐懼就像蜘蛛網一樣佈滿我的臉。如果街那頭有燈閃過，我就又會想起警車的影像，然後感覺頭髮直豎雙手冒汗。警察的味道奪走了空氣中的氧氣，讓我就坐在那裡，胸口不斷起伏。

PART 1

CHAPTER 2

第二章

火

一九四九年六月

德里是座篝火之城。新教徒比我們還常點篝火。他們有七月十二日，那天他們慶祝一六九零年新教軍隊在波恩河戰役[×]的勝利；然後他們還有八月十二日，那天他們慶祝一六八九年自圍城的天主教軍隊手中解放這座城市[××]；然後在十二月十八日，他們會焚燒倫迪的芻像。倫迪是個叛徒，他曾試著幫敵對的天主教打開城門。我們只有八月十五日的篝火；這是教會的節慶，但為了回應十二日的篝火，我們也將它變成政治的節慶。不過和那些新教徒的活動一樣，我們的慶祝都不是官方的。警察偶爾會強迫我們把火撲滅，或試著阻止我們收集舊輪胎或砍樹這些準備工作。我愛聽火也愛看火。火讓灰暗的空氣與街道變得興奮而且刺激。在八月中紀念聖母升天節，當篝火在傾斜而且平行的街底，倚著公園的石牆邊點燃後，映紅了從輪胎升起之層層黑煙周圍的夜空，那黑煙不斷伴著石蠟火焰宏亮的音爆聲冒出來。漸漸地，其辛辣的味道會變成緩緩燃燒的樹木那種獨特迷人的香味，漫飄過位在緊密的斜坡和砂石子路上的一座座小房子。那些街道是沿鋪著柏油的隆穆爾路開始成了下坡。對我們來說，那條路劃開了市區與鄉間，從那兒可以連接到四哩外的唐尼哥。到了下半夜，圍坐在篝火旁板凳與廚房椅子的人群仍持續唱著歌；有時候附近房子的窗戶會在陣陣熱氣中裂開；而之前一直靜靜待在兩百碼外暗處的警車，開了燈然後悄悄走了；柴火燒至餘紅，山牆上的影子隨之枯萎。聖母升天節漸漸讓位給八月十六日，然後個別的歌手開始帶領眾人一起合唱。這表示夏天結束了。曙光那淡淡青銅色的色調意味著秋天，而隨著星星消失在漸強的光亮中，人們無奈地拖著他們的椅子回家。

× Battle of Boyne，波恩河戰役是在一六九零年七月，由英王詹姆士二世所率領的天主教軍隊為了復辟，在波恩河（River Boyne）對抗由奧蘭治親王威廉（William of Orange，後來繼任成為英國國王威廉三世）領導的新教徒軍隊。這樣場役最後由新教徒軍獲勝，確認英國為新教國家，也讓在愛爾蘭雖為多數的天主教徒成了被統治的對象。

×× Siege of Derry，德里圍城戰（自一六八八年十二月至一六八九年七月二十八日）是詹姆士二世在愛爾蘭復辟的戰役之一。當時天主教軍隊包圍了德里，並有德里市市長羅伯·倫迪（Robert Lundy）做為內應。但倫迪的陰謀最後被揭發，雖即時逃離，但最後仍被逮捕。圍城也因為英國海軍的增援而解危。

殘破的街道凌亂散佈在那間艾迪伯伯曾於裡頭奮戰的製酒廠周圍，為了那感傷的逝去而痛。蒸餾威士忌的味道、發熱的紅磚，還有必定曾經有如琥珀色夕陽朦朧罩在蜷伏的房子上那鬱悶的光芒，都隨製酒廠一起消失了。現在，取而代之的，我們有座高聳的哥德式教堂與其教區宿舍，帶著永恆灰色石頭的冬意，聳立在這個區域之上俯瞰這個廢址。在我看來這區域似乎是塊不可靠且荒蕪的斑點，洗盡了顏色，蒼白且赤裸地坐落在雜亂的小房子、未鋪砌的街道，以及從城牆腳下沿著傾斜的築堤滑落至我們領土×起點的巨大冰磧石之間。在初冬傍晚，人們會如影子般歪歪斜斜從微弱的街燈下走過，可聽見互道晚安的聲音隨風而逝。

我們房子附近有兩塊空地。在我們這排房子後頭，那塊空地向上朝著隆穆爾路延伸，在轉往布魯契街的那條路停止，然後直朝三百碼外的警察營區延續。那條路兩側都蓋著石牆，平坦的胸牆，不過一邊是五呎高，另一邊是十二呎高。路的另一頭是米能公園，不過老人家都還是叫它瓦特庭園，那個名字是隨製酒廠主人而命名的。我們可以爬到牆上然後翻到另一頭去；但是那座牆跨越了好幾條街的盡頭——萊姆伍德、堤爾康諾、布里其伍德，還有艾爾伍德——每條街都有個長方型的開口引領至下到公園的階梯。一長排的防空洞將公園的上半部與空地隔開，我們都在那兒踢足球。到了晚上，足球場和公園都是一片漆黑。唯一的光源是每條街盡頭那幾座八呎高，彎曲的路燈。我們都被警告說晚上不要在公園裡玩，因為瓦特老爹的鬼魂仍在那兒出沒，要為那場毀了他製酒廠的大火復仇。那些看過他的人都說他只是個像影子一樣遊蕩在公園裡的黑色人形，但是那道影子有嘴巴，而且張口時裡頭有著憤怒的紅色烈火。

要到達製酒廠廢墟，我們只要穿越布魯契街，沿著埃格靈頓街走，穿過博格賽××的入口，市立屠宰場在我們的左手邊，街道上滿是那些從有著橫板車廂的大卡車運來的牛、豬、羊的大便污漬。那兒，一座巨大的紅磚建築，焦黑又荒涼，就是製酒廠了，佔據了整個區域。它黑色的屋頂脊柱直捅上天。我有時經過那兒，都會聽見從屠宰場傳來驚恐的豬隻尖叫聲。牠們聽起來就像人一樣，我以為牠們會突然說起人話，哀嚎求饒。然後那個聲

× 指天主教徒居住的地方。

×× The Bogside，位在德里城牆外的社區，主要是天主教徒的居住區域。

音會在空蕩的製酒廠裡迴盪，尖嘯過坍塌的地板，緊附在裡頭焦黑的磚塊上。我曾聽說槍戰開始時，人們從家中跑出來，然後警察加強了封鎖線。街上的群眾，在博格賽的頂端，開始唱起叛軍的歌曲，但是警察朝他們頭頂上開槍，然後群眾四散。IRA的槍手們，不管是在屋頂上或是頂樓的窗邊，零星地開火，每一槍都好像映襯天空的火柴光。他們寡不敵眾，被包圍，失敗了。那是他們在建立新國家最後關頭的抗議。接著爆炸發生了，整棟建築物晃了一下然後起火。沒人知道這棟建築物什麼時候，或者究竟會不會被修復或拆毀然後重建。它是這個社區心中一塊被灼傷的空間。

這座城像著迷似的躺著，被巨大沉睡的河光與國境那端的綠意擁抱。它偶爾會醒來，好像有人在夢裡嚇了一跳然後大喊，肆意喧囂。曾經，在某一次聖派翠克節×暴動的高峰，警察持著警棍衝進遊行，然後把我們逼進了我們的領土。我們引誘他們跟著我們來到隆穆爾路下坡和我們的領土平行的一條叫史丹利小道的長街。在這之前，我們從修車廠搶了半桶油而且潑在下坡彎道的路面上。警察和B特××追著我們衝了進來，不管是他們開的或一起開進來的車子跟吉普車都被滿天的石雨招呼。當領頭的兩輛車一撞到那灘油，街道旁的廣告欄承受了我們第一波的彈擊。巨大的可口可樂紙瓶看板被砸了個洞，還有那個高抬下巴、鬍子刮乾淨的吉列模特兒也是。那些車子邊搖晃邊衝撞進了邊牆，把牆上的石頭削成像稻屑一樣。那些油就像肥皂泡沫在輪胎上閃爍著，然後一輛車燃起了一圈藍色火焰，警察從裡頭逃了出來。整條街就像被一路燃燒到舊蓋爾式足球場[xxx]的廣告欄從側邊折彎，傾斜了。

× St. Patrick's Day，三月十七日，是紀念愛爾蘭的主保聖人聖派翠克的節日。在愛爾蘭獨立之後，也成為愛爾蘭的國慶日。

×× B Specials，正式名稱為Ulster Special Constabulary，歐斯特特別警備隊。成立於一九二零年十月，半軍事性質的武裝警察隊，負責處理暴動與緊急事件。

××× Gaelic football，與愛爾蘭板棍球（Hurling）同為兩大愛爾蘭傳統運動。與現今的足球不同，蓋爾式足球允許用手持球，且每隊有十五人。

美國城市

一九四九年九月

我非常想去看看芝加哥。我之前聽說那裡也曾發生過大火[×]，雖然我懷疑會不會是把舊金山與那個我知道將其摧毀的大地震搞混在一起了。美國城市註定要發生大災難。「英國人轟炸了華盛頓。」丹舅舅告訴我。那也是大戰[××]的一部份嗎？我想像噴火戰鬥機[×××]，還有它們雙翼上的紅、白、藍靶心圖樣，嗡嗡嗡俯衝，德國人朝我們嗡嗡嗡俯衝的樣子，還有美國人大叫「該死」。「他們才沒有，」馬努斯舅舅說。「全都炸平了，」丹說，「我告訴你。他們真的就炸了。我在其他地方讀到的。」那些美國城市都被摧毀了——轟炸、大火，還有地震。真難想像。丹說某個他認識的人曾親眼目睹芝加哥大火，還說火焰就像隻動物一樣躍過了河流，而且水都變成蒸汽了。約翰說他看到在製酒廠大火後，威士忌沿著好幾條排水溝流了出來，水流上頭還有著藍色穗狀的火焰，還有很多人用水桶去盛威士忌。到處都是子彈的颼颼聲。其中一顆子彈打中了一個人手上的水桶，接著威士忌就爆炸了，隨後那個人大聲詛咒IRA的人害他沒了威士忌，還打壞了一只好水桶。唉呀，和我們現在這個比起來，那只能算是小火了，其他人說。德國還有俄國的一部分肯定都還在悶燒燒到世紀末吧，他們說。人就這樣在熱氣中蒸發了。「人會蒸發嗎？」我問我爸。他認為會。耶穌基督，我希望他們會扔個一、兩顆那種蒸發彈到這個連天主都不管的鬼洞，丹說；至少在我們到深藍的彼岸之前，我們還能感覺得到點熱度。他總是這樣說。深藍的彼岸。軍隊會下到那兒去。戰艦被炸沉會到那兒去。潛水艇被擊沉到水底下會向下旋轉到那兒去。被轟炸成一片模糊的城市，會漸漸消失到那兒去。我能看見那些美國城市航向那個彼岸，它們的摩天大樓頂端在雲層下閃耀，特別是有人說洛杉磯市就是天使之城後。那個名字似乎讓它變得更可能從地表升上天。真是了不得的天使啊，那裡的那些傢伙，湯姆

× 可能指的是發生在一八七一年的芝加哥大火（The Great Chicago Fire）。

×× 指的是二次世界大戰。

××× Spitfire，英國噴火戰鬥機。

說。丹的彼岸那種狂亂的感覺似乎還滿適合美國城市以及它們無與倫比的命運。我們這兒，就只有密不透風的雨，綿密到他們說雨絲之間根本沒有空隙，只有像丹這種皮包骨能在雨中扭動了一個小時仍然完全是乾的。他就只有穿上外套時你才會看見他。丹笑了，然後說和我凱蒂阿姨的丈夫——東尼・麥伊亨尼——比起來，至少還是根上頭打了個結的細線。麥伊亨尼的雙耳，他說，比他自己的肩膀還寬。你別再提那個王八蛋了，馬努斯說；他瘦歸瘦，可是有和十個人一樣的破壞力。他不是去芝加哥了嗎？我問。他們全轉過身來看著我。對呀，他去了，其中一個人說。而且再也沒有回來。拋下他太太還有小孩。我從來不相信他。太有魅力了，老是討女人歡心。他長得很像義大利人，不是嗎？另一個人問。說話也像，手一邊揮動，加上他臉上大大的笑容。啊，真的是個很少見的人，麥伊亨尼。他不是在芝加哥見到艾迪嗎？我又問；他不是寫信回家給凱蒂說他見到了？那倒是真的，馬努斯說。他真的有。說不定艾迪死在芝加哥的那場大火，約翰說。逃過這邊的這一個，躲不過那邊的那一個。你覺得呢，法蘭克？我不這麼認為，我爸回答。那場芝加哥大火；那在艾迪到那兒更早之前就發生了。如果他真的有到那兒的話，某個人說。你確定那些日期嗎？不是差不多同時發生的嗎？他們的聲音一來一往地齊說著。如果他真的有到那兒的話。我記不起是哪一個人說這句話的。那如果他沒有到那兒呢？為什麼麥伊亨尼沒有回來或至少找人來接走他的太太與小孩呢？那些芝加哥的摩天大樓太高了，丹說，你可以在頂樓喝光一整瓶威士忌，然後摔下來還沒下到一半你就開始宿醉了——就算你用降落傘也一樣。他們全都笑了，然後又開始洗牌，邊迅速發牌邊輕笑，「J一張，你們開牌吧，」「三條，」「兩對。」我離開到了街底房子的山牆那邊玩手球。他們都走了以後，我在雨絲間閃躲，然後回到家時身上你說能多乾就有多乾，而我爸在他的椅子上打盹，桌上灑滿了撲克牌，牌上的黑色與紅色閃耀著。

她咳了。鮮紅色的閃光落滿她灰色的睡衣與床單。她看著我，雙眼瞪大。我沒法動，兩腿像鉛一樣重，還有股脈動從我頭頂遊走到腳趾，就彷彿有人在背後抽打我。我還沒走到門口，門便打開了，波妮黛姑姑走進來。她看著我們，臉上偷偷露出了驚恐。

「耶穌聖心啊，」她低聲說，「艾娜。」

接著方西叔叔出現在她身後。

「怎麼了？」

艾娜攤躺在她床上，雙眼張得老大，雙手在床罩上亂摸。她又開始喘氣，接著劇烈咳嗽。聽起來就好像狐狸叫。這次，我從床邊移動到了牆邊，一直擦著我的襯衫。一堆噪音突然冒出來，就好像有人打開了收音機。波妮黛邊哭邊清洗她妹妹的嘴和臉，邊將毛巾塞進地板上白色搪瓷臉盆裡發亮且染紅的水中。方西不見了。然後，感覺好像就在那一刻，樓梯那兒滿是腳步與喊叫的鬧嚷。醫生來了，他的聽診器搖晃著；接著神父來了，展開了他的紫色聖帶×。

「回家告訴你爸爸立刻過來。趕快。」他們齊聲說，催我出去。

我一次三階下了樓梯出到街上，那裡吹著猛烈的風，充滿了河流的野味與附近麵包店的甜味。在傍晚單調的光線中，每樣東西都好像變得慘白。有個男人費力騎著腳踏車爬坡，踩著踏板，他的衣服背面隨著他的努力一下皺一下平的。跑過他身旁時，我能聽見他的呼吸淹沒在喉嚨又釋放出來的聲音，然後我抄小路到了後面的空地。後院門閂住了，所以我跳過圍牆，躍過了下面的玫瑰花床。落地時我爸正從工具小屋裡走了出來。

「艾娜，」我說，「艾娜生病了。他們叫我來告訴你。」

他走過來彎腰看我。風用力扯著我的頭髮，還讓他身後小屋的門咯咯作響。

「看看你，孩子，」他說，「看看你。你身上都是她的血。」

他的大手碰了我的臉頰。我媽出現了，知道出事了，急忙來到後院。

× purple stole。在羅馬天主教，當神父在主持或進行儀式時，必須披上聖帶。針對不同的儀式或場合，聖帶有不同的對應顏色。其中紫色所代表的是平靜與赦免，通常是在聽取告解或臨終禮時配帶。

「妳看看他，媽媽。看看他。他襯衫上是艾娜的血；他們就這樣叫他過來。基督啊，她的情況又變糟了。她一定……」

他邊說邊跑進屋子去拿夾克，隨即離去。

艾娜的葬禮上，墳墓被封起來後，李恩示意我走到附近幾個群聚在一起聊天的人背後。我們聽了一會兒然後就走開了，被他們的口音還有反覆的話語搞得笑到說不出話來。因為那根本不是說話，還比較像唸經。

「我的老天爺，但在這時節還挺令人心酸的，咱們都在過聖誕節了。」

「可不是嘛，確實挺令人心酸的唄。」

「是呀，而且都在過聖誕節了。」

「啊呀，就是這樣。確實心酸。」

他們會從帽緣將帽子往前拉，然後一齊點頭，緩緩拖著他們的步伐。

「你剛才見著了波妮黛嗎；那個小妹？」

「那是波妮黛嗎？她這會兒真變了個人了。」

「真是變了個人了。不過她這會兒肯定因為那個死亡受挺大打擊的。」

「是呀，就這樣走了。挺突然的。」

「倒是啊，她長得還挺像她哥哥的。簡直是打同個模子出來的。」

「你指的是哪個哥哥？」

「失蹤的那個啊。艾迪。就不見的那一個啊。」

「我從沒見過他。她長得像他嗎？這不也挺奇怪的，一家子都……」

李恩和我止住了笑。我們都聽著，但在我爸出現之前他們都沒再多說什麼。我爸示意要我們過去他那邊。

「這會兒可是雙倍令人心酸，」我們離開時，其中一人說。「長男不見了，天曉得去哪兒了，這會兒是么妹。她身子從來不好，願上帝幫助她。」

他帶我們到他父母墳前，我們都跪下祈禱。他父親是一九二一年十二月二十三日。他母親是一九二一年十二月二十八日。歷經風霜的墓碑上他們的名字都模糊了。我們站起身時整個墓園幾乎都沒人了。下頭，河流的曲道消失在一片高聳且正往北大西洋擴散的霧中。我爸什麼都沒說，但他的嘴巴好像塞住了。

所以艾迪長得像波妮黛。那還滿有意思的。但波妮黛，在我眼中，長得像我爸。「就都從同一個模子印出來的，你還能期待什麼？」我媽說。她見過艾迪嗎？才問出口我就想到之前從沒想過要問這麼簡單的問題。難得見到一次，她簡短回答。但那就表示妳見過囉，我堅持下去，那他像我爸嗎？很像嗎？有一點吧。她支支吾吾的所以我就換個話題。那告訴我關於宿仇的事。艾迪跟那件事有關係嗎？孩子啊，她會跟我說，我覺得你有時候著魔了。你就不能讓過去的事過去嗎？但那不是過去啊而且她也知道。

我爸的家族支離破碎，讓我覺得像個得保持沉默才能與它共處的災禍，像場危險的大火，得讓它自己漸漸消退。艾迪走了。雙親在一星期內相繼過世。兩個妹妹，艾娜與波妮黛，被人當下女對待，然後住在雞舍裡。一場漫長、沉默的宿仇。一間失落的農舍，裡頭有著椽木×和書本，就在失蹤者的原野附近。四處一片沉默。我爸知道一些關於艾迪的事，不講，不說出口，但有時候差點就要說出來了，他會暗示。我覺得我們住在一個空曠的空間，其中迴盪著他的長嚎。又有些時候，那空間有如一座迷宮般狡詐與錯綜綿延，經過精心設計，而其最深處有個人正在啜泣。

× afters，承接屋頂與牆壁的木材。

宿仇

一九五零年二月

宿仇啊，宿仇啊。我夢見過那座農舍，在陽光下而且寬敞，有股辛辣味而且乾淨，還夢到怕生的海岸牛群就在遠方下頭的沙灘失散遊走，牠們既靈活又笨重；溼漉的海藻在海岸上閃耀，然後風乾成了平原上的覆蓋物，那海灘的惡臭變乾後成了空氣中的苦味。

所有季節的所有聲音都埋葬在那座想像的農舍裡，白色的道路無止盡圍繞著它，天空在它的窗戶裡日復一日，季復一季的暫停，但那座農舍仍是空的，想像不出在裡頭有聲音或足球，只有記憶中我爸走過木頭地板時如雷的腳步聲，還有身體被舉到空中穿過從窗戶直射下的一道道光線的刺激感。外頭的農場一定有個水龍頭，我告訴自己，有座因為昆蟲及內部溫度而顫動的肥料堆，有隻狐狸在黑暗中朝雞舍悄悄移動，藉一縷柔風將牠的味道藏在身後。每一組味道都伴著一幕幕的影像，就像電影的配樂，接著兩者都逐漸消失，然後留我一人在臥房停滯的空氣中，我就躺著，展開的書在我臉上，還有股挫敗感襲擊我腦海。

我爸在洗碗擦鍋時唱著歌。

拉根流水吟唱安眠曲之地
有朵水仙美人花
黎明微光映在她眼眸
夜晚映在她秀髮[×]

他跟我說那是首唐尼哥民謠。從前有個從特蒙[××]來的老人會唱這首歌，然後他祖父的父親聽到了，遠在饑荒[×××]發生之前。不是那條流經貝爾伐斯特的拉根河，而是一條四處亂流最後流進福伊爾河[××××]支流的溪流。他是怎麼聽到這首歌的，我想知道。曾祖父是歌曲搜集家嗎？不是，不是，唱這首歌的老人是道路工人。有一天，他指引曾祖父一條山路的方向，那條路通往毒谷（The Poisoned Glen），遠在西唐尼哥，在貴多爾附近，然後曾祖父在附近的酒館請他喝杯酒。就是在那裡，老人站起身來，脫了他的帽子然後唱了這首歌。曾祖父是幹什麼的？他是幫一家在德里的雜貨店採買。他與農夫為乳製品、蔬菜這類東西訂合約。但是饑荒毀了一切。接著的世界大戰又毀了你父親的一切，不是嗎？我問，邊彎身到水槽下頭去找塊乾布，然後聽到我的聲音在那塊空間裡嗡嗡響，U型管就是從那裡將水導到後院裡。他一定點了頭，然後又哼起歌來。這次我配合他的哼聲唱了第二段。

× 這首歌是愛爾蘭唐尼哥民謠，曲名為《我的拉根之愛》（My Lagan Love）。拉根河是北愛主要河流之一，自貝爾伐斯特流入愛爾蘭海。但有些人認為歌詞中的拉根河指的並不是這條河，而是一條位在北唐尼哥的小溪。

×× Termon，位在唐尼哥郡北部的小村莊。

××× 愛爾蘭歷史上有紀錄的共有三次嚴重的饑荒，分別是發生在一七四零年至一七四一年間、一八四五年至一八五二年，與一八七九年。三次饑荒發生的原因都不同：第一次是因為氣候過冷，降雨過多造成馬鈴薯欠收；第二次則是因為根腐菌感染，造成「馬鈴薯瘟疫」導致欠收；最後一次則是因為種植技術改變與土地持有的結構所造成的。這裡所指的饑荒，應是自一八四五年至一八五二年的愛爾蘭大饑荒（Great Famine）。愛爾蘭在一八四一人口普查指出當時的總人口約八百萬人，而一八五一年的普查則只剩六百五十萬人，十年間共損失了一百五十萬人。饑荒期間，約一百萬人因為饑餓與相關疾病死亡；同時，饑荒也加快了愛爾蘭人口外移的速度，約有一百萬人在這段期間甚至饑荒結束後離開愛爾蘭求生。愛爾蘭因為這次饑荒損失了約百分之二十至二十五的人口。而一九一一年的人口普查顯示愛爾蘭的人口數只剩四百四十萬人。

×××× 福伊爾河（River Foyle），位在愛爾蘭西北方，流經泰隆郡（Tyrone）、德里郡（Derry），與唐尼哥（Donegal）。而唐尼哥東邊與福伊爾河接壤的地區古名就是拉根（Laggan）。

但如列南希×把愛索
她已把我心困囚
我無命亦無自由
因愛主掌所有

我高音唱不上去，所有優雅的音調也都唱得抖抖的，但他還是微笑並弄亂我的頭髮，然後發現雙手仍沾滿了肥皂溼溼的，於是又笑了。我用毛巾擦乾了頭髮，眼睛因為一顆在眉毛上爆掉的肥皂泡稍微眨著。「那真是首好歌。」他說。我點點頭說我希望能更常去唐尼哥，去那個曾祖父——不，是我的高祖父——聽到這首歌的地方，那個叫特蒙的地方；甚至去爺爺的家族住過的地方，在馬摩爾山谷附近的丘陵，深入伊尼許歐文半島××。總有一天我會去的，他答應我。總有一天他會帶我去。去那間有橡木的農舍嗎？我仍記得我們去那裡的那一天。如果能再去一次就太好了。接著我知道總有一天他會告訴我某件可怕的事，然後，在突來的驚恐中，我不想他這麼做；守著你的秘密，我閉著嘴告訴他，守著你的秘密，我不在意的。可是，就在同時，我又想知道一切。這樣我才能更愛他；但如此一來，我就不會那麼愛我自己了，因為我開口要求他把那個秘密交給我，因為唱了他的歌曲的其中一段，因為因緣際會身上沾了他死去且被虐待的妹妹的血跡。

在他父母過世以前，他告訴我，他們會一起唱這首歌還有其他歌曲。艾迪唱得最好了。我早知道他一定是的。父母生病後，馬上就被帶到位在渥特賽的熱病醫院[xxx]，在福伊爾河的對岸，克拉蓋文橋的另一端，然後他就再也沒見到過他們，就連在守靈時也沒見到，因為棺木都被封上了。葬禮結束後，他記得一回到家便發現很多傢俱都不見了。所有的床單都被燒掉。整棟房子都被消毒煙燻過然後封了起來，幾個小孩都被親戚們分走了。就從那時候起，他的兩個妹妹就和他們的阿姨跟姨丈住在一起，在那座位於唐尼哥的宿仇農舍裡。也是在那時候，艾迪無預警離開了。我爸再也沒見過他，不過有人跟他說艾迪在

× 列南希（leannán-sidhe）是凱爾特傳說的女妖精，外型十分美麗，並一心尋找人類為其情人。據說成為列南希情人的人，壽命會變得非常短，但藝術靈感會劇增。在蓋爾語中，列南希便是情人的意思。

×× Inishowen peninsula，位在唐尼哥郡最北方，也是愛爾蘭島的極北。是愛爾蘭面積最大的半島。馬摩爾山谷（Gap of Mamore）位在半島的西方。

××× 渥特賽區（Warerside）位在德里，福伊爾河的東岸。熱病醫院已於一九三三年拆除。

南方加入了IRA。他不記得別人是怎麼說的了。他只記得，他所知道的世界就在一、兩個星期內整個被掃除了。前一刻他還是個孩子；下一刻，他得為這個混亂家庭的孩子們負責。他才十二歲，而大他五歲的艾迪已經不見了。他現在是這個家中年紀最大的。他找了個在五金店當送信人的工作，老闆艾彌斯頓先生是個新教徒，五年後他第一次要求加薪就被開除了。在那之後他開始打拳擊維生，再之後，他找到了現在這份工作，成了海軍基地的電工工人。孩子們都分散四方了，他說，受任何人與每個人擺佈。方西叔叔和我爸住在他們表親家，然後他還記得有次他阿姨在餐桌上伸手阻止方西拿奶油。「你吃人造奶油×，」她跟他說，「奶油是只給這個家的小孩吃的。」當晚他們就離開了，他說，即使只是回憶他的臉仍稍微脹紅，他們住在一家小旅館，一星期後他給自己在卡萊爾路租了個房間，並安排方西和其他親戚住，他們保證會像自己的孩子一樣照顧他。他們也真的這麼做了。他在那房間住了四年，就吃粥、馬鈴薯還有白脫牛奶，一邊工作，一邊訓練，一邊開始在擂台上打拳。從前家裡的一切都落入親戚家裡，就連照片都不放過。那時候，別人告訴他們說這全部都要燒掉；但那只應驗在桌巾、床單、毛巾這一類的東西。之後，別人告訴他們說他們至少應該這樣做，放棄那些東西來付他們的生活費。那棟房子賣了。孩子們從沒見到一毛錢。當他去看那間農舍，發現裡頭都是他父母家的書本、傢俱、畫，還有他的妹妹

——艾娜與波妮黛——正睡在雞舍旁小屋的地舖上。這是為什麼他再也不想見到那些人。而且他也不想要我們跟他們有任何牽連。而同一時間，艾迪正在為自由而戰。他對這件事痛苦地搖搖頭。自由。在這個地方嗎？以前不曾有，以後也不會有。說到底，它到底是什麼？去做你喜歡的事的自由，那是一回事。去做你應做的事的自由，那是另一回事。兩者很接近卻又差很遠。

我看著他低下的頭和肥皂泡洗得淨白的巨大雙手。我想問他關於艾迪的事，看他願不願意告訴我，但我不希望是因為我問了他才告訴我。他抬起頭看我，微笑，說：啊，現在這都是過去的血淚了，我也不應該再為此煩心了。我猶豫了一下，然後跟他說因為風吹起來了，而且天色還亮著，我要去外面看看有沒有人在後面的空地上放風箏。可是那裡沒有人，所以傍晚時我就用嫩樹枝作的弓朝後門射削尖的箭；把它們收回來，把它們射出去，直到箭砰的一聲射進木頭，還停留在那裡顫抖，發出短暫且微弱的歌聲才莫名滿足。

× margarine，由植物油所製造的奶油替代品，也就是台灣俗稱的乳瑪琳。

躺在從頭上微微搖晃聳立的蕨葉莖濾下的綠光中，我們聽著山丘上尖銳的鳥叫聲。這裡是國境[×]的鄉下。不到一哩遠的那頭有條溪流，上頭有座拱橋跨過，溪流標記了地圖上蜿蜒圍繞著城市的紅線的一部份，哼哼唧唧地流進福伊爾湖[××]水中。我們三不五時會站起身超過蕨葉，環視開滿石南花的山丘，還有蒼白的道路在灌木叢間迂迴。就算一個人都看不到，我們還是覺得有人在看我們。我們下山到橋那裡後，喜歡走過橋又走回去，有點期待這些重覆違規會導致某種懲罰。

就在溪流上頭的一端，有一叢荊棘，鶺鴒在那裡不斷轉來扭去，以伶俐針織般的動作在緊密的樹枝間勾住又解開牠們的身體。在另一端，是自由邦[×××]的起頭——有條長滿草的路筆直延伸了三碼，然後在一棵橡樹下突然轉開到一間孤立店舖的領地，那是間為圖利國境另一頭的我們在戰後食物短缺所搭起來的鐵皮屋。那裡香煙的包裝都不一樣，甜美艾夫頓．維吉尼亞××××是黃白色包裝，上頭有羅比．伯恩斯的肖像還有兩行〈甜美艾夫頓〉這

× 指北愛爾蘭與愛爾蘭共和國的國境。

×× Lough Foyle，起頭為德里，位在德里郡與唐尼哥郡，也是北愛爾蘭與愛爾蘭共和國的天然國界。

××× 愛爾蘭自由邦（Irish Free State），在一九二一年十二月六日英愛條約（Anglo-Irish Treaty）簽定後，愛爾蘭成為了自由邦。一九二二年十二月六日，愛爾蘭訂定了自由邦憲法，其中明訂愛爾蘭雖然仍是英國的屬地，承認英國國王為其君主，但擁有自己的上下議院與治權（自由邦宣稱其治權涵括整個愛爾蘭島，但北愛六郡擁有脫離自由邦的權力。新教徒居多的北愛六郡也決定脫離自由邦，仍屬英國管轄。這也引發了愛爾蘭內戰與之後的北愛問題），不過英國政府仍可通過或拒絕愛爾蘭議院所通過的議案。在二零與三零年代，愛爾蘭自治政府逐漸透過立法與修法擺脫英國政府的控制並強調自己的獨立性。一九三七年，當時的愛爾蘭行政議會主席（首相）埃門．戴瓦勒拉（Eamon de Valera）透過公投推動修憲，訂立愛爾蘭憲法，改國號為Éire（愛爾蘭語的愛爾蘭），以愛爾蘭總統取代了愛爾蘭總督一職，並承認其治權並不包括北愛六郡，而是將來要以和平與民主的方式完成愛爾蘭的統一。另外愛爾蘭總統雖擁有治理愛爾蘭的權力，但英國國王仍是愛爾蘭名義上的君主。新憲法於一九三七年十二月二十九日生效。在一九四九年四月十八日，愛爾蘭正式宣佈成為共和國，並脫離大英國協。

×××× Sweet Afton Virginia，在愛爾蘭鄧多克城（Dundalk）於一九一九年開始生產的香煙。之所以取名為Sweet Afton，是為紀念蘇格蘭詩人羅伯．伯恩斯（Robert Burns）與該城的關係（伯恩斯的妹妹自一八一七年便住在鄧多克，於一八三四年過世後亦葬在那兒），因此便以伯恩斯的作品Sweet Afton命名。艾夫頓是條位在蘇格蘭的河流。香煙商認為這樣的關聯與將伯恩斯的頭像印在包裝上，可以增加該牌在蘇格蘭的銷售量。

首歌的歌詞×安插在一張有條河、有棵樹，還有風景縮圖的圖片下方。在我們聽起來，那裡的人的聲音就像是櫃檯上一塊塊閃亮的圓奶油塊，在它們明亮的黃臉上還印著天鵝的圖案，又滑又柔。我爸媽的家族就是從那裡來的，從唐尼哥。

有天中午，李恩和我在沼地的暖意中睡著了，然後在夜晚的冷霧中醒來。我們決定爬到山丘頂上的老格黎亞南堡壘××。我們聽說它名字的意思是光之堡壘，太陽的堡壘，而且在那裡已經有一千年了。一旦爬到頂了，我們打算從另一邊下坡，比較矮的那邊，就在連結堡壘與下方主要道路的碎石子路旁邊。可是就在我們往上爬時，霧變濃了，接著堡壘就消失了。我們緊靠在一起，開始往下走入一大片溼軟的真菌，它們就在綿延的岩石與茂盛的石南花間輕輕呼吸。隨著霧升高超過我們的頭頂，我們覺得自己越來越渺小，它整片往上升，快速通過我們，但在我們還來不及瞥見前方的平地，它總又降臨到我們腳邊，在我們面前。就當我們以為可以聽見遠方湖泊的低吟聲，以為我們就快到了；那聲音就會消失，然後又從不同的方向傳來，更大聲，更微弱，更近，更遠。只有突然撲來的蝙蝠群清楚告訴我們，我們還是在堡壘附近。我們知道牠們喜歡堡壘西面的沼地。我們經常看見牠們傍晚出現在國境的溪流那邊，在樹木間飛馳，然後轉向下飛往在地表徘徊的蚊群。隨夜晚降臨，牠們會沿著上坡飛，飛到沼地上頭，然後我們就看不見牠們，直到牠們到達堡壘上頭，盲目、彎曲地飛翔，不斷吱吱叫。到了山丘頂，我們看向朝遠方唐尼哥群山升起遽增的黑暗，那端在雲霧間仍看得見位在地平線的亮光。那裡是我們的來處，從山的輪廓與黑暗中而來，在那兒小屋的燈火閃爍，就如同星星一樣遙遠。在那兒，有許多我媽的親戚，都很愛說話；我爸的親戚只有幾個，都很沉默，都沒見過，都隨著書本、椽木，還有宿仇，深鎖在某個農場中。

宿仇。真的就起於位在邦克拉那鎮外頭卡克丘的那座農舍嗎——那座有著椽木屋頂與滿牆書本的農舍嗎？真的就是從那座農舍的木頭地板上我爸抄起我哥與我，我媽跟在後頭，進入了長年的沉默？真的是因為他發現自己的妹妹並不是住在房子裡，而是被親戚像下女一般對待，而且還得睡在雞舍旁邊的庫房裡嗎？他的手抱起我時，我記得那些巨大

× 這兩行歌詞為：
緩緩地流啊，甜美艾夫頓，在你翠綠的河谷中
緩緩地流啊，我將吟曲為你讚頌

×× 格黎亞南堡壘（Grianan of Aileach），位在唐尼哥郡境內，但十分接近國境。是一座環狀石造堡壘，約建於西元六世紀，於一一零一年被毀，又於一八七零年重新整修至現今的樣貌。

的椽木，還有他把我放下來時外頭那條滿是灰塵的路，還有我們頭頂上他們的聲音，還有他們頭頂上的天空佈滿了從大西洋那兒飄來的一大片鋤頭狀的雲。我們再也沒見過那座農舍。我媽有跟我說，我爸過世很久的母親，在那之後沒多久來到我們家，就在我爸睡著後站在床尾，看著他，然後對我媽微笑，接著摸了摸蓋在他身上的毯子就離開了。我媽能夠接觸到在她周圍的另一個世界。別人都這麼說。而且她聽到時似乎還滿高興的。

我爸的母親出現在床尾是不是表示她對他拯救了她的孩子，而且帶她們脫離了奴役而高興呢？我媽是這麼認為的。我也是。但我又想起艾迪。他還沒被救呢。但他和宿仇沒什麼關係，不是嗎？是啊，他在他父母死後馬上就離開了。然後當他再出現，就只是為了在那場威士忌爆炸的玫瑰紅閃光中再度消失。

那是早在宿仇之前的事了，我媽是這樣稱呼它的。宿仇。這個詞有種我能品味的宏偉感，雖然我覺得也許有更多的事還沒說出口。不過那只是種模糊的預感，讓我警覺已經得知的事情並非事情的全貌。當我躺在床上看著掛在臥房牆上的耶穌聖心圖，我想到艾娜臨死前倒臥在床上時悲傷的雙眼；耶穌的雙眼望著我，不管我在動或是靜躺著。其悲淒感總帶給我同一種感覺：這個家族仍有我尚未知曉更深切的悲痛；而那雙眼睛要求我去體認那銳利到能輕易刺穿心臟的悲傷。

一九五零年八月

一九五零年夏天，因為我爸在港區超時工作的緣故，我們有了比較多錢，所以負擔得起去渡假——在邦克拉那的一家旅舍待了兩星期。我爸在週末搭公車過來，因為他沒法在平常日請假。天氣就像鑄鐵溶液一樣熱，沒有間斷，而且明亮。在我們覺得湖岸無趣後，我們會到城鎮遠處的丘陵間遊走，小心護衛我們自己避開卡克丘與宿仇農舍，我們就這麼稱呼它，我們覺得我爸的親戚就躲在那裡，隱藏在山丘之中。但就在他過來後的第一個星期天，我爸帶著我和李恩散步到某條路上，那條路持續爬升，一彎接著一彎，就朝那個地方去，越來越接近我們認為是那座農舍的所在。我們瞥了彼此一眼，但都沒說話。反而茫然看著風在嘶響的玉米田間劃開一道道顫抖的溝痕，看著在緩緩變陡的斜坡上綿延的馬鈴薯田，看著海鷗們懶散地在內陸飄流然後往海岸邊的山崖群聚。他想給我們看樣東西，他說。他的額頭發亮著；他的紅髮不斷退縮，讓他崎嶇的臉露得更多，更和藹、更親切。不像平日輕鬆的步伐，他沉重地走著。那天，李恩看起來好像他：眼中是一樣的藍，一樣的銳利。我的眼珠是深色的，像我媽一樣，所以在他們旁邊我幾乎覺得自己是另一個家庭的成員。

我們來到了一個能看見整個海洋的路彎，然後在連續幾個小轉彎後，那條路又拐進了內陸。我們站在路的外緣。他指著海的方向。

「你們有看見什麼特別的嗎？」他問

我們看過去。原野往下延伸到山崖邊，在抵達海岸前便聳立在浪潮之中。我們沒看到什麼奇怪的。我們爬過一座閘門，往下頭原野走到一座不深的小山谷，那裡長滿了苜蓿、毛茛、蒲公英，以及雛菊；小山谷朝上彎曲，然後在平地的最後一層褶皺前凹陷，那層褶皺直伸到空中變成了山崖的邊緣。我們從那個地方往上看，草地就好像伸展到半空中，草地兩邊距離石頭比較多的平地都有好幾碼遠。他告訴我們，那片連綿的綠地就是我們該看的地方。我們應該要耐心等；盯著鳥看。牠們會飛向那片草地，但絕不飛在它上頭。我們看著。一群海鷗，一群歐椋鳥，還有一隻燕子，全都在空中盤旋或飛翔。牠們飛得很高，所以很難判斷牠們是不是在草地的上方；不過確定的是沒有一隻降落在那上面，雖然有幾隻就在附近。為什麼？那是什麼地方？告訴我們吧，我們要求。那個啊，他說，就是失蹤者的原野。朝它飛過去的鳥會從視線中不見，然後又出現在周圍的地方；但如果牠們飛穿過它，那牠們就會消失。我們看著。即使我一開始認為他在開玩笑，我的心臟仍砰砰跳。

大海在我耳中起伏，然後在遠方下頭轟隆作響，一遍又一遍。不是，那是真的，他說。那就是它的名字。當地的農夫都會避開它。他們相信，就是在這個地方，那些在這附近消失或是沒有接受基督教葬禮的人，像是那些淹死而且屍體從未被找回來的漁夫，他們的靈魂每年會在這裡集合三到四次——聖布里吉德節×、索恩節××，還有聖誕節——像鳥一樣哭喊並俯視他們出生的原野。任何進入這片原野的人類也會遭遇同樣的下場，而且在那幾個

× 聖布里吉德節（St. Bridget's Day），又名伊默格（Imbolc），是凱爾特文化主要的傳統節日之一。通常是一月三十一日或二月一日，在冬至與春分之間慶祝。在凱爾特信仰中，這天是春季的開始，象徵一年中光亮的一面。之所以稱作聖布里吉德節，是因為這天與主掌生育的凱爾特女神布里德（Brid）有關。在愛爾蘭歸化為天主教後，布里德也被封聖成為聖布里吉德。

×× 索恩節（Festival of Samhain），與伊默格（Imbolc）、貝爾騰（Beltane）和魯那薩（Lughnasadh）同為凱爾特主要傳統節日。伊默格是春季的開始，貝爾騰則是在四月三十或五月一日，是夏季的開始，也是耕作與放牧的開始；魯那薩則是收穫季的開始，約在八月一日，而索恩則是收穫季結束與冬季的開始，約在十月三十一日或十一月一日，象徵一年之中黑暗的一面。凱爾特人相信在這一天，人間與陰間的連結會變強，因此死者的靈魂會來到人世遊蕩，所以家家戶戶都需準備食物給死去親人的靈魂。之後因為凱爾特文化、日耳曼文化與羅馬教會文化的交互影響與變革，索恩節也成為今日所知的萬聖節的前身之一。

日子聽見他們哭喊的人要在胸前劃十字，然後大聲祈禱來淹蓋過那些聲音。你不應該聽見像那樣的痛苦；只要祈禱你就永遠都不會遭受那種痛苦。如果你在屋子裡聽見那些哭喊，就應該關上門窗把它們隔絕在外，避免那種痛苦進到家中摧毀了裡頭的一切。在那個山谷裡，聖誕節是沉默之日，他說，特別是夜晚來臨時。我抬頭看他，望著他的雙眼。他對我稍稍微笑，但他的表情很擔憂。又一次，我覺得還有更多事要說，但他的眼神透露他改變心意了，他再也不會多說了。

我們又盯著那片草地在風的幻覺中搖晃了好一會兒，雖然今天是沒有風的。我想知道在二月、十一月跟十二月的那幾個日子，當哭喊出現時會是什麼樣子。我稍微往斜坡爬了上去，好更接近那片魔法原野。

「別再爬了，」我爸說，「這已經夠接近了。」

我停下來。我想要繼續爬。我回頭看著他，站在那兒，等著，他的雙眼因為直視陽光瞇了起來。李恩就站在我們中間。有隻海鷗降落在附近的一塊岩石上。我想要往山崖邊緣繼續走過去。我又往上走了幾步。那個斜坡比看起來還要陡。我爸什麼都沒說。李恩朝他走了回去，然後在毛茛間坐了下來。艾迪的靈魂，我在想，是不是來到這裡為他失去的原野哭喊？我敢問嗎？我沒問。我也不想再更靠近邊緣了。所以我又下了斜坡問他有沒有聽過那個哭喊聲？沒有。他曾想過要聽嗎？沒有。你能夠從那些聲音裡辨認出認識的人的哭聲嗎？他不知道，也不認為可以。這個時候他正回頭朝閘門走去。他是什麼時候第一次聽說這個原野的？他記不得了。我感到生氣。他在阻撓我，他帶我們來到這裡然後就這樣走開，什麼都沒有解釋。

「我不相信那些東西，」我說，「我認為那都是編出來的。」

「當然啦。」他冷淡回答。

「我是說，誰會相信呢？鳥會消失。你看，那邊就有一隻，就在它正上方。」

我指過去，但那隻海鷗正轉向離開，牠的叫聲潦草地畫出了牠的飛行路徑。

回到大路上，我們又朝那片原野看去。它現在看起來很普通。我們看得見山崖邊緣，它的盡頭。接著，隨太陽光從海面上消失，有那麼一瞬間，我發誓看見有人站在那裡，就站在邊緣，有個人就盯著下方緩緩起伏的水面。但當我再細看，那裡一個人也沒有。我下了陡坡，小跑步到路的另一邊，李恩在那邊用他的小刀砍著灌木叢的樹枝，生氣亂劈。我爸走在我們前頭，走得很快。我伸手幫李恩把樹技拉直，好讓他把旁邊的細枝切掉。他憤怒地看著我。

「你滾開啦。到前面去和他一起走。」

然後我跑著想趕上他，但是，就好像在夢中，他似乎都沒有變近，於是我放棄了，就站在他們中間，李恩在樹籬那兒邊削著他的樹枝邊看著我，我爸走到了路彎然後背影漸漸模糊，海鷗的叫聲，在我耳中，同情地，生氣地迴響。

格黎亞南

一九五零年九月

格黎亞南是座巨大的石環，內緣破舊的階梯能通往胸牆，從那邊俯瞰，一頭是鄉村，另一頭是湖濱的沙地。在某座內牆底部有條秘密通道，你爬進去後，裡頭又窄又暗，盡頭稍微高了一點，那裡有張用厚石板做成的許願椅。你坐上去，閉上眼，然後祈願你最想要的事物，同時留心去聽傳說躺在底下沉睡的芬亞納[×]戰士的呼吸聲。他們在等待某個人會許願將他們從千年沉睡喚醒，對英國人發動最後的戰爭，將他們永遠趕出我們的土地。我想，那個人一定很特別，說不定有著妖精的雙眼，一顆綠色的還有一顆棕色的；又說不定

× Fianna，愛爾蘭神話中的戰士。

是個有決心的人，就像他口袋中的槍一樣又堅硬又隱密，只在他確定能夠領導一切時才會行動。我很害怕，我可能會意外許下那個特殊的願望，接著感覺到腳下的地面崩塌，看到那些死人的臉孔昇起，在他們堅決的斧頭與長矛後方模糊難辨。

李恩和我的暑假大多就在那兒度過。如果那裡還有其他人，我們會分組然後賽跑到頂端的堡壘。贏的那組就防守堡壘，對抗其他人，瘋狂在胸牆上爭鬥、攀牆，我們的喊叫在野生石南花與岩石交織的沉默風景中消逝。

有一次，我的朋友——墨倫、哈金，還有托倫——把我關在秘密通道裡。一開始，我根本沒有反應——就坐在那張石頭許願椅上。漸漸地，那條我剛爬進來的通道從圓形變成單純一片漆黑。我坐在那兒，覺得冷，雖然外頭很熱，而且還有雲雀在舊堡壘上空的溫暖熱氣流中不斷啼叫。我摸了摸溼漉漉的牆壁，感覺到黏膜在堅硬牆壁上緩緩流動。那個地方甚至讓我內心起了股悸動，要我用手去觸碰有著波紋的青苔與水。如果我出去再次站在那環型胸牆上，我就看得見英曲島×，及深色土壤海岸上那寬廣平坦的海灣，並聽見從遠方轟隆作響的大海那頭傳來的爭戰聲。但在這裡，在這條被厚牆包圍，盡頭是這個椅子型壁龕的秘密通道裡，除了那個細狹空間裡微風的呻吟聲，還有流水被尖銳的石頭表面割裂成細流的聲音，什麼都沒有。我想像自己能聽見沉睡的芬亞納的呼吸聲，他們等待著那個能讓他們再次復活，來為最後一場戰役奮戰的號角聲，誠如聖高隆[xx]告訴我們的預言，那場戰役會發生在德里與斯卓班[xxx]之間的某處，在那之後，僅存的那艘英國船會從福伊爾湖啟航，並且永遠離開愛爾蘭。如果你再更專心點，你會聞到德魯伊[xxxx]咒語的藥草香味，還會聽見許多女人發出性歡愉的喘息聲——對了……對……了……了。如果你在那個時候許願，特別是與愛情有關的願望，女人就會永遠被你吸引。

我的朋友們都做過這件事。我就一直坐在那裡，在許願椅上，想著在通道那頭的微光消失後，我要怎麼更專心聽著通道裡微弱的鬼魂聲。我聽見蓋住入口的石頭被推回去的咕

× Inch Island，位在伊尼許歐文半島旁的小島。

×× St. Columcille（521-597），又名Columba（Columcille，是愛爾蘭語，意思是「教會的鴿子」）。出生於唐尼哥，是愛爾蘭十二使徒之一，也是德里的守護聖人。

××× Strabane，位在泰隆郡（County Tyrone）西方國境的城鎮。隔著福伊爾河與唐尼哥郡相望。

×××× Druid，凱爾特民族的古早信仰。因留下的相關史料並不多，所以至今對德魯伊教的運作仍所知不多。

嚕聲，要把我關在裡頭。我大聲吼叫，但他們都笑了，然後跑到我頭上的胸牆階梯。那顆石頭沒法從通道裡頭推開；通道太狹窄了，無法使力。所以我就坐下等著。當我大喊，我的聲音會在身邊彈繞然後消失。我從未經驗過這樣的黑暗。我能聽見風聲，又或者那是遠方大海的聲音。那是正在呼吸的芬亞納。我能聞到石南花與金雀花在空氣中渲染；那是德魯伊的咒語。我能聽見地下水的低語；那是女人的喘息。那股寒意直達我骨子裡；那張椅子彷彿也隨著寒意發亮。有隻應該是野老鼠的東西來來回回逃竄；或許那是自岩石細細滴下的灰泥。我爬到了入口然後又大喊。終於有人來把石頭推開，我急忙爬進陽光中，光線讓我目眩，走路的步伐不太穩，好像我全部的血液都集中在腳踝一樣。過了一會兒，我們又爬上了胸牆，然後爬下圍牆到回家的路，周遭的天空與山丘看起來是如此高與寬廣，這讓我在回想起那條黑暗通道時，感覺更糟、更冷，也更封閉。

我們過了國境後走了超過一個足球場寬度的距離，就在我們接近大路時，有輛車從轉彎處冒了出來，我們差點被它的車燈照到。我們躲進了灌木叢的暗處。「這些水老鼠，」布蘭登・墨倫邊說，邊緊盯他們。那是海關人員的綽號。「他們在找走私犯。我爸告訴我說有群走私犯有天晚上在格黎亞南附近抓到一個海關人員，然後他們脫掉他的制服外套，把他綁起來還關在通道裡。差不多兩天後，其他海關人員才找到他，他們把他救出來時，他已經完全瘋了。他現在仍在格蘭夏精神病院[×]，而且他們說他一直是冷冰冰的；從那之後就沒有體溫。永遠不會有了。」

我們到達路上的最後一個山坡，燈光交織的整座城市就在我們腳下。我們好像要朝它墜落，累得說不出話來，在這個靜止的秋老虎之夜，落進由狹窄街道形成的網路。

× Gransha asylum，位在德里。

凱蒂的故事

一九五零年十月

就是這樣，我們的領土，有著在某座丘陵上俯瞰福伊爾湖的老格黎亞南堡壘，有著在另一座丘陵上的宿仇農舍，凝視著斯威利湖×，而伊尼許歐文半島的粗脖子便位在兩座湖的中間，籠罩在煙霧中的德里在福伊爾湖的盡頭，而扭曲的國界就在它後頭。我們會在早上近午時分走過國界，然後在六點回到城市裡，正來得及看女人和女孩從襯衫工廠川流回家，她們手挽著手，和男人比起來，穿得更光鮮亮麗，更多話，而大部分的男人都站在街角。我們會對她們叫嚷，但她們只會把我們當小孩子一樣打發走。

「用嬰兒車把那個小子送回家吧。他媽媽在找他呢。」

「瞧瞧你啊還有你那對小紅臉頰。又在長牙啦！」

我們就會一哄而散。有時候，年紀比較大的男生會跳到某輛卡車後頭或是吊在巴士上頭的行李架上，從她們旁邊奔馳而過，邊吹口哨邊叫喊著女生的名字以及喜歡她們的男生名字。那些女生都回到家後，總會有段空白，一段空氣被剝奪，缺乏歡樂的靜止。從煙囪冒出的煙直直向天飄去，就連在夏天也一樣，而當其中一座煙囪冒出了火，看見那火束總是讓人高興。

凱蒂是我媽的妹妹，她之前都是在提利與韓德森的工廠當縫紉工。她很年輕就結婚了，比我媽還要早很多。她有個小孩，一個女兒，米芙，已經二十幾歲了，在一家報社工作。她的丈夫，也就是米芙的爸爸，早在米芙出生之前便失蹤了，那時凱蒂才懷了兩個月的身孕。那件事也沒什麼好說的。他的名字是東尼・麥伊亨尼。他在一九二六年就到美國去了，好像是去找工作，寫過一、兩次信回來，之後就毫無音訊。他是突然離開的；有傳言說他到了芝加哥，在那裡結婚生子而且在當地還挺有聲望的。但是他從沒見過他的孩子，從來沒跟她聯絡。真是怪了。凱蒂從不談他的事。有次，李恩問我媽關於他的事，她抓著他的肩膀搖了搖，並且要他再也不可以在這個家提起那個男人的名字。「耶穌啊，」

× Lough Swilly，位屬唐尼哥郡，在伊尼許歐文半島的西邊。

李恩說，「這還真是『有求必應』[×]。耶穌啊。」

從某個角度來說，凱蒂領養了我們，所以成了我們的第二個媽媽。我以前都希望她能更常留下來陪我們，然後我爸媽就會一起出門去看電影。不過他們從來沒有。他們從不會一起去某個地方——除了到其他人家中去聊天和參加他們口中的同樂會[××]，也沒有那麼多地方好去。他們有一起出去過嗎？我問艾莉許還有李恩，因為他們年紀比較大，但他們根本不記得他們有出門過。再說，這有什麼好奇怪的？他們都是形影不離。結婚的人都是這樣啊，艾莉許說。對啊。不過，我還是希望他們能一起出門去。「那要花錢的，」李恩說，「而我們沒有錢。就這麼簡單。」

現在因為米芙長大，凱蒂沒小孩可照顧了，她比任何人都還有時間出門；再說，她也沒工作了。克拉蓋文橋盡頭的那座襯衫工廠開除了好幾十個女人，因為沒什麼工可作。她不認為自己會再找到工作。所以現在她就比較常來我們家，有時候她會讓我媽上樓去睡個覺，接著她就會打理廚房裡的事。我看她用不同的方法來打理事情。她煤炭用得比較多而且火也燒得比較旺；她會把鍋子一個個擺好，而且握把都朝左而不是朝右。她會背對窗戶坐。我媽總是面對窗戶坐。「這下好了，」在她做完某件事後總會這樣說：「這下好了。」每回她給我的購物清單，總是搞不清楚正確的數量。

「天主保佑我們啊，你們不需要四條麵包啊。一條就夠了。」

「妳習慣只買兩人份的東西，凱蒂。這家裡有八口人啊。」

「對啦，」她說，「從來沒超過兩個人。這點你說對了。」

我們小時候，她總會說床邊故事給我們聽，有好的與壞的妖精；或是有媽媽的小孩被妖精帶走了但總會找回來；鬼屋；逃離危險的人與他們的家人團聚；被偷的黃金；不快樂的有錢人與他們寂寞的小孩；一家人戰勝要驅趕他們離開的地主與警察後，安全又無憂地過日子；被活活燒死的聖人卻感覺不到痛苦；口齒伶俐又狡猾的魔鬼總是穿好衣服而講起話來假惺惺的。她會好多種口音還有好多種聲音，就算我們被那個總是像迷宮一樣複雜的情節搞混，我們還是聽得懂她的故事。現在我們都長大了，她就不講那些故事了。不過她

× 原文為ask and ye shall receive，典出馬太福音第七章第七節：「求則予爾，尋則遇之，叩門則為爾啟之。」

×× 原文為ceilidh，是愛爾蘭的社交場合。通常都會演奏傳統音樂和跳舞。

還是會講些不一樣的故事，就在樓下的廚房，只要我們讓她心情好而且爸媽都不在。我總覺得他們在的話會限制凱蒂所要講的內容。

「從前有個年輕女人叫布莉姬．麥拉夫林，」有天下午，我和艾莉許幫她洗好一大堆衣服後都坐在廚房裡，凱蒂背對窗戶，坐在扶手椅上，腳翹在一堆坐墊上，對我們講了這個故事。我媽在樓上睡覺。「你們要記得，這個事情是在很久很久以前發生的。我是從你們康斯坦汀舅公的媽媽那邊聽來的，願主善待他們兩人。」然後她沉思了一會兒。我們沒有打擾她。這是她講故事的方式。如果你催她，她就會省略很多內容，然後故事就一點也不精采了。

布莉姬的工作——不是那種在市中心的雇用集會，一群群青年男女被雇用在冬天時到內陸的農場做事的工作——她是被私人雇來照料兩個小孩，兩個孤兒，一男一女，他們住在唐尼哥郡很南邊，依然是說愛爾蘭語的地方，但那種愛爾蘭語已經很古老，古老到許多會說愛爾蘭語的人也聽不懂。來到德里之前，布莉姬是在那裡長大的，所以語言對她來說不是問題。總之呢，這兩個孩子的伯父要出遠門，所以希望有人能照顧他們，並且教他們一些東西。不過這兩個孩子的名字有點古怪。男的叫法蘭斯，而女的叫法蘭絲。就算用愛爾蘭語叫他們的名字你也聽不出差別，只能用寫的來分辨。沒人知道為什麼他們的雙親要這樣取名。他們的雙親是在大饑荒[×]時染上霍亂死的，雖然他們那時的生活情況還不錯，而且從來沒挨餓過。總之呢，不管情況是怎樣，這位年輕女人——布莉姬——被派到那邊去照顧那兩個孩子。她簽了一年的合約，是在她爸爸家中簽的。可是在那一整年，她絕對不可以離開那兩個孩子一步，也不可以帶他們出門。那位大伯已經安排好了，在幾哩外的村莊的幾間店會供給她一切所需。就這樣她到了一間很偏僻的大農舍來照顧法蘭絲，那個女生，九歲，還有法蘭斯，那個男生，七歲。

前幾個月她都會寫信給她爸爸，一切似乎也都安然無事。但突然間就再也沒來信了。也是在那個事件結束後，大家才知道究竟發生了什麼事。

那兩個孩子都長得很漂亮，特別是那個女生。她是黑髮暗色皮膚，男生則是金髮白皮膚。他們都只說愛爾蘭語。布莉姬把她所知道的都教給他們，每天早晨上兩個小時的課，

× Great Famine，指的是一八四五年至一八五二年因為「馬鈴薯瘟疫」導致的饑荒。

下午上一個小時。但是他們有一個習慣，他們告訴布莉姬，他們已經答應彼此絕對不可以違背。他們每天都要到房子後頭的空地，也就是他們父母被埋葬的地方，在墳前獻花然後在那裡坐上很長的時間。他們總是要她就讓他們獨自去做這件事；他們說，她可以從樓上的窗戶看著他們。所以布莉姬也照做了。然後一切都安然無事。但是，一段時間後，夏天也要過了，布莉姬試著更積極阻止他們，因為外頭經常是溼漉漉的，而且也開始變冷了。但那兩個孩子仍然堅持要做。就在秋天的某日天氣特別糟，外頭下著傾盆大雨，刮著狂風，她不讓他們出去。她不肯讓步。而他們就輪流堅持。最後，她把他們關在房裡，並且告訴他們就是這樣了。天氣好的時候他們可以去看雙親的墓，但是她不會讓他們在這種情況出門結果搞到生病，他們的雙親不會希望她這麼做的，更不會希望他們堅持要這麼做。大吵一架後，這是他們的第一次，那兩個孩子回到了他們的房間，然後，過了一會兒，天黑了以後，布莉姬也上床睡覺了。這下子，你們相信嗎？這是千真萬確。隔天早上，她進到他們房間，發現了什麼事呢？她發現那個男生現在變成黑髮，就像他姐姐之前那樣，而那個女生成了金髮，就像她弟弟之前那樣。而且他們好像都沒注意到！他們跟她說他倆一直都是這樣，說這些都是她想像出來的。你們想像一下吧！可憐的布莉姬！她認為自己快要瘋了。她把他們從頭到腳檢查了一遍；她質問他們；她威脅說如果他們不說實話，就不讓他們吃飯。但他們就坐在那兒，跟她說她才是那個把每件事都搞錯的人。好，布莉姬說，我們就看看到底是誰在幻想。我們就到村子裡去。我們就去見神父。我們就去見每一個我們見過的人然後問他們。兩個孩子同意了，所以他們就去了教區宿舍，找了裡頭的神父並在會客室等著見他。布莉姬坐下，站起來，然後又坐下，而那兩個孩子，就像他們平常一樣有禮貌和教養，就坐在她面前的直背椅上，靜靜地就像兩個大人一樣鎮定。神父一進來，布莉姬立刻走向他說：「神父，神父，看在天主的份上，看看這兩個孩子，法蘭絲與法蘭斯，然後告訴我究竟發生什麼事了，我不知道他們是不是被魔鬼控制還是怎麼了。」然後那個神父，一臉訝異與震驚，看了看她，看了看他們，抓住她的手腕要她坐下，邊搖頭邊問她是什麼意思；要她慢慢把事情再說一次。但是這兩個孩子，她哭著對他說，看看這兩個孩子，他們變了啊，他們互換顏色了啊。你看！她手指著他們，然後他們就在那兒看著她與那個神父，而他們的髮色和膚色就是一直以來的那樣，女生黑髮，男生金髮。我們跟她說了，他們對神父說，我們一直都是這個樣子，但她說我們的顏色變了，嚇壞我們了。他們兩個開始哭，然後布莉姬開始號哭，那個神父就驚慌地在他們之間跑來跑去，過了一會兒才讓他們都平靜下來。

可憐的布莉姬！她知道那個神父認為她不太對勁，那兩個孩子這麼大聲辯解，又那麼真心地難過，讓她開始懷疑她自己。特別是那之後，那兩個孩子一直維持他們一直以來的膚色，還有那段時間，不管天氣如何，布莉姬都讓他們去雙親的墓，然後從樓上的窗戶看他們，卻也看不出有什麼問題。但她晚上都睡不著覺，因為她知道，她知道，她知道自己之前根本沒有搞錯。她清楚記得檢查過他們——她的雙手在他們頭髮後頭摸索，看見那個男生的皮膚變得比較黑，而女生的皮膚變得像男孩之前一樣白裡透紅的。她知道這不是她想像出來的，可是就是發生了！她躺在床上緊握著念珠，並一直祈禱還常常突然顫抖哭泣，因為她知道要嘛是她瘋了，要嘛就是這房子裡發生了怪事，而且那兩個孩子讓她非常恐懼。因為睡不著，她便在房裡走來走去，並且不時會拉開窗簾往外看。左手邊是那座墳墓所在的空地。在她見過神父之後還不到一星期的某個晚上，她往外看，然後看見恐怖的事，就在墳墓上頭閃著某種青光，之後隨著那道光她看見那兩個孩子就站在那兒，手牽著手，直瞪著那塊冒出光的地面。她嚇壞了，想叫但發不出聲；想動但整個人麻痺了；想哭但她腦袋上那雙眼卻乾巴巴的。她不曉得像那樣站了多久，但最後她動了並且強迫自己走出門，然後一走出門便哭喊他們的名字——法蘭絲、法蘭斯、法蘭斯，法蘭絲——一遍又一遍，邊在走廊狂奔。就這樣，她聽見他們就在他們的臥房裡，她哭了出來，進去發現他們都被吵醒還嚇壞了，身子既溫暖也是乾的，兩個人都是，仍睡眼惺忪的。她把他們帶到她房間，並且要他們待在她床上，在他們頭上灑聖水，要他們祈禱，要他們不要害怕，強迫她自己又到窗戶邊往外看，只見一片漆黑——沒有青光，墳邊也沒有小孩的身影。那個晚上就莫名所以地過了。兩個孩子都睡了。她躺在床上，躺在他們旁邊，儘可能不吵醒他們地把他們抱得緊緊的。但是當他們醒來後向她要早餐時，又發生了讓她整個人發冷的怪事。這次他們的聲音變了。男生有女生的聲音，而女生有男生的聲音。她用雙手蓋住自己的耳朵。她閉上眼睛。接著她對自己說這個時候要鎮靜。她知道她必須看看是怎麼一回事。所以她要那兩個孩子在吃飯前和她一起到浴室去洗澡。她幫他們脫衣服，雖然他們通常是自己脫的。然後當然啦，他們的性別也變了。男生成了女生，而女生成了男生。而且他們完全不在意！他們就自己洗澡然後什麼也沒說。她幫他們做了早餐，給他們上課，讓他們到外頭前院的蘋果樹下玩耍。她知道，她說，如果她帶他們去見神父或醫生，同樣的事情會再發生：他們又會變回來，然後讓她看起來像個瘋子。她也知道如果她離開這房子——就算她真的找到離開的方法，因為這裡幾乎沒什麼交通工具可搭，更不用說是能帶他們到像德里這麼北邊去的了——但她又想不出來究竟還能去哪裡——就會發生恐怖的事。她知道現在自己正面臨邪惡的挑戰，而且那兩個孩子是被後頭那座墳墓裡不管是什麼東西從她身邊偷走了。哦，她不用知道自己是怎麼知道的，但她就是知道。那是無庸置疑的。

凱蒂暫停了好久。壁爐上的時鐘滴答響著。艾莉許坐在椅子上彎著腰，頭髮整個蓋住她的臉。我想偷偷看一眼掛在牆上的修面鏡，好確定我的頭髮仍是黑色的。凱蒂繼續沉思。爐火裡有塊煤炭裂開來，小小的藍色火焰發出了嘶嘶聲。樓上一點聲音也沒有。有些家族，凱蒂告訴我們，就是會被惡魔糾纏。你們知道那個小女生，布莉姬·麥拉夫林？她就是和街角那邊那個可憐賴瑞同一個家族，自從他在婚禮的前一天看見惡魔後，就再也不說話了。你們還記得那故事嗎？艾莉許還記得。她點點頭。我不記得了。但我想要凱蒂繼續講這個故事，所以我也點頭。她繼續說。那種詛咒是一個家族永遠也擺脫不了的。也許是家族史裡某件可怕的事，某件以前幹下的恐怖勾當，就這樣傳下來，一代代地傳承，就像在隧道裡大喊，在那格黎亞南牆中的秘密通道裡，回聲接著回聲永遠不停歇。它就永遠困在那些牆裡。

提到格黎亞南時，有個直覺在我體內醒來。不知道為什麼，我想要她停下來，但她仍繼續說。我希望我媽醒來，或是有人進來打斷凱蒂。但是每個人好像都不在。再一個小時，那些工廠女生就會出來，這個地方就會因為人群而充滿生氣，凱蒂就會趕著做好晚餐，我就會擦好餐桌，艾莉許就會開始咔啦咔啦地擺好刀叉。笛兒卓、李恩、吉拉、還有埃門全都會進來，我爸會回來，我媽會出現，人們會閒聊這個和那個，收音機會被打開來聽新聞。

總之呢，總之呢，凱蒂繼續說，邊將手用畫圓、洗滌的動作劃過她那寬闊、和藹的臉龐，那個可憐的女孩就和某種恐怖的東西，還有兩個奇怪且會在她眼前變過去又變回來的孩子困在一起了。她在筆記本上記錄了所有的變化：那些從男孩到女孩的變化，然後他們又變回她剛到這裡時的樣子。有些變化比其他的微小。某天，是他們眼睛的顏色：女孩的眼睛會變成藍色的，雖然她還是黑髮與棕櫚色的皮膚；男孩則會變成棕色的眼珠。另一天，是他們身高：平常是女孩比較高，但某天她就會變成男孩的身高，男孩則變成她的。某天，她發誓，是他們的牙齒改變了：她有著他的笑容，而他則有著她的。另一天，是他們的耳朵。再另一天，是他們的手。一個接著一個，她就看著這些變化看了三十二天。那兩個孩子繼續在她房間睡，然後在那段日子，每天晚上七點她就會看到墳墓上的青光及那兩個孩子站在那裡的身影，手牽手，就算他們正和她一起睡在她床上。這一會兒已經是十一月底了。她就過著好像自己隨時會爆炸的日子，但是她儘量不去驚慌。只要有人來拜訪——神父、醫生，或是送貨人——那兩個孩子就會是他們原來的樣子。不管她怎麼看，就是看不到從一個情況變成另一個的瞬間。然後，突然間，事情變得更糟糕了。

她在一面能隨意調整角度的長穿衣鏡前梳著法蘭絲的頭髮。那面鏡子的木框，她說，是兩種木頭的混合：一種是雀眼楓，另一種是黃檀木。她之前根本不知道這件事，但這是那兩個孩子告訴她的。他們知道這棟房子裡每一件傢俱、每一件瓷器、每一件餐具、每一片地板和壁飾、每一幅圖畫和時鐘的每一個細節。他們知道那些租了農地放牧的當地人名字；他們知道在不同空地上放牧的動物種類——每一件事！布莉姬才剛梳完女孩的頭髮，正要再順個一兩下，她看見鏡中的自己站在那兒，一手拿著梳子而另一手好像抱著什麼懸掛在半空。但是那個女孩不在那裡，不在鏡子裡，即使布莉姬正摸著她，手裡正握著那孩子的髮束。她就站在那裡，一動也不動，想要跌坐在地上，但又靠她自己的意志力支撐站著。那個男孩那時候也在房間裡並靠了過來，要她快點把頭髮梳好因為他想下樓去玩。他走進了鏡框中，然後他也消失不見了。她要他們看一下鏡子而他們也照做，接著她問他們有沒有看見自己，他們當然可以啦，然後他們笑了，但是是不安的笑。而且他們也有看見她，他們說。就在那個時候，臥房走道的老祖父時鐘響了，響了十聲。她記得那天。她算得很清楚。那天是十一月廿一日早上十點。然後那座時鐘從那之後就一丁點兒也不動了。它就這樣停下來再也不動了。

當時她並不知道，但那個時間就是那兩個孩子的雙親五年前過世的時間。他們是同時過世。但她是之後才知道。而且從那之後，那兩個孩子便不再每天都到墳墓那邊去了。從那之後他們也不再變來變去。從那之後，她說，她知道在外頭墳墓裡的那兩個人終於進到房子裡了。她去找神父並且要求他來祝福這棟房子。他照做了。他走遍房子的每個角落，身上帶著聖餅，唸著拉丁文祈禱詞，在每扇門上，每一個出口與入口都灑上了聖水。做完後，他問布莉姬為什麼把房子裡全部的鏡子都蓋起來。她把事情全都告訴了他。他命令她把那兩個孩子帶到臥房的大鏡子前，然後他把覆蓋在鏡子上的絨布掀開要他們就站在鏡子前。他們就站在那裡，和正常人一樣。他得針對這件事做些什麼，他說；他會寫信給那個伯父看能怎麼安排。醫生會來看她，而且他的管家也會經常過來幫她。至少一月快到了，之後她就可以回家，因為那個伯父到時就回來了。就這樣，所有的事情都安排好了。可是當布莉姬一個人的時候，就像之前那樣，她又會感覺到那對死去雙親的存在；房子會變得比較冷，而且，她常常會看到青光在某間關起來的房門底下出現，或是在樓上走廊盡頭退去，或是當她進入某個房間時會依著窗框變細成藻綠色的線消失。

然後有個晚上，她說，他們要來把孩子帶走。法蘭絲與法蘭斯就一如往常躺在她床上。他們躺著卻醒著，無法入眠，然後那個小女孩用不是愛爾蘭語，不是拉丁文，也不是英語的語言唱了首布莉姬從來沒聽過的歌，接著那個小男孩也一起唱。布莉姬站在他們面前，手裡握了個十字架，一直祈禱，一直祈禱，而且她全身的肌肉都感到刺痛。那兩個孩子就躺在那兒，她說，他們的聲音齊唱，唱著這首悲傷、緩慢的歌曲，然後之前她看到過的所有變化全都在他們身上發生了，一個接一個，一個比一個還快，直到她分辨不出哪個是男孩，哪個是女孩。整棟房子轟隆作響，伴隨從木頭樓梯那邊傳來沉重的腳步聲。那道青光就從半空飄進了房間，然後擴散到每一個角落，而且伴著青光還傳來低語聲，是一個男人和一個女人的聲音，不斷低語，不斷低語，狂怒地，幾乎就像是在盛怒中吐口水，只是他們的聲音很乾，好像風中漫捲的塵沙般猛然升起。那兩個孩子停止歌唱，坐在床上，雙眼直瞪，張大嘴巴卻沒有聲音，雙手朝著布莉姬伸得筆直。布莉姬對他們張開了雙臂，手上的十字架掉到床上，然後她說自己能感覺到他們，他們的雙手和他們的雙臂，感覺到她的雙手摸到了他們的肩膀。接著，就在那時候，那道青光消失了，低語聲停了，而那兩個孩子也不見了。剩下的就是床上的餘溫、枕頭上的凹痕，與外頭颼颼的風聲。

那天半夜她把神父從床上挖了起來，然後他陪著她，邊趕路，邊扣上他長外套的扣子，邊告訴她說不該就放著兩個孩子不管，說這是最後一根稻草了，她一定要回家去。但就當他們到了那棟空房子，搜了一遍然後根本找不到那兩個孩子，他開始指控她拐跑了那兩個孩子，並打算去找醫生，因為醫生有匹小馬和一輛兩輪馬車，可以到鄰鎮去找警察。神父啊，她說，就那樣做吧。就去做你該做的事。但在那之前，跟我到房子後頭。她帶他到了那座墳墓，然後在那兒，他們，就他們兩個人，看到了那道青光在土丘上搖晃，還聽見了，就像雲雀的叫聲一樣清楚，那兩個孩子的聲音就從那道光之中傳來，不斷唱著，不斷唱著他們那首古怪的歌曲。神父求主保佑然後跪在地上，布莉姬也和他一起做了，然後他們就頂著風雨在那兒待到早上，直到那道青光與兩個孩子的聲音漸漸消失。

再也沒有人見到那兩個孩子。

那棟房子裡所有的鏡子全碎了，所有的時鐘都停在十點，只剩下那兩個孩子的衣服證明他們曾經在那兒。天知道那個伯父回來後會怎麼想。布莉姬被帶回家，那個伯父還來看她，她把事情都告訴了他。她回來後大概有六個月的時間，會把這件事告訴任何一個願意聽她說的人。她的腦袋整個變得不正常，然後每當她出現，人們就會求主保佑並趕緊離開。之後布莉姬不再說話。直到她死的那天都不曾再說話，不曾離開她的房間，也不讓任何鏡子靠近她。只有在每年的十一月二十一日，你會聽見她在房內唱著這首歌，沒人聽得懂歌詞，也沒人聽過那首歌，那一定就是那兩個孩子在很久以前的那個晚上，在南唐尼哥，就在大饑荒的五年後，所唱的那首歌。而直到今天那個病灶[×]仍存在那個家族之中。

× 原文為blight，指的是植物的病害，是順應著大饑荒的雙關語。

終於，我媽在樓上動了，大教堂的鐘響了，外面世界的噪音一點一點傳了進來，這時凱蒂求主保佑她自己，笑了出來然後對某個東西搖了搖頭，要我去拿清潔刷和溫水來擦桌子。艾莉許就坐在那兒，散落的金髮遮蓋了她的臉龐。

PART 2

CHAPTER 3
第三章

老鼠

一九五零年十一月

一九四七年冬天，大雪覆蓋了後頭空地上的防空洞。大戰的時候從沒人用過那些防空洞，就算是貝爾伐斯特大轟炸[×]之後也一樣。數以千計的美國人來了之後，有些人說我們現在也要打仗了。但德國人只來過一次，轟炸停在碼頭那些三或四艘排隊停好的美國船艦，失手了，然後就再也沒來過。之後警報器曾發了幾次錯誤警報，但這次接近的飛機震動聲好像讓警報更加瘋狂。我們被其狂亂的悲叫聲驚醒，然後被帶到樓梯底下安全的地方，在爸媽守護之下昏昏欲睡，我媽三不五時還會把露德河[××]冰冷且明亮的水珠輕輕灑在我們身上。我記得飛機嗡嗡聲停止後的那份沉靜，還有接下來每一架飛機俯衝的長悲聲。響了一或兩聲槍聲。接著整棟房子好像被聲波給稍微抬了起來。安全的警示聲響起時，我爸才想起來我們應該要去防空洞的，然後笑了。

那裡有五座防空洞，沿著街道平行搭建，從那片斜坡空地的頂端蓋到底部。最後一座幾乎就在我們家後門對面而已。它們是用紅磚砌起來的，有厚水泥板屋頂，發出的回音聽起來就像是空的石盒子。我們的腳步聲在裡頭迴盪，話語聲隆隆作響。其中散發尿液和便宜酒類的臭味，因為流浪漢常坐在那裡喝酒，然後就好像中槍一樣整個人癱靠在牆上，瞇上的雙眼透出了疲倦。有次我快跑經過他們，看見了兩個流浪者[×××]，一個男的和一個女的，正在地上摔角；我差點撞上從他們裂開的衣服和白皮膚所湧出來的惡臭。我出防空洞來到空地上時，差點吐了出來。之後過了好久，我仍能清楚地想像他們，他的屁股在她上頭前後擺動，她緩慢扭動，一隻腿舉在半空中。我不知道自己到底看到了什麼，但我什麼都沒說。

× 在二戰期間，德國空軍曾兩度對貝爾伐斯特進行轟炸。第一次是在一九四一年四月十五日，造成約九百人死亡，一千五百人受傷，是德軍進行空襲戰時最嚴重的傷害。第二次是在一九四一年五月四日，造成一百五十人死亡。

×× Lourdes，位在法國西南部，是天主教的朝聖聖地之一。

××× 原文為tinker，是愛爾蘭流浪者（Irish travellers）的別名。流浪者是愛爾蘭境內的少數民族，總人數將近三萬人，他們有自己的傳統、生活，與教育方式。主要語言雖是英語，但也使用「雪爾塔語」（Shelta）。

一九五零年晚春，那些防空洞都被拆了，殘磚破瓦就四散在後頭空地的邊緣。過了一段時間，那兒就被當成了垃圾場。不到幾個月，我們就有了鼠患。但就算那些老鼠蹦蹦跳跳吱吱叫，市政府仍什麼都沒做。每次我到外頭後院的小屋將煤炭鏟進水桶，一打開小屋的門，就有隻老鼠從裡頭飛奔出來，不然就是當我一鏟進煤炭堆底部，就有隻老鼠溜到後頭。沒多久，牠們就出現在房子裡。我們得摧毀牠們在瓦礫堆的巢穴才行。

這附近的男人在每條瓦礫堆的盡頭挖了一條條深壕溝，然後用挖出來的土堆成一座很陡的斜坡，這樣冒出來的老鼠就更難逃走了。接著他們用易燃物把壕溝塞得半滿——報紙、油布、碎油氈、還有破木板。他們在上頭灑上粉紅色的石蠟。我們被派去把附近一帶的狗都集合起來，我們找到了柯利牧羊犬、灰獵犬、有著像捕獸夾一樣顎頷的凱利藍×、各品種的㹴犬、還有什麼種也不是的雜種狗。我們在瓦礫堆上巡邏，發出嘶嘶聲來趕狗，然後當牠們邊露牙吠叫邊糾扭著項圈，我們就會拍打牠們的嘴並跳到牠們後頭。只要有狗停在瓦礫堆的洞口開始聞或開始叫，我們就用石頭把洞口堵起來，或是用棍子把沾滿石蠟的破布塞進去，接著在上頭堆滿紙跟乾草，直到一堆煙緩緩冒出來。之後我們就儘可能把洞堵起來，看著一絲絲的煙氣從瓦礫堆的其他地方冒出來。我們也會把那些地方都堵起來。很快，整條瓦礫堆就散著煙氣。我們都戴著防毒面具，排成一列走上走下的，看起來就像長著一顆腫大、還帶著蛙鏡的昆蟲頭的生物。我們得緊抓著狗鍊，因為牠們開始掙扎並低吠。

老鼠一開始是從深壕溝的兩端冒出來。站在上頭的男人們手裡都握著燃燒的火炬。他們等著，那些老鼠就來來回回地逃跑，還像鮭魚一樣不時會跳起來，想離開上方的土坡。接著，當壕溝裡擠滿那些邊吱吱叫邊扭動的生物，那些人便將火炬扔下去，石蠟爆炸開來，火焰同一時間在兩端一波波燃起，然後伴著迅速的嘶嘶聲，整條壕溝便籠罩在一層絲綢般的簾幕中。我們站在瓦礫堆上頭，可以聽見老鼠的聲音，並感覺到牠們在移動。接著牠們開始從塞住的洞口竄出來，有些只有肉，就像蛞蝓一樣，有些則是毛茸茸的而且骯髒，牠們全都用不可思議的速度狂衝或亂竄。我們放出狗，還撿起樹枝、板棍球棍××、鐵

× Kerry Blue，㹴犬的一種，又名愛爾蘭㹴。

×× Hurling sticks，板棍球，又名愛爾蘭曲棍球，號稱是世界上速度最快的草地競技運動。

條，或是臨時用兩、三根竹棍綁在一起然後把前端削尖，亦或把刀子裝在上頭做的長矛。那些狗用嘴咬住那些老鼠，把牠們前後甩來甩去。有些老鼠逃到我們後頭的暗處，我們就派灰獵犬去追牠們。死老鼠都被扔進火裡；其他的則被我們用棍子和矛驅趕，一直到牠們扭曲又昏頭，從邊緣滑落掉入燃燒的壕溝中。牠們有時還會痛苦地吱吱叫，從壕溝裡跳到半空中。

我們是從下午開始的。天黑時，戰鬥結束了。就在我們戳著燃燒殆盡，滿是一堆老鼠屍體的壕溝，我們聽到雜種狗的叫聲，接著是恐懼的吠聲。有隻老鼠正從瓦礫堆中，隨著煙霧茫然地爬了出來。牠似乎是一節一節爬出來的，就好像條蛇一樣。「老鼠王。」有人說，接著我們帶狗衝向牠。就在我們朝牠過去之際，牠就像豬崽子一樣尖叫並從瓦礫堆逃了出來，但我們把牠逼到某個後院的牆邊。那些狗變得猶豫不前，一直吠，但沒有前進。那隻老鼠抬起後腿，從牠又灰又紅的嘴裡發出恐懼的尖叫聲，還露出白色的肚子。我們最後激怒了一隻凱利藍，又拍牠的鼻子，又戳牠的側腹，一直到牠不斷緊繃，生氣轉圈狂咬。接著我們把牠舉起來朝那隻老鼠扔了過去，這樣牠就只有咬或被咬的選擇。那隻老鼠的頭在被咬第二下時幾乎要掉了下來。

回家時我穿過陣陣濃煙及噪音，埋葬死老鼠的殯葬隊正用泥土把壕溝蓋起來，尖端裝著刀子的棍棒彼此碰撞，我感到很噁心，噁心到肌肉好像都在我的骨頭上繃緊起來。這塊鼠輩橫行的土地就像地獄一般閃耀與朦朧。煙霧飄移橫跨過星光，似乎就連夜空也模糊了，然後我想像著那些倖存的老鼠，在一個陰毒齊備且深邃的地底下，吸吐著復仇的氣息。

瘋子喬

一九五一年八月

那次是瘋子喬．強森把我弄進公共圖書館的美術室。大家都叫他瘋子喬。他總在街頭遊走，跟遇見的每個人說話，特別是小孩子。我們通常聽不太懂他在講什麼，但有人跟我們說不要嘲笑他；他年輕時遭遇了某些事，而從那之後他就一直不正常。他不會傷害人；喬唯一的傷害是別人造成的。別人是這麼跟我們說；我不是那麼肯定。他讓我覺得不安。他經常待在圖書館裡或是那附近，自顧自地點頭和微笑、哼著歌、甩轉著他的手杖，還有對女人舉帽打招呼，不管她們是真的或是想像的。他有著如雕像般簡潔的外表。那張像浮雕的臉就好像個面具掛在他的大頭上，然後那顆頭，放在他那個瘦小的身體上，就像隻昆蟲的頭一樣搖來晃去的。他的笑容很燦爛，因為他的牙齒都是假的，而他說起話來就像他整個人一樣，既精準卻又雲山霧罩，只看得見嘴唇、牙齒、還有舌尖。

某個夏天傍晚，在羅斯芒那裡踢完足球，我穿過公共公園去圖書館借週末要看的書。

那個圖書館員是位讓人敬畏的新教徒小姐，對我用舌頭發出了咯咯聲，但她在櫃檯前把我的手在吸墨紙上像雙死魚一樣翻過來檢查後，還是讓我通過了辦公桌旁的旋轉木柵門。她身材很高大，襯衫在她胸部的位置繃得緊緊的，她的喉嚨稍腫。穿著那雪紡紗與嗶嘰布作成的甲冑，伴著她那頑強又波浪狀的金髮，她好像發出一種微弱且隱秘的律動。我那時仍因為踢足球的緣故而滿身汗，即使在這種情況下，她先是堅決不認同地噘起了嘴，然後卻又在讓我通過時露出了微笑。她的友善比起她那端莊的感覺更強烈。

通過之後，我就直接到了美術室門前。「僅供成人進入」的黑白字體就橫掛在那扇桃花心木門框、黃銅裝飾，與木製門把的玻璃門上。喬就一個人在裡頭，站在講台前，正翻著巨大、閃著色彩的書頁，在他手上留下了短暫的虹彩。一看見我，他馬上用迅速且有紀律的步伐朝門口走過來。我便朝青年讀者區退去，隨手抓了本書假裝在讀。喬過來了，燦爛地笑著，把我手上的書拿走，放回書架上而且低聲說：

「我帶你看些東西。」

他抓著我的袖子領我往房間去。

「我不可以進去那裡。只有成人才行。」

「鬼扯，淨是鬼扯。如果我邀請你進來，那就不需要許可了。諾斯小姐看到像你這樣的熱血小野人受到我這個有教育性影響的庇蔭，高興都來不及了。對吧，諾斯小姐？」

他朝她的方向提高了音量，但她好像沒聽見，只是盯著正細心整理的那盒編目卡。

「看到沒？蠢小子。來吧。」

我們就這樣進來了。他領我來到那本他剛才正在看的書，整本就攤開在講台上。裡頭的顏色又濃又暗。我不曉得該怎麼看才對。那些輪廓就從頁面上跳出來，然後又卷曲回去。他用閃光般的速度把書闔上。

「這可不行。我們從法國人開始吧。就是這個。大飽眼福啊，小伙子，大飽眼福然後什麼都別說，因為不管你說什麼都不可能不荒謬的。」

那是一幅裸女的畫像。她的身體躺在暗色的天鵝絨上，既開放又私密。她肉體的顏色就好像香味一樣交互混合在一起。

「啊，」我驚呼一聲。

「啊哈，」喬咯咯笑，「年輕的卡利班看到美女了。布歇的美女，年輕人，可是就連汝一般之流放者的感官都會被攪亂的。」

然後他就猛然把書闔上。

「你現在可以出去了。一下子太多太快會攪亂野性的心房。回去看你的垃圾吧。汝離開吧。」

他蠻橫地揮手趕我走。我走過映在地上的葉影來到門口，對諾斯小姐點點頭，然後把雙手舉起讓她看我沒把書帶出來，穿過了旋轉柵門，感覺柵門的木棍打在肉上，然後站在外頭的鐵網圍牆前，眺望遠方的樹跟草，還有紅磚蓋的襯衫工廠。布歇。我以前從沒聽過他的名字。我以前從沒看過裸體。她的肉體是實在的，但又充滿了光亮。住在雷奇路的艾琳・麥奇，我已經喜歡她很久，而且覺得她很漂亮，但卻在突然間顯得平凡無奇。

每個星期我都會回去，但再也沒看到畫中的女人；喬經常在那裡，而且開始會陪我走出圖書館，然後在公園閒逛。他的目的，他說，是要給我一點教育，我是極度缺乏但至少還懂得索求。閒逛通常包括走下一段寬闊的階梯，到一個被鐵欄杆圍起來的裝飾水池。我

× Caliban，莎士比亞劇作《暴風雨》（The Tempest）中的反派角色。半人半魔，而且通常都是以醜陋或畸形的形象來呈現。

×× 法蘭索瓦・布歇（François Boucher，1703-1770），法國洛可可時期的重要畫家。

們會在那兒停下來，靠在欄杆上看黑綠色的水在滿佈的睡蓮底下流轉。大部分的時候，水看起來就像金屬一樣，但偶爾，當陽光照下，它就變得不那麼光滑，軟化成了一片性感的天鵝絨。喬會靠近我的耳朵，半低語半大叫地說一堆混亂不清的隻字片語——故事、問題、謎語。有時候他的假牙會滑進滑出的；有時候他莫名其妙眼淚都快掉出來了；大部分的時候，他會興奮大笑，用手杖敲打欄杆或跺地來表示強調。他的頭會不斷前搖後擺。

「我就跟你說吧，既然你從來都不問，這倒要稱讚你，不然就是你很狡猾，」有天我們站在水池邊，他說，「為什麼我再也不讓你看那幅畫。你真的想知道吧？不要浪費我的時間。」

「對，我想知道。」

「你看到她了吧，畫中的女人，啊？對吧？」

「對。我看到她了。」

「漂亮，不是嗎。你認得她嗎？啊？」

「不認得。我怎麼會認得？」

「你怎麼會不認得？她是愛爾蘭人啊。墨菲×小姐。她和，她和……」

他對我大笑，「那些法國國王發生性關係啊。那些法國國王。我告訴你，那些小子在那個特別領域是真有一兩把刷子的。」

他開心地用手杖重重敲在欄杆上。

「啊，這是好久以前了，在那段美好的舊時光。當法國還是法國。確實是很漂亮。但她也很邪惡。你有看出來嗎？」

我搖搖頭，然後直盯著他那張鮮明，既老又年輕的臉。他的雙眼又紅又黏。他抓著我的襯衫袖子把我強拉近他。他的呼吸在胸口低吟。

「我認識一個男人，他認識那個女人。事實上，我親愛的年輕朋友，他和她有肌膚之親（Carnally）。」

× 這裡指的是瑪莉露薏絲．歐墨菲（Marie-Louise O'Murphy, 1737-1814），她的父親原本是位愛爾蘭軍官，後來在法國魯昂成了製鞋匠。一七五一年，布歇發掘她，並以她為模特兒畫了《休息的女孩》。一七五三年，她的父親過世後，便舉家遷移至巴黎，之後她便成為法國國王路易十五世的情婦之一。

「肌膚之親？」我問。

「拉丁文啊，你這個傻瓜，」他笑著吼說，「難道他們連拉丁文都不教了嗎？Carnis。肌・膚。就是肉體。和她有肉體上的認識。」

「可是我以為她是活在很久以前的法國。」

「那沒差別啦。那個畫家是很久以前的人，就像你說的。但是她……她可是愛爾蘭人啊。所以，你懂嗎？」

這是個謎語。我什麼都沒說。他拿出一條很大的白色手帕擤了擤鼻子，低聲竊笑，然後把手帕收到褲子口袋裡。那手帕的一角不斷冒出來，就像隻眼冒綠鼻涕的白老鼠。

「那個男人你曾經見過，但從不會注意到他，而且他就住離這裡不遠。他就是我說的那個人。他從不說話。他整天就站在同一個街角，仰望著布萊巷，就好像他從來沒見過似的。」

我知道他說的人是誰。我有注意到他。賴瑞・麥拉夫林，凱蒂故事裡那個布莉姬的親戚。現在我要聽關於他的故事了。

「聽我說，那時候他還是個年輕人，再不到一星期就要結婚了，有天他從布萊巷出發要往聖井丘，也就是郡長山去。同一座長滿石南花的小丘竟然有兩個名字，不是很奇怪嗎？你有去過那裡嗎？」

「有啊，常常去。」

從那邊再過去一座便是格黎亞南佇立的山丘。

「那麼，哪個名字才是第一個？」

「聖井吧，我想。先有一口井然後才有郡長的。」

「那誰是布萊，也就是布萊巷紀念的那個人？」

「我不知道。」

「虧你還住在這裡。我沒法再多期待什麼了。不認識她是一回事。沒有卡利班會認識她的。但是那個你每個愚蠢的星期天都會去的地方，我敢說是跟你老爸一起去的，還有那些該死的鐘聲，還有那些呆板無趣的街道，而你根本不知道自己在哪裡。只會像隻小馬一樣四處聞來聞去的。將來還能有什麼下場？」

我聳聳肩，盯著白色蓮花花瓣，還有像蜘蛛一樣的黃色花舌，它們靜止不動到像是黏在水面上。

「還有另一件事。為什麼我問你將來會有什麼下場，感覺是悲傷的，而問你將來會變得怎樣就不悲傷？『下場』這個詞很悲傷嗎？」

他掏出了他的白老鼠手帕擦了擦雙眼。他是在哭嗎？我想我最好走開，但他又抓住我的袖子。

「總之，這個人出發了——我們就用他的名字稱呼他吧，賴瑞——在傍晚時分，爬上那座有兩個名字的山丘，如果走穿過溪流的那條捷徑就是四哩半的上坡，還有四哩的下坡，而他就是這樣走的，想當然啦，就在天開始黑的時候。那是在灰燼月[×]，火消沉的月份。」

有陣微風迅速吹過水池，讓池水起了像錫罐一樣的波紋。

「所以呢，賴瑞在回家的路上。當然啦，你知道我說的是誰，但我們就別指名道姓了。謹慎還是比坦白好。我的老天，我不喜歡接下來要發生的事。在黃昏時候過河可是會帶來惡運的。風險太大了。你這頭離開的世界和那頭抵達的世界絕對不會是同一個。關於那條溪流，你還知道其他什麼事？」

「知道啊。那就是國界。」

「呦，真他媽的聰明。」他生氣了一會兒。「所以呢，賴瑞的確走進了另一個國家，然後在黃昏時回到了他原來的國家。他還不夠衰嗎，衰死了！」

「為什麼，發生了什麼事？他是中槍還是怎麼了嗎？」

「中槍，放屁。他怎麼可能中槍之後還一直站在那個街角？我是在浪費我的時間嗎？當然這些日子以來沒人在國界那邊中槍了，真是太可惜了。」

他的臉因為惱怒整個發紅，而且假牙隨著他吸吮臉頰不斷噴進噴出。

「他有可能受傷然後康復了。還有我有在聽。」

「你說得沒錯。那是有可能的。但事情不是那樣。我們繼續吧。別再打斷我了。」

他轉身抬頭看向羅斯芒那頭的丘陵。

「我看到工廠的燈都亮著。那裡頭一定總是很暗吧。我想他們從來不清理那些窗戶。你能想像那裡頭是什麼情況嗎，淨是那些女人，一排又一排，整天前後翻著男人的襯衫，

× 灰燼月，原文為：ember months，指的是一年中的最後四個月，因為月份的拼法而得名：九月（September）、十月（October）、十一月（November），和十二月（December）。西方人相信這四個月期間是邪惡作祟的時候，易發生不祥的事情。又ember一字是灰燼的意思，所以喬才會說是「火消沉的月份」。

弄著領子、袖口、衣擺？我可很不想聽她們彼此談論將會穿上那些襯衫的男人身體。我們肯穿算她們好運，不然她們就失業了，那些賤貨。我在想啊，她們的手是不是真有那麼乾淨啊，伸進襯衫背部裡頭，還在裡頭張開。這是不是世界上唯一的一座城市，男人身上的襯衫在還沒穿之前女人的手就伸進去過了？啊？」

他開始發抖。我想他的襯衫一定很小件。那些女人肯定會嘲笑的，小小一件加上他偏好的寬條紋，直像迷你牢房窗戶吊掛在衣架上。但賴瑞發生了什麼事？喬正用手杖在零散的碎石上劃圈。我想逃走，但我知道得留下來。

「所以呢，他在回家的路上，一路上愉快地擺動身體，那是他單身的最後一個晚上，他童貞的餘燼終於開始消退了。他前方那條路上有個女人。她聽見他的腳步聲而轉身；她正沿路散步，還對他微笑，這可讓他整個心動了，因為她是他見過最美麗的女人。她問他能不能陪她一起走進城，因為她會怕黑。才走了十或二十碼，她便挽上了他的手，再過半哩路，她緊靠在他身上並對他甜言蜜語後，他們就到了一片曠野，然後她就躺在他下面了，他脫了襯衫和褲子，她便把他拉進一叢黑草，然後──砰！她就不見了！」

「什麼意思，不見了？」

「不見了，看在老天的份上，只剩下他在那邊像是在做伏地挺身，而且他下面的味道聞起來就好像燒焦的太妃糖，胯下附近還有一陣煙霧。不見了。」

我笑了，而且不知所措，因為我真的不知道究竟發生了什麼事，而且或許消失不見也是過程之一——雖然她好像太早離開了。但是煙霧跟太妃糖的味道？我從來沒聽過這樣的事。

喬彎腰看著他那根正戳著碎石的手杖；他的下巴緊貼胸口，有那麼一會兒，他的頭看起來就好像滑下來了。

「賴瑞站起身來，邊穿好衣服邊哭邊四處看。就在對面原野的樹籬那邊，他看到有一隻狐狸站在那兒看他。牠就像座雕像靜止不動。然後牠抬起頭叫了。」

「一隻狐狸？」

「一隻狐狸。那就是她啊。他趕緊離開那片曠野，開始朝著隆穆爾路上的燈光跑。但每隔大概幾百碼，那隻狐狸就又出現在他面前，一直到了第一盞街燈牠才消失，所以賴瑞終於能沿著那條街回到家。他就一直胡言亂語。他們找了醫生來，也讓他躺在床上；他的未婚妻來了，還有全部的親戚、鄰居，所有人，就連神父都找來了。他聽了賴瑞的告解，並為他施了臨終禮。那個神父一離開賴瑞的房間，便直接去找那個未婚妻，把她帶到一旁，告訴她婚事取消了，她得忘記賴瑞，賴瑞永遠都不會結婚，永遠都不可以有小孩，終其一生他再也不能認識任何女人。就是這樣。這就是可憐賴瑞的故事。」

「這就是為什麼他從不說話，而就只是站在那兒望著布萊巷，也就是事情發生的地點？」

「對啦。」

我們都沉默了。

「但是那個神父，」我鼓起勇氣說，「如果他是從告解聽來這個故事，不可能會說出來啊。」

「他不需要說啊；之後幾個星期賴瑞都在胡言亂語。全都說出來了。大家坐在他旁邊都邊聽邊劃十字祈福邊哭。」

喬不斷用他的手杖在欄杆上下敲打。這會兒天幾乎都黑了。工廠的燈全都開了；她們肯定在加班。圖書館的窗戶也都閃亮著。

「可是我記得你說她是畫裡頭的那個女人啊？他是不是認出她來，然後告訴大家那是墨菲小姐？」

喬驚訝地抬頭看我。

「你在胡說八道什麼啊？什麼女人？什麼畫？賴瑞這輩子一幅畫也沒看過。」

「可是你說他跟那個女人有肉體上的認識啊，那個法國國王的女人。」

「耶穌啊，回家專心踢你那愚蠢的足球吧。別讓我看見你再靠近那間美術室，不然我就去檢舉你。你有下流的心靈。什麼女人？肉體認識。你這個下流思想的兔崽子懂什麼？」

他用手杖大力敲打欄杆，就在他對我吼叫時我往後跳了一步，他的假牙從粉紅色牙床跑了出來，而他的臉整個往內縮。然後他一下就又把假牙吸了回去，並沿著水池跺腳跳舞，突然往工廠方向的上坡衝上去，邊揮舞手杖邊生氣地自言自語。工廠上空的雲開始變厚，像是要打雷的樣子。即使我連忙跑上階梯並經過閃亮的圖書館窗戶，第一聲雷響還是來了，接著是斗大的雨滴在我的襯衫四處畫上驚嘆號。我在離家還有一大段路時便整個溼透了。

數學課

一九五一年十一月

每天早上九點整，他就會衝進教室，黑色法衣颼颼響，臉就好像生氣一樣的紅，容貌異常平靜。他會準備好一大本代數課本，翻開到正確的那一頁，還有事先準備越多越好的問題。他說話有鼻音，但又帶著微笑。他有著濃密的捲髮，還帶眼鏡；要不是那張紅臉，他看起來是不會害人的。他的名字是吉爾帝亞。

他坐在置於比整個班都高的平台上，一張高高的書桌前。他抬起下巴，閉上眼睛並吟唱：

「心算代數。基本規則。大家都知道，但我還是要再說一次，首先是為了那些腦死的跟沒記性的，他們就是經常搖擺不定的大多數人；再來是警告那些幸運比較有天賦，卻像訴訟人一樣恣意說他們沒被告知，說他們不知道，說那些規則不明確的人。我晚上睡不著覺，就光在想像給這些傢伙適當的懲罰；但我還是失敗了。這是證明我沒有想像力，還是證明他們無庸置疑地墮落了呢？麥康洛格，你能回答這個問題嗎？」

「我想我不能，神父。」麥康洛格想也不想便回答。這是慣例了。

「你的苦難要來了。你大概不明白這個問題的重要性。哈金，你就好心告訴麥康洛格訴訟人是什麼意思吧。」

「訴訟人就是違反法律規定，製造動亂的人，神父。」

「你同意這個非常好的定義嗎，麥康洛格？」

「完全同意，神父。」

「你不是個好訴訟的人吧，麥康洛格，是嗎？」

「不是，神父。」

「我要來驗證你剛才說的話。在我溫情的照顧下，每週五次，每次四十分鐘的結果，你是文科比較好，還是算術比較好呢，麥康洛格？」

「我在這兩方面都受到同樣的祝福，神父。」

「希尼，你說將來麥康洛格會有出息嗎？」

「會的，神父。」

「你是根據什麼才這麼說呢，希尼？」

「根據剛才那個問題所需要的條件，神父。」

「達菲，你很熟悉那些條件嗎？」

「我很熟悉，神父。」

「你叫什麼名字，達菲？」

「達菲，神父。」

「很好。好，基本規則。在這本經典的課本裡，我們有四十題簡單的代數算術題，每一題都只有一個正確答案。這個教室裡有四十個男生。一人一題。這個巧合真令人高興。我們就從強森，那個坐在左手角落前排長得很奇怪的傢伙開始。他只有不到兩秒的時間來回答第一題。如果他超過時間，就當作他答錯了。麥克達，坐在強森旁邊的那個東西，負責第二題，然後就照這樣輪過這個看起來就像，我們說好聽一點，動物園大集合的班級吧。可是，如果麥克達深思熟慮認為強森第一題回答錯的話，那他麥克達就要再回答一次第一題，並且給出正確的解答。如果接在麥克達的下一個人正好認為強森第一題的回答是正確的，而麥克達去訂正他是錯的話，他就跳過第二題然後回答第三題；然後麥克達，如果他也贊成這個判斷，就必須重回答第二題。同樣的，接在麥克達的下一個人也可以選擇認為強森與麥克達在第一題都答錯了；如果他這樣選擇的話，他就再回答第一題。然後以此類推。隨著這樣進行，選擇就會越來越多，這樣的話當我們到達坐在教室後頭那個叫厄文的演化盡頭時，選擇就不折不扣變得千變萬化。如果前面的同學計算錯誤，不管是前一個或是更前面的同學，發現錯誤的同學一定要計算正確。如果算錯一題，那懲罰就只是打兩下板子。如果本來計算對的題目卻不正確地被訂正了，那懲罰就是打四下板子。如果全班有一題回答錯了，那回家作業就加一倍。如果全班答錯超過一題，那回家作業加倍的天數就對應答錯的題數。如果每一題都答對了，那日頭就停留在天空×，而我就會繼續教無虞且確信的主題，像是宗教。好了。強森，開始吧。計時兩秒！」

強森開始了。

「X等於負二。」

麥克達接下去。

「X等於三。」

× 原文為「the sun will stand still in the heavens」。語出聖經〈約書亞記〉第十章第十三節：「於是日停月止，待民向敵復仇，是事載於雅煞珥書，日停天中不速入，約一終日。」

就很快這樣進行。我前面的那一排現在在回答問題了。突然，吉爾帝亞插嘴了。

「你是回答哪一題，哈金？」

「第十三題，神父。」

「很好。很明顯，你認為第十二題的答案是正確的囉？」

哈金猶豫了。

「是的，神父。」

「很好。這是你的決定。下一個。只有兩秒鐘。」

「X等於四。」

「這是哪一題？」

「第十二題，神父。」

「那你是認為前面回答錯囉？」

「是的，神父。」

「所以哈金應該要重算那一題囉？」

「是的，神父。」

「哈金？」

「我相信第十二題是正確的，神父。」

「那也包括第十二題之前所有的題目囉，不然你就會重算其中一題了？」

「是的，神父。」

「下一個。不是你，莫洛伊。你剛才已經訂正哈金了。你旁邊那個下流胚子。你還活著嗎？」

「我還活著，神父。」這是歐尼爾。

「別說大話了。只要給我你的答案。」

「X等於五，神父。」

「而這個答案是……？」

「第十三題，神父。」

「啊。所以哈金先是不應該回答第十三題，然後回答又答錯了？」

「他只有第十三題的答案是錯的，神父。」

「那你認為第十二題的計算是對的囉？」

「是的，神父。」

「那莫洛伊訂正第十二題是錯的？」

「是的，神父。」

「那你為什麼不重做第十二題？」

「因為之前的計算就已經是正確的，神父。」

「可是在你之前的那個人算錯了啊？基本規則說你要訂正之前的錯誤，對吧？」

「是的，神父。」

「那你訂正了嗎？」

「沒有，神父，但是……」

「安靜！你現在要回答哪一題？」

「第十二題，神父。」

「答案呢？」

「X等於四。」

「這是在訂正莫洛伊的答案？是嗎？」

歐尼爾知道自己粗心大意搞錯了。他只好點頭。

「莫洛伊，你的答案是『四』，不是嗎？」

「是的，神父。」

「但有人告訴我說那是錯的。現在又是對的了。我們是在哪裡？這是算數還是亂數啊？」

一片肅靜。吉爾帝亞微笑了。

「就算是你們，也應該分辨得出差別吧。達菲，繼續做，解決這一團糟吧。」

「X等於二。」

「這是第幾題的答案？」

「第一題，神父。」

「你認為第一題算錯了。」

「是的。」

「是的，什麼？」

「是的，長官。」

「長官？長官？我的外表改變了嗎？是我的教士領×變成了領帶，我的法袍變成了無趣的粗呢西裝嗎？」

× 原文為Roman collar，也就是天主教神父所穿的硬白領。

「不是的，長官。」

「你還是堅持『長官』？」

「是的，神父。」

全班都偷笑了，然後又安靜下來。

「耍嘴皮子啊；這個我喜歡。當然還是要受懲罰。但回到重點。你說第一題算錯了。

所以從那之後全部都錯囉？」

「技術上來說，是的，長官。」

「技術上來說？啊，訴訟人說話了。」

「就只是基本規則，長官。」

「那到底是錯了，還是沒錯？」

「有些錯是答案本來就是錯的，長官。有些錯是因為他們沒有訂正第一題就繼續做下去了，長官。」

「太好了。貨真價實的訴訟人。你確定你沒錯嗎，達菲？」

「非常確定，長官。」

「好。讓我們從頭開始吧。第一個人，第一題。」

「X等於負二。」

「你確定那是你的答案？」

「是的，神父。」

「那達菲是錯的。」

「那麼，這一切都是白忙一場？」

「是的，神父。」

「大家都同意嗎？」

「是的，神父。」大家齊聲回答。

「好，達菲。算算你犯了幾個錯吧。錯一題——兩下板子。一題正確答案，卻被你『訂正』錯了——四下板子。十一題完全正確或沒有爭議的答案被你作廢了，就因為你認為他們是不該回答的，但事實上，他們是該回答的——四十四下板子。浪費時間，六下板子。白以為是職業訴訟人，十二下板子。說話態度傲慢，十下板子。耍嘴皮子，六下板子。這樣你會加嗎？」

「八十四。」

「八十四什麼？」

「八十四下板子，長官。」

「好。我們總算有進展了。你會加法，你在學習教義問答×，你馬上就要學到你跟你這類人身上最常見的那份傲慢自信會有什麼下場。要用什麼東西才能平靜我的心啊？」

「香脂，長官。」

「終於答對了。出來這邊。」

「不是的，長官。我是對的。他們錯了。」

「哎呀，哎呀。達菲是對的，其他人是錯的。我看見暴風雨在集結了。我看見大災難要降臨了。我們都不會算數，就只有達菲會。哈金，再做一次算數題，這次寫在黑板上。這樣我們才都看得到。」

哈金潦草寫在黑板上。

「你能反駁這題嗎，達菲？」

「不能，長官。」

「這是正確答案？」

「是的，長官。但題目錯了。」

「題目錯了？題目錯了？這真是太令人欣喜若狂了。你已經超越你自己了。解釋一下，我們都等不及了。」

「我是做B部分，長官。其他人是做A部分。」

「我們都做A部分，那你為什麼要做B部分？」

「因為我們昨天做過A部分了，長官。我以為你不想要我們重複已經知道的東西。」

「有人記得我們做過A部分嗎？」

「是的，長官。」大家齊聲回答。

「我有指定是B部分嗎，達菲？」

「沒有，長官，但你也沒有指定是A部分。」

「那我欠你幾下板子，達菲。」

×教義問答（Catechism），天主教傳統的教義與信仰教育方式，採取一問一答的形式進行，每個問題都有制式的答案。

「一下也沒有，長官。」

「那是你的想法，不是我的。全班都給我坐在位子上。什麼都不要做。讓我看到有誰在做正經事的，兩下板子。達菲，離開教室。全班的回家作業加倍。達菲，回家作業加四倍。」

他俯身在書桌上，怒目而視。達菲離開時安靜把門關上。我們直瞪著半空中。

洛里・葛里芬和我完全被他們六個人團團圍住。威利・巴爾，他們的領頭，不斷用他的肥舌頭舔嘴邊。他比我們重很多；年紀比較大，也更兇狠。他伸出拳頭，讓葛里芬看到夾在他緊握指頭間的硬幣。「這是馬上要來揍你用的，」他咆哮，「接著就是你。」他把拳頭給我看。先揍葛里芬，因為他比較大。他指著他那些稍微小一點的同伴，告訴他們待會兒揍我們的順序。葛里芬因為害怕臉色都變白了。我想我也是吧。我的兩隻小腿後頭不斷發抖，那真的讓我作嘔，因為我知道那表示我連要好好逃跑都沒辦法。而且他們也靠太近了。才第一拳葛里芬就倒下，臉沿著嘴巴被割了一道。巴爾把他拉起來要揍第二拳時，他哭了。有人喊：「條子！」接著巴爾明快地說：「大家圍成一圈坐下。假裝說笑。」我被他們拉下來，這時有輛警車緩緩沿著二十碼外的道路開過來。乘客座的窗戶是搖下來的，而且警察正往外看。是伯克警佐，從雷奇路的警營搭便車回家。「你們兩個誰也別動，」巴爾警告說，「葛里芬，你不要東張西望的。」葛里芬仍安靜地啜泣，並看著手上剛才擦嘴巴留下的血漬。我看著巴爾的手臂，聽到硬幣在他手裡叮叮響。我動了一下，感覺到有顆石頭在我小腿內側磨蹭，我偷偷拿起石頭，跳起來並用盡所有力氣朝那輛快要離開的車扔過去。那顆石頭先砸到後車廂上，然後彈起來打到後窗戶。那輛車咻地一聲倒車過來，「我咧幹。」巴爾大喊，然後大家都跑了，包括葛里芬。我就待在原地。我動不了。我兩腿後頭的顫抖已經不見了，但現在我覺得我的腳在靴子裡融化了。那輛警車的司機是一位年輕的警官，而且已經來到我面前，而伯克就在幾呎外，倚靠在車門上。那個警官一把抓住我的肩膀，差點要把我銬起來，要不是伯克輕描淡寫說：「只要把他帶過來就可以了，警官。他會自己走過來的。」我照做，然後就站在他們之間。伯克從車邊撐直起來，漫步繞到車後，看了看車窗，用手指摸了摸石頭留在窗戶上的裂痕以及後車廂上的刮痕。「好啦，你為什麼要這麼做，孩子？」他用很和緩的語調問。我什麼都沒說。雖然我背對他們，但我知道巴爾跟其他人就在後頭空地那兒看著。「痛扁他一頓啊！」其中一個人大喊。伯克盯著他們。「你有一群好朋友啊。你要不要告訴我他們的名字啊？警官，把他們的名字寫在你的筆記本裡。」伯克朝他們作了作手勢，然後他的臉貼近我的臉。「你知道嗎，我才不在乎你給不給我他們的名字。我知道他們每一個人。像是威利・巴爾。薛穆斯・格林。就寫這幾個名字吧，警官。你啊，孩子，我知道你不想說。這我瞭解。你只要點頭就行了，對吧，沒錯吧？」

我點點頭。對巴爾來說，這足以代表合作了。

「死抓耙仔[×]。就跟你大伯一個樣，你全家都一個樣。」巴爾大吼。

伯克用舌頭發出了咯咯聲，打開後門，半領半推把我帶進了後座的皮椅。「開車，警官，」他邊說，邊坐到我旁邊，「我的茶都快泡壞了。我們就送這個小伙子回家，教訓他一下吧。可以嗎，孩子？」「死一邊去吧。」我咕噥說，然後那個警官生氣地轉過身來。伯克笑著制止他。「不行，不行。我們不能打這個小伙子；這樣會讓他變成英雄的。他就是要這樣。對吧，孩子？」他的手緊捏我的大腿，在我的肉上留下短暫的白色印子。「好

× 原文為stooly，是告密者的俗稱。

好地慢慢地開，到他住的那條街，這一條，到盡頭，接著左轉。」我看到女人們站在門前，閒話家常，就像她們平常那樣，男人們則在角落的街燈附近閒蕩，抽著他們細細的香煙。而當警車緩緩沿街開過，他們的臉都跟著車子移動。伯克對我微笑，還在半空中揮舞他的筆記本。但他一句話也沒說，就用他那張又紅又肉的臉盯著我。

「在這裡停車，警官。」我們經過巴爾家門前時他命令說。他下了車，敲門，對來應門的巴爾太太說了幾句話，指了指坐在後座的我。她隔著他惡狠狠地瞪我。他到隔了兩戶的格林家，做了一樣的事。接著又到那一伙人中另外兩個人的家，每一次都指了指受困坐在後座的我。他上車後我們又繼續開，然後在他位於墓園附近的家停下。他轉向我。

「這是你第二次進警車，我沒說錯吧？」

我點頭。伯克就是那晚負責來家裡搜那把手槍，還有在營區裡審問我們的人。

「這個嘛，上回我們可不是大好人放你爹地回去了？家裡有把槍，再加上他那個哥哥？他的大哥，艾迪。你有想過怎麼會這樣，或問他為什麼嗎？有問過你自己為什麼嗎？如果你沒有，那其他人一定有想過。」

我什麼都沒說。

「現在，巴爾，那個大塊頭，他以為他知道為什麼。我就幫你個忙吧。我告訴你——

巴爾搞錯了。我敢說你爹地也搞錯了。或許你該去問你媽，現在她爹地也生病了——也正剛好。不過呢，你看著吧。一日告密者，終身告密者。他們都會這麼說。所以我們就看看最後結果會變成怎樣吧，啊？你可以走了。」

他就直接把我推了出去，並且揮手趕我走。我穿過隆穆爾路回家。我想這次完蛋了。沒人會相信我的；就算他們知道事情的經過，他們還是會懷疑。因為艾迪的關係。那不正是伯克剛才說的？是啊。但也不是。因為他說巴爾搞錯了。但我爸怎麼會搞錯他哥哥的事，而一個警察卻搞對了？然後我媽是知道什麼不一樣的事？我得逃跑，我想。芝加哥？那個地名無意識地在我腦中浮現。我的臉感覺就好像蓋上了一層硬石膏面具，而我在裡頭哭泣，乂硬又乾，但在哭泣。

在那之後，我第一次逃家是跑到了貝爾伐斯特開往利物浦的船上跳板。隨後我爸跟湯姆，還有一個便衣警察就出現了，並用湯姆的車載我回家。我口袋裡有一先令六便士，而且沒有穿雨衣。李恩知道之後覺得很丟臉。沒有穿雨衣？他不敢相信地重複了一次。第二次，有輛卡車讓我搭便車，之後在菲尼村ˣ外頭讓我下車，根本不到十幾哩的路程，所以我只好放棄，然後走回家接受更喧鬧與更嚴格的管教。第二次嘗試後，我就再也不可以去公共圖書館借書了。平常日我去上學，週末我就待在家，不管外頭天氣如何。我媽從不鬆懈。

「你是著了什麼魔才去找那些害蟲？你沒有自尊，沒有尊嚴嗎？如果你沒有就算了，你不會替我們想想嗎？感謝主我爸爸現在生重病，所以不知道這件事——光這個恥辱就可能要他的命了。他的孫子竟然去找警察！」

「我不是去找警察。我是朝他們丟石頭。」

「都一樣。只有主才知道為什麼這樣的事不斷發生。是詛咒嗎？我們是做了什麼要受這樣的報應？」

「怎樣的事？」

「警察，警察啊！那樣的事啊，你這個沒救的蠢貨。」

我爸不斷要我詳細告訴他伯克警佐說了什麼。我沒有提伯克談到之前那次審問，或是為什麼他們會放他走，或是他提到艾迪或是外公，或是暗示我應該去問我媽。為什麼我不讓巴爾還有他那夥人揍個幾拳就好了？我爸想知道這件事。不然事情早就結束了。難道我不知道警察是什麼樣的傢伙嗎？我是沒膽，沒常識，沒知識，沒羞恥嗎？他的臉漲紅，彎身靠近我時紅髮在耳朵上方顫動，我的氣息吐在他身上。

警察已經不來這條街的這幾戶人家問東問西了。這都是有預謀的。他們才不在乎；他

× Feeney，位在德里市東南方的小村莊，仍屬德里郡管轄。

們只會製造麻煩而已。或者該說，是伯克在製造麻煩。他好像全都知道，然後隨隨便便又在傷口上灑鹽。我知道這件事和我外公有關，他最近生了重病，而且應該是活不過一年了。或許他將死這件事讓伯克記起了什麼。在此同時，我被排擠了。沒人要跟我踢足球。如果我在看比賽，並從邊線把球踢回去，球員會先停球，接著把球在草地上擦一擦才繼續擲邊線球。

所以呢，我沒有挨個幾拳。那要怎麼做才好？我問我爸。

「要有點腦子。還有點勇氣。」

他的回答激怒了我。「勇氣？然後被痛打一頓嗎？那是愚蠢吧。」

「那你認為現在是什麼情形？啊？這是怎樣？大家都得受苦，就因為你沒有膽量去面對。」

他說對了，但也說錯了。有天晚上他又說了一次。我正在聽收音機廣播關於韓戰的事，看著印在報紙上的韓國地圖，用我的手指劃過三十九度線，然後想像美國人在北韓人與中國人面前撤退到朝鮮半島南部。那天有人用我的事來侮辱他。為什麼我不挨那幾拳？為什麼我得把警察帶回到我們的生命中？難道一次還不夠嗎？先是槍。這次是這個。我是有什麼問題嗎？不是，我告訴他，是這個家有問題。早在我出生之前警察就盯上我們了。

如果他要責怪別人，去怪艾迪，不要怪我。

他打我的速度快到我什麼都沒看到。我覺得肩膀發燙而且斷了。

我站起身，痛恨他，隨著疼痛從麻木感中增加，我的眼淚都快流出來了。

我看到李恩把眼睛閉起來，我媽本來是在餐桌那邊切麵包也停了下來。那把刀就倒在那邊，麵包屑仍沾在鋸齒上。那片被切到一半的麵包悲哀地與整條麵包若即若離。她背對我們，我能看到一聲嘆息從她肩膀沿著脊椎往下跑。她圍裙的繫繩被撐開了。我爸看著我，他的臉突然變得又難過又生氣。他因為打了我而難過；但他還想再打我。他從椅子上站起來，平靜地對我媽說話，邊輕輕撫觸著她的肩膀，就好像正從她衣服上拾起一根頭髮：

「我要去修剪那些玫瑰。它們需要好好修剪一下了。」

他走到外頭的花園。把門關上時門閂發出咔啦的一聲。她轉過身，雙眼因為憤怒蒼白地閃著。

「上床去，」她說，「上床去，現在。」

「但是我還沒吃晚飯。」

「上床去，立刻！」

我衝上樓。

玫瑰

一九五二年七月

工具屋裡頭有把十字鎬，就一塊巨大的弓型鐵塊裝在沾滿油的手把上。我把它拿出來，使盡吃奶的力氣用力砸進玫瑰叢附近的土壤。玫瑰叢晃動了，還有幾片花瓣掉了下來。我又劃了個全弧形砸下去，這次我能感覺到它的尖端打到樹根。第三下，樹根更凹陷了，而且玫瑰叢在刺目的陽光中搖動。我把手上的十字鎬轉到鈍頭那端。這一下，樹根斷了，而且我還得用力在土壤裡前後移動才能把十字鎬拔出來。然後我繼續沿著玫瑰叢的兩端挖，直到側邊凹了下去，佈滿了步道的花瓣發出深紅色的光芒，並在那片被翻動過的土地上虛弱地閃爍。

我彎下腰好一會兒，看著一群綠蚜蟲緊抓著一支玫瑰花梗。我數了葉子上的黑點，用手指摸著玫瑰刺閃閃發亮的殘株，那刺相當銳利，手指劃過尖端便立刻見到一抹血紅。四周的熱氣令人作嘔。我扯開一片得了病害的葉子，玫瑰花瓣隨這一扯飛散在空中。我搖晃玫瑰叢，更多花瓣飛落。我用手壓碎了幾片，還聞了聞那些有光澤的碎片，但一點香味也沒有。然而，盛開的時候，它們會發出一股很濃的味道，對我而言就像恐懼一般，一個炎熱的雷達訊號。

汗溼透了我全身。沿著到大門的曲折路徑還有十株玫瑰叢，另外在工具屋旁的向陽處還有五株。我絕對沒有足夠的力氣去把它們全都連根拔起。我回到工具屋裡拖了兩袋水泥扔到地上，還用十字鎬伴著飛塵滿天的一擊在上頭開了個洞。接下來就簡單了，把紙袋撕開，拿把鏟子鏟起白色的粉末倒在每一株玫瑰叢上，然後用鏟子的背面儘可能敲平，每敲一下都會讓花瓣和水泥粉盤旋打轉。一直到那兩袋水泥袋扁平且破爛地躺在小徑上，我停了下來掃視自己剛才做的事。熱氣這時候稍微消退了。我爸再一個多小時就會到家。我驚慌失措地抓起那兩個袋子，把它們折起來塞在工具屋後面，再把刷子拿出來開始把花瓣和乾粉掃到玫瑰花床裡，想著至少要把小徑清乾淨。但隨著我體內的噁心感與恐懼消去，還有看到殘破的玫瑰花垂掛在窒息的灰塵中，我放棄了，然後就站在那兒發呆，聽見前門打開的聲音、我媽的聲音，以及小孩子含糊不清的話語跟跑步聲。他們全都出來到後院，大叫著找我，我媽就在他們後面，微笑著。接下來他們全都靜止不動；我隔著讓雙眼發疼的灰塵對他們眨眼。他們的身影就像一系列的快照斷續出現，每一張快照都擺著不同角度的姿勢。我媽的手放在心窩上。我朝她走去，然後經過她。她伸出手緊抓著我赤裸的手臂。

「看在所有聖人的份上……」她開始說，眼淚從她的臉頰流下，「你幹了什麼？你是著了什麼魔才幹下這種事？」

「問爸爸。他會知道的。」我回答。

我那時覺得很憤怒，我可以重頭再幹一次，只因為我弟弟和妹妹震驚的臉孔，我才沒有走到小徑撿起鏟子或十字鎬把那些玫瑰打得更扁平。在此同時我察覺到艾莉許並不在場。她會不會一直都在樓上看，然後這一切發生時，太害怕而不敢下樓？李恩則會用雙手摸過他那頭紅髮，然後轉動眼珠並無助地張開雙臂。而我爸，我想，透過我媽現在已經無窮無盡的哭號與嗚咽，他可以死到一邊去了。我生氣地爬上樓梯，脫光衣服，到了床上躺在上頭等。幾分鐘後，我感覺到體內開始震動，而且我的頭因為某種冷淡的哀傷而痙攣。接著痙攣停止了，我就躺在那裡邊看著映在天花板上的影子變長，邊等我爸。

那個秋天，我就要上國中了，我對將要開始學習新語言的念頭感到著迷——特別是拉丁文和法文。我試著讀《埃涅阿斯記》[×]的散文翻譯，但是那古怪的英文及那些混亂的名字讓我停滯不前。我這才想到，我把我的維吉爾攤開放在桌子上了。我閉上眼睛然後試著記起某些名字：突爾努斯、尼蘇斯與尤里亞魯斯、埃涅阿斯本人、突爾努斯、安奇瑟斯[××]。

相同的名字不斷重複。我也記不起其他名字了。我張開眼睛而我爸就在門口那邊看著我。

他什麼都沒説。就只是看著。他進到房裡把門關起來。我肚子上的皮膚發癢，而且我的大腿滑溜溜的。我不想看他，但他的雙眼一直盯著我，而隨著他移動，我的頭也跟著他轉。

「所以我知道，是嗎？」

我點頭。

× The Aereid，羅馬詩人維吉爾（Virgil）的史詩作品。故事背景是接續在荷馬的《伊里亞德》（Illiad）之後，敘述特洛伊被希臘聯軍攻陷之後，特洛伊王子埃涅阿斯（Aeneas）帶著殘存的族人輾轉流浪到義大利，最終再度建國，成為羅馬人祖先的故事。

×× 這些都是《埃涅阿斯記》中的角色。突爾奴斯（Turnus）是義大利當地的領袖，書中的反派；尼蘇斯與尤里亞魯斯（Nisus, Euryalus）兩人是好朋友，一同追隨埃涅阿斯來到義大利，最後卻一起死在戰場上；安奇瑟斯（Anchises）是特洛伊國王，埃涅阿斯的父親，因為洩露了他與愛神維納斯（也就是埃涅阿斯的母親）的戀情，被朱庇特（Jupiter，也就是宙斯）的閃電擊中而失明，在特洛伊城淪陷當晚，埃涅阿斯背著失明的安奇瑟斯逃出城，並帶他一起來到義大利，安奇瑟斯最後在西西里過世並就地埋葬。

「明天，還有後天，還有大後天，還有之後的每一天，你會知道的。」

他走出房間，砰然把門甩上。我就整晚躺在那兒。其他人都睡在樓下。整棟房子完全靜止。我聽不見任何聲音。我急著想上廁所，但無法下樓。又熱又因為不舒服而扭來扭去的，最後我不知怎麼的睡著了。

我醒來之後，得馬上穿上長褲，衝過廚房與洗碗間到廁所去。那已經是大白天了。我驚訝的是，我爸和我媽的那些兄弟，也就是我的舅舅們，都在那裡。我飛奔過廚房時，他們都停止說話，而且一直到我回來又上樓去他們都保持沉默。我四處看都看不見我媽；我猜想她是去找凱蒂了，她就住在兩條街外，去尋求建議與安慰。我不知道該做什麼，所以回到床上聽著低語的聲音。有幾個人在移動的聲音、一聲叫喊，還有到後院小徑的腳步聲。門打開了。我起身往外看那座被毀掉的花園，然後看見幾個人從一輛停在後門口的卡車上搬了好幾袋水泥。我爸和舅舅跟著他們一起出去，接著是不斷的喘息聲與磕隆聲，然後他們又回來了，邊搖晃邊把一台水泥攪拌機從這一頭搬到另一頭。隨後他們把沙搬進來，堆進水泥攪拌機與水桶旁邊的圓錐筒裡。一整天，我爸和湯姆就攪拌水泥，丹和約翰就鋪水泥，其他工人就把他們面前的玫瑰叢連根拔起或清理掉，邊把地整平邊把死掉的玫瑰叢扔到卡車後頭。到了下午三點，他們全都弄好了。整個後院從這一頭到我從窗戶這邊看不見的工具房那一頭都閃著溼亮的灰光。他們用木板蓋在溼水泥上，清理乾淨，然後離開。我想那是我爸頭一次一整天都沒去上班。

那個晚上我又是一個人睡，沒人叫我吃東西，我也沒要東西吃。隔天，新鋪好的水泥地變成白色的。我看到李恩把蓋在上頭的木板搬開。就在那時，我穿好衣服下樓。我進到廚房，我媽背過身去走進洗碗間。李恩進來，對我搖搖頭並將手指放在嘴唇上。於是我就自己吃了些麵包、奶油跟茶，然後起身要出門。我媽從洗碗間走了進來。

「上樓去。」她指著樓上說。我看見維吉爾就放在收音機上，一把拿起來然後上樓。我爸在晚餐時間回來後，他叫吉拉與埃門來告訴我可以下樓吃飯。大家都圍著桌子坐，沉默。所有的小孩子都因為我而感到羞愧。我們就在沉默中吃飯。吃完飯後，我爸就像平時那樣起身收盤子。我起身要幫他。他把手放上我肩頭，要我待在椅子上。

「你別問我問題。別跟我說話。就別來煩我或是去惹麻煩。」

我跌坐回椅子上。洗碗槽傳來盤子喀啷的聲音。大家好像都在看我，但他們的眼睛都避開我的。我回到樓上橫倒在床，依然生氣，但更覺得害怕，然後半哭泣半咒罵我自己直到睡著。我醒來時，天已經要暗了。有人摸了我。我瞇著眼盯著壁紙看，然後當我爸彎過身來時又閉起來。他親了我的頭髮。我從腳趾那邊開始慢慢變得僵硬。就在某一刻，我想要咳嗽或是哭出來；但隨著他站起身，床升了起來，我也隨之微微升起，有如在浮浪上。他以為我還在睡。他對自己低語了些什麼，但我聽不清楚。臥房的門關上了，他下樓時樓梯發出了熟悉的吱吱樂音。

整件事大概就這樣結束了。後院仍鋪滿了水泥。我在那裡踢足球時，有時候會彈到那些玫瑰花瓣掉落的地方，然後短暫間我又會看見它們沾染在地上的樣子。走在那片之前是玫瑰叢的水泥地上，就好像走在一片炎熱的地面，底下有許多話語與玫瑰正燃燒著，燃燒著。

「去啊，」幾星期後，李恩說，「去跟主教說。」

「要怎樣才能見到主教啊？」我問。

「我的老天，就去教區宿舍的門前，按電鈴，然後跟管家說你有件非常緊急的私密個人事務，想要求見主教大人。不然就問說看他何時方便，能不能預約會面的時間。」

「那如果她×說不行呢？」

× 通常教區宿舍都會聘顧已婚女性來擔任宿舍的管家，打點神職人員的生活。

「她不會說不行的。她應該會要你在某個時間再回來，接著她就會去把那個坐在扶手椅上的小懶鬼叫醒。」

「然後呢？」

「然後，白痴，就是要證明你的清白啊。我一直在想這件事。最保險的方法只有一個。要有人看見你和一個神父一起進警察局去道歉，而且再看見你和他一起出來。之後，不管裡頭發生什麼事，我們就開始散播關於伯克的謠言。」

「什麼謠言？」

「喔，先去找個神父再說，」他大叫，「就把他弄進警察局。然後我會再告訴你。」

寇特主教伸出他的手。我單膝跪下親吻了他手上的戒指。他抬手，我起身，他揮手要我坐在一張椅子上。他坐在桌子的盡頭，跟我隔著三張空椅子。他那件黑色外套的織工很好且很合身，我心想，搭配他那件紫色襯衫。是叫襯衫嗎？那是叫什麼呢？我得集中精神。

「好啦，我的孩子，」他用輕柔的聲音高聲說，那真的出乎我預料，因為那聲音是從一個像餅乾筒的身體發出來的。

「你是為了什麼私密事務想要見我呢？」

我把事情經過都告訴他後，他稍微皺了皺眉頭，然後一直看著我，而且覺得有點可疑，我想。

「你犯了一個大錯，你知道嗎？」

「是的，閣下。」

「警察也是有他們的職責。」

「是的，閣下。」

「還有你知道，那位警佐是可以控告你，結束你的學校生活。但他沒有。這就讓你欠他人情了。」

「是的，閣下。這我知道。」

「你住的那一區，的確是有一些聲名狼藉的人物，但也有善良、虔誠的天主教徒。」

我用力點頭。

「你來這裡究竟是為了什麼？你想要我做什麼呢？」

「我在想，閣下，您能否指示我向伯克警佐道歉最好的方法呢？」

「就直接去向他道歉，我的孩子。去警營或是去他家。告訴他你是真心知錯了。我認識他。他是信基督的人。他會接受你的道歉的。」

「但問題是，閣下，如果我就這樣去見他，大家會以為我又去告密了，去向警察打小報告。如果我接近他，只會讓我的處境變得更糟。」

「那，你不能寫信給他嗎？」

寫信給他。你怎麼可以寫信給警察？我這輩子連封信都沒寫過。只有我媽會寫信——不對，是便條，給雜貨店或是給租金辦公室問說能不能再寬延付帳的時間，還有這段期間先付這些錢是否足矣？我真的很喜歡那個「足矣」，還想說她是從哪裡學來這個詞彙的。這也讓把便條交出去，然後等待對方讀字條這件事輕鬆多了。那個用字比他們好多了，但他們還是懂得意思。總之，李恩也有想過這個可能性。

「但是因為我犯的錯，我希望這個道歉是公開的。我覺得這樣才對得起他，還有對得起我的良心。」

「我懂了。」他用手指敲打著桌子。就在那一秒，他臉上閃過一抹微笑。

「我必須說針對這個事件，警佐對正義的看法並不全然符合我心目中天主教的正義。那應該是所謂國家的正義。而在這之前你的家族就有不少問題。但這些是很敏感的事情，還是別牽扯進來較好。」

我溫和表示贊同地點頭。

「這幾個星期的彌撒我是不是都有看到你？」

「是的，閣下。我每天都去。」

「我猜，你在學校也表現得很好。」

「我盡力好好表現，閣下。」

「不過，這都是最近才開始的，不是嗎？」

李恩已經詳細告訴我要怎麼應對了。

「整整兩個月又一星期了，閣下，自從與伯……與警佐的那件事後，我發現我自己，被我自己，捨棄了……」

說到這裡我遲疑了。李恩建議我說到這裡要開始哭，但那一點問題也沒有。我已經哭了。我對自己的哀傷實在太巨大了。

「……然後我發現我只能靠自己，沒人願意跟我說話，但是在教堂裡，只有在那裡，我才是安全的，而就是在那裡我才發現自己能夠說出口。」

「說出口？」

「是的，閣下，與主說話。」

他注視著我好一會兒。雖然我雙眼都是淚水，但我仍想著最後那一句話。太老套了嗎？

「在那之後有什麼，我們這麼說好了，結果，這個對主說話之後有什麼明顯的結果嗎？」

結果？我有點慌了。

「我不確定，閣下。我只知道我想要，我有時候會覺得我想要……」

「怎樣呢，我的孩子？」

「奉獻我自己，您知道的，想要將我自己奉獻給宗教生活。」

「你覺得你有使命感，是這樣嗎？」

「是的，閣下。我知道我去想這件事還太年輕了，但是……」

「你的確還年輕。不過，使命感紮根紮得深。你必須要好好培養它。但還不要做決定。等你年紀再大一點，就會知道了。信念，當它來臨時，是無法阻擋的。」

他暫停了一會兒。

「就讓我來處理吧。我會想想看。我想一年以後你再來見我吧。我會關心和注意你在學校的進展。事情會明朗的。」

他伸出手。我又單膝跪下親吻他的戒指。

「安心離開吧。還有為我祈禱。」

我鞠躬然後離開。一年以後？一年？這件事會持續一年嗎？我懷疑地閉上雙眼。

將近兩個星期後，教區行政歐尼爾神父，他也是主教的左右手，來拜訪我們家。那時我媽去買東西，而我爸去上班。歐尼爾老是匆匆忙忙，老是很粗魯。我一開門他就指著我說：

「沒錯，就是你這小子。你現在就跟我去警營向伯克警佐道歉。如果你有外套的話，穿上。你是不知道梳子這種東西嗎？算了。快點。你媽呢？」

「去買東西了。她等一下就回來。」

「不能等，不能等。之後再跟她說。現在就走。別管外套了。」

李恩就在我身後的玄關。我關門時，他對我使了個眼色。走上街，沿著空地，我匆忙地要趕上歐尼爾的大步伐，邊回頭看我媽有沒有出現，想說她有沒有看見，還看到李恩跟幾個人出現在後巷那裡，往前看則是布魯契街街角的那些人，他們看著我經過並向神父打招呼。現在如果有足球比賽就好了，這樣就有更多人看到。我們從空地盡頭接上雷奇路往警營走，繞過旁邊的菜園，走上了碎石小徑，到了敞開的大門。有個警官正靠在櫃檯上，對著一個穿便服，嘴裡還叼了根香煙的人說話。他透過煙霧仔細地審視我們。

「啊，」他說，「羅馬天主教神職人員。真是我們的榮幸。」

歐尼爾兇狠地瞪他。

「讓你知道一下，除了羅馬天主教外，沒有其他種的天主教神職人員。而且我不是來跟你們這種人說話的。去叫警佐出來！」

他命令那個警官，但伯克已經從裡頭的房間出來了，他的表情既僵硬又驚訝。

「神父。你好啊。請進。」

那個穿便服的人把香煙扔到地上，還用腳跟碾了幾下，同時一直看著歐尼爾。進入伯克的辦公室，歐尼爾立刻就坐上伯克辦公桌前的那張椅子，邊抓著我的手肘要我站在他旁邊。他緊抓著我，而且說話的時候還會三不五時搖晃我。伯克也坐下了。

「是什麼風把你吹來了，神父？」

他到現在還是沒正眼看我，但他瞄見我了，而且腦袋忙著打轉。我知道他一定連胃都打結了，這讓我感到很平靜。

「什麼風把我吹來的，警佐，是主教大人要我來的，為了這個小子應該向你道歉，而且我要聽他這個道歉夠不夠誠心，或者說你有其他事要讓我們知道。所以，如果你方便聽的話，他現在就向你道歉。」

他搖了搖我。

「說啊。向警佐道歉。」

伯克的眼光轉到我身上。他面無表情。

「對不起，長官，我不該向你的車扔石頭，造成損傷。這是錯的。」

「而且你不會再犯了，」歐尼爾馬上說，又搖了搖我，「不會再有不良少年的行為。」

「而且我不會再犯了。」

「或是其他類似的事。」歐尼爾表明說，邊推我。他並不滿意。

「或是其他類似的事。」

我沒話可說了。我希望他別再要我說其他的。或者至少，在伯克開口前別再說了。

伯克諷刺地笑了。「神父，我們與萊姆伍德街那群人之間的問題。這個傢伙，他哥哥，還有巴爾、墨倫、哈金、托納……你不會相信的。」

「的確，而且我可以想像。那一帶確實有些壞小子。但據我所知，這傢伙並不是他們裡頭最糟的。」

終於，他放開手了。我揉著手肘站在那裡，不讓任何事影響我的內心。

「你真是太好心了，神父，為了這個惡棍花費你寶貴的時間。我相信你還有其他更重要的事情要做。」

錯啦，伯克，我對自己說。不要告訴歐尼爾他該做什麼。果不其然，歐尼爾回應了：

「我有很多事要做，警佐，我相信你也有你的事要做。再說我對之前發生了什麼事也不知情。可是主教大人要我來這裡，並且聽這個男生的道歉，這背後的理由他說你非常清楚，但依他智慧的判斷，他覺得沒必要解釋給我聽。所以我相信這對你是件小事，但我除了服侍我的主教之外，便沒有更重要的事要做了。」

「的確，神父，的確，」伯克低聲說，「那，請你讓主教大人知道，因為這件事造成他的麻煩，我也感到很抱歉，還有請他放心，這個事件對我們來說已經結束了。」

「我會的。所以我能說你接受這個男孩的道歉嗎？」

伯克恨死這個了。但他無處可逃。

「是的。我接受。我當然會啦。條件就是他不會再犯了。」

他用溫和的聲音說。他又看了看我，有力的眼神讓我心裡發毛，但我還是保持嚴肅的表情。

歐尼爾和我走出了警局，然後在菜園那邊分開。他對我搖手指，告訴我離那些在街角不三不四的人遠一點；還有我運氣好有主教大人關心我；還有他希望我能守規矩，當個正直誠實的市民來報答這份恩情。我謙卑地默默點頭，想要趕快離開，特別是那群不三不四的人已經聚在空地那頭來看發生了什麼事。歐尼爾邁大步離開，然後我朝他們走去。他們慢慢走向我，巴爾也在裡頭。他們緊緊圍著我。

「是發生了什麼事？為什麼神父會和條子在一起？」

「主教派歐尼爾去責怪伯克，因為他編了那些關於我的謊話。我想伯克要被趕出教會了。主教有在考慮這樣做。要不然，就是他會被降職調到鄉下去。主教已經寫信給政府了。」

他們沉默看著我。

「告訴我們他說了什麼。伯克說了什麼？」

他們巴在我後頭跟著走。

「歐尼爾要我別再多說。他要伯克道歉，並要我別再追究。他跟主教會處理接下來的事。」

李恩對我笑。「什麼謠言？你之前還問我？或許你終於懂了。」

稍晚，在我們自家的後院，他說：

「下次，伯克會整死你。就別去惹他或是惹麻煩。你或許應該去當神父。讓我們都清靜一點。」

我不理他，大笑，還在院子裡側翻。今天晚上，我要去踢足球。

我的外婆，也就是我媽的母親，在我很小的時候就死了，我還得被抱到棺材邊才親得到她冰冷高貴的眉毛。她雙手纏著一對巨大的玫瑰念珠，嘴巴就只是鼻子下一條模糊的紫線。但我幾乎記不得她了，只記得她是個穿著黑衣的慈祥婦人，坐下前會來回拉扯肩上的披巾，一雙編帶靴會從她那厚重的衣服下露出來。

現在外公也生病了。躺在那張似乎隨著他漸漸縮小而變大的床上，他好像總是在哭，雙眼如此通紅又悲傷，儘管皮膚乾巴巴的。我被派去住在那棟三條街外的房子，幫凱蒂的忙，她在之前就離開自己的家來照顧外公。我討厭這樣子。我知道這是懲罰，因為我惹出的那些麻煩。凱蒂並不介意。她現在完全失業了。但在我看來，她面對她爸似乎並不自在，他面對她也是。他們的對話中總是有股緊張感，甚至些許的憤怒。

開始，我討厭得坐在外公旁邊。

「就跟他聊聊足球，」李恩建議說，「他以前負責管理德里與地區聯盟。不然聊聊神父。他很重視他們，不過他現在神經兮兮的，所以大概不會像以前那麼友善了。就像康斯坦丁一樣。」

康斯坦丁舅公，我媽的家族成員，是家族裡唯一的異端。據說，他什麼都知道，讀了太多書而且對誰都不認同，特別是對神父。三十多歲的時候，他開始讀某個惡名昭彰的法國作家叫伏爾泰[×]，他的名字就列在天主教禁書名單之中，之後沒多久他就在客廳牆上掛了塊標語牌，上頭用黑底紅字寫著「摧毀邪惡之事[××]」；他說這就是他與伏爾泰的信仰證言[×××]。然後他就失明了，得了重病，且在臨死前屈服了，因此回到教會的懷抱。失明是審判與警告，別人是這麼跟我們說的。感謝主他順服了，但也難怪，因為他已經上天國的母親，伊莎貝拉——或是暱稱貝拉——為他的靈魂祈禱，膝蓋都磨破了。主啊，他死的時候她可真是個快樂的女人呢，有臨終聖禮以及從長塔教區來的小蓋拉賀神父護送他上天堂，蓋拉賀神父還親自在廚房裡把伏爾泰的書一頁一頁燒掉，邊說寧可燒掉這些書，就像燒死伏爾泰本人，也比讓那個讀了它們而被邪惡光芒遮蔽雙眼與靈魂的人，其靈魂受火焚好。我從沒見過康斯坦丁，但對我們來說那是個偉大的名字，唯一被公認的異端，他最後的崩潰成了神父們令人哀傷的勝利宣傳，而他們現在都成了我的老師。

但是外公糾正了我對這件事的看法。我會坐在他臥房的桌子前做功課，而他就在那兒靠著枕頭坐著，忙著無聊到死，至少就我看來是這樣。他很少說話；但有一次他問我在做什麼。

「法文練習。」

「法文！你花精神學法文要來幹嘛？這裡有誰說法文？浪費時間。你還是學愛爾蘭文比較好，你自己的語言。」

「那這裡有誰說愛爾蘭文？」

「法蘭基．米能、強尼．哈金。這就兩個人了。還有很多人。看看法文對康斯坦丁幹的好事。大家都說，先是讓他失明，然後失去了靈魂。」

「康斯坦丁？他死的時候是天主教徒啊。」

「才怪。他才不是。他死的時候是個異端。拒絕見神父，而且死的時候胸前還抱著那

× 伏爾泰（Voltaire, 1694-1778, 本名 Francois-Marie Arouet），法國啟蒙時期的哲學家與文學家。支持公民自由與信仰自由，因此對天主教教會多有抨擊。

×× Crush the infamous one，法文原文為écrasez l'infâme，出自伏爾泰的書信。對伏爾泰來說，邪惡之事指的是貴族與教會的濫權、對人民所施的暴政與不義之事，以及教會對人民灌輸迷信與不容異己的觀點。

××× Declaration of Faith，在宗教團體中，成員要向其他成員或信仰中心展現其信仰意義所說的話。

本他們試著拿走的法文書。」

「我聽到的不一……」

「這是當然啦。他們捏造了那個故事，這樣才不會成為壞的示範。但老康啊，他是下地獄去和那些無神論者一起被火烤了。天主讓他的靈魂安息吧。」

說到這兒他突然笑了，我也笑了。

「是啊，天主讓他穿著燃燒的西裝安息，邊讀他那了不起的法文書。」

然後他又笑了，伴著一連串的打嗝和哼鼻聲。我對自己竟然會為康斯坦丁感到高興而震驚。接著我想要問外公：「那你呢？你會繼續反抗嗎？」但沒有勇氣說出口。再說，他又突然變陰沉了。

「他們還教了你什麼？」

「喔，愛爾蘭文、拉丁文、希臘文、數學、歷史……」

「歷史。什麼歷史？」

「古代歷史，羅馬人還有……」

「我很確信，這對那群人來說還不夠古吧。這個城鎮有很多他們不能教的古老歷史，而且就算他們能也不願意教。」

「像是什麼？」我激動了一下子。他是要直接告訴我什麼嗎？他現在快死了，是要集中精神然後說出他的過去，而非老是那樣一臉嚴肅站著並對我視而不見？我現在是要從這個親手殺了他的人口中再聽一次比利．馬恩的故事嗎？

「你還是別知道的好。」

他下嘴唇稍微突了出來，還惡狠狠瞪著毯子。我可能點中他的要害了。

「那麼，這或許是他們為什麼不在學校教這個的原因吧。」

「哦，對啊，聰明的小子，或許真的是這樣。」

他變得沉默。我等著，但他仍保持安靜。我重新回到我的法文文法上。

我媽會定期來看他，她的那些兄弟，丹、湯姆、馬努斯、約翰也會。她花很多時間在臥房陪他，那段時間我就躺在樓下的沙發上，邊看書，邊想他還要多久才死，這樣我就能回到自己的家了。有天她下樓來，一臉蒼白，重重坐在對面的扶手椅上。我從側邊看著她。她的臉看起來整個崩潰了，雙手在膝上彼此緊握。我問她，發生了什麼事嗎，但她搖搖頭且雙唇緊閉，那讓我想起外婆的死人嘴。想也知道在樓上時她和她爸談了些什麼，但我不甘心就這樣算了。接下來的一兩分鐘我就假裝在看書，但她隨即開始顫抖哭泣，我起身抱她安慰她。

她就一直哭一直哭，整個上半身都在發抖。我想說些她爸爸是真的很想死，好去另一個世界陪伴他的太太，以及大人們常說的那些鬼扯淡，但我知道那不是她悲傷的原因。她呻吟了幾聲，好似胃痛一樣彎下腰，又直起身並直盯著我的臉，眼淚不停流。

「艾迪，」她說，「我的主啊，艾迪。這會毀了我們所有人的。」

他的名字在我耳裡轟隆作響，而我的整個神經系統就像個星系般跳出來立在我面前。

「艾迪？」

「噓——」她搖頭低聲說，「一個字都別說，一個字都別說。不要理我說了什麼。我只是因為外公要死了而難過。」

過了一會兒，她直起身來，離開到洗碗間洗把臉，雖然雙眼仍泛紅，但還是跟我說我不用再待多久了，他們很快就會帶他去醫院治療，而他不會活著出院了，我很快就可以回家和大家在一起。

「他開始有點神智不清了。不要理會他說的話，而且不管怎樣，千萬別轉述給其他人。就連我也不要說。」

她離開了。那是她長久困擾的開端。我就待在那兒，外公在樓上，房子越來越暗，凱蒂阿姨還沒回來，而我的心被顫慄所糾纏。

外公要我讀報給他聽，一頁一頁來，從運動版開始。就連賽馬都能引起他的興趣，雖然他從來不是個賭徒。接著是新聞。再來是訃文。報紙都讀完後，他要我跟他說我做了些什麼事，說說學校、朋友、街上，還有家裡的情況。我問他二零和三零年代在《德里日報》當個排字機操作工是怎樣的情形，關於他努力讓員工成立公會，關於二零年代的麻煩，關於職業足球跟拳擊。我想要他告訴我那些當我還小的時候，在樓梯間上，還有在雷根修士的佈道曾聽聞過片段的故事。但他就是不肯說出比利．馬恩那件事；他只說那是很糟糕的年代，有些事最好還是忘了，除了一件事，那就是我們得持續對抗政府，直到永遠，永遠。

「我媽怎麼了？」有天我問他，因為她剛剛才離開，而她每次來都會渾身顫抖，難過不已。

哦，他回答，她有她的困擾，但她會沒事的。為什麼她一直提艾迪？我問他，其實我說了謊，因為從那一次之後她就再也沒提過他，現在兩星期都過去了。他聽到時驚覺了一下，同時也假裝在猜想原因，但還是很不安地問我她說了什麼。就只有他的名字，我告訴他，還有說發生了很糟糕的事。但艾迪是我爸的哥哥，而且很久以前就失蹤了，所以現在還會發生什麼事呢？她現在是知道了什麼事，因此而感到困擾？不過她要我發誓保持沉默，我告訴他，因為她知道能跟我說而我不會說出去。

「連你爸也不說？」

我知道該怎麼回應。

「特別是不可以跟我爸說。她是這麼說的。但我甚至不應該跟你說這件事的；我只是很擔心她。」

好幾個漫長的下午我一步又一步地進逼，直到他累了睡了，凱蒂來趕我走，讓我回家為止，有時候也會過夜，因為我變得太蒼白且與他太親近了。雖然我媽這個時候也開始生重病，來看我外公的次數也越來越少，我還是巴望回到他身邊，一直陪在他身邊，直到他告訴我到底是怎麼一回事，過去到底發生了什麼事。神父插手後我就一點進展都沒有了。

有天下午墨倫神父由凱蒂陪同來到了臥房，他肩上披著明亮的聖帶，手上還拿了個小盒子。凱蒂一手拿著一根點燃的蠟燭，另一手端著一碗水，手臂上還掛著一條白毛巾。我早該知道這遲早會發生的，因為那天早上幾乎整個房間都用煙熏過了，儘管外公一直抗議。

「爸，墨倫神父來和你聊聊天……」凱蒂開口。

他是個很熱誠的神父。

「這個人當然不需要我啦。妳不是說他身體不好嗎，凱蒂？你看起來很健康啊，多賀帝先生。不過我既然來了，就順便……」

外公帶著某種恐懼往床中央移。指著凱蒂，他用顫抖的聲音說：「把那個人趕出去。我需要神父的時候自會要求，在那之前不需要。趕他出去。」

「哎喲，多賀帝先生，別這樣嘛，這只是個善意的拜訪……聽我說，孩子，」他朝我彎腰說，「你現在一個人下樓去。去吧。」

他推著我的背。

「讓那個小傢伙待在這兒。凱蒂．多賀帝，我永遠都不會原諒妳的。沒有事先說就這樣帶他來。」

我被推了出去，然後門關上。我站在那裡聽，但神父又打開門，舉起他的手指說：「去吧，下樓去，等我們叫你再上來。」我下樓去，並聽見好幾個聲音：凱蒂的、墨倫神父的，還有外公幾不可聞的聲音。樓上傳來椅子移動的聲音，接著是一片沉靜。凱蒂與墨倫神父下樓來。她很悲痛，而他有點臉紅。他們進到了廚房，接著他們又叫我出去，這次是到後院去，在那邊我可以從窗戶看到他們就站在廚房中間談話。墨倫神父離開了，接著凱蒂叫我進去，跟我說她要直接去找我媽，要我陪著外公，這個異教徒，天知道是不是真有這種人，而她不知道自己能做些什麼，如此地恥辱和羞愧，他在臨終床前對一個好神父說的那些話，耶穌的慈悲心啊，還能怎麼做呢？她匆忙穿上厚外套離開了。

外公在發抖。那個賤人女兒。那個黑心神父。那些禿鷹，等你體力衰退了便來奪走你，還用他們的勝利來恐嚇其他活著的人。現在他知道康斯坦丁經歷哪些事了。當他需要他們的時候，他們一點用也沒有。當他為愛爾蘭奮戰時，是誰最譴責他們？再說他們對女人的約束又是為了什麼？就這麼一直說一直說。我被他從前做過的事嚇壞了，但那恐懼卻被驕傲取代。他一直在反抗。可是他已經筋疲力盡了。

「別讓他們在最後一刻得逞，孩子。別讓他們得逞。」

「不會。我不會讓他們得逞的，」我回答，但不知道要如何阻止他們。
「你保證。啊，你這個小孩子能保證什麼?你能做什麼?」
「如果我知道他們要來，會先警告你。」
他對我的回答半笑了笑，伸手來握我的手。我握住他的手，因為他已經沒力氣了，然後他就這樣睡著了。

所以這是他最後幾天了。我就聽他說話，當自己是啞巴，就聽著。一開始，他就光是哀嘆。接著是讚賞我爸曾是個拳擊手，以及他贏得西北冠軍賽那個晚上在最後一回合的最後一擊，那時候他的分數大幅落後，雙眼都因為受傷而閉上，鼻子也斷了。我知道那件事，但又聽了一次，這次更多細節。他還描述上完夜班後是怎麼清理他的排字機，讓它閃閃發亮；墨水的味道仍會讓他回想起那間每晚都得進去的地下室有多陰暗，特別是在夏天外頭還亮著的時候，那份感覺更加明顯。他是怎麼知道他太太，莉茲，我的外婆，有事瞞著他，因為他太清楚她的呼吸了，就好像他有個聽診器貼在她胸口——她擔心的時候你會看到她左太陽穴跳動——還有他是多麼遺憾沒能讓她明白自己有多愛這樣來瞭解她，在作為丈夫的面具後溫柔地看著她。

×　羅伯·倫迪（Robert Lundy）是德里圍城戰（The Siege of Derry，自一六八八年十二月至一六八九年七月二十八日）時，德里市的市長。在一六八八年英國的「光榮革命」，英國國王，同時也是天主教徒的詹姆士二世被他信仰新教的女兒與女婿，瑪麗與奧蘭治親王威廉（William of Orange，後來繼任成為英國國王，成為威廉三世）罷黜並拘禁。但詹姆士二世設法逃到了法國，尋求並得到當時同是天主教徒的法國國王路易十四世的協助。由於大部份的愛爾蘭人與當時愛爾蘭的總督理察·托伯（Richard Talbot）都是天主教徒，自然支持對天主教徒比較友好的詹姆士二世。在光榮革命初期，托伯便要求愛爾蘭各城市表態支持詹姆士二世，但卻無法在以新教徒居多的北愛爾蘭得到正面的回應。托伯也開始調兵遣將，將各地的守備更換為忠於詹姆士二世的士兵。而一六八八年十二月，在更替部隊就快到德里之前，德里便鎖上城門開始反抗。一六八九年三月十二日，詹姆士二世帶領法國軍隊登陸愛爾蘭，希望能以愛爾蘭做為他的基地，繼而奪回他的王國。他接著到了都柏林，帶領由愛爾蘭人與法國人組成的天主教軍隊往北愛進軍。當時的德里市市長羅伯·倫迪其實是比較支持詹姆士二世的，但畏於德里新教徒的民氣，他雖公開聲稱支持威廉三世，但暗地卻採取消極的抵抗策略：不但要求城外的守備軍不戰而退，也對早在四月便已到達福伊爾河（River Foyle）的英國援軍說德里已守不住了，要求他們不要登陸，同時暗地聯絡詹姆士二世的軍隊，約定投降獻城的日期。但倫迪通敵的消息最後走漏，他也因此被全城居民視為叛徒。自覺性命難保，倫迪偽裝逃到蘇格蘭，但最後仍被逮捕並關在倫敦塔（Tower of London），下場未明。而德里圍城戰在喬治·渥克（George Walker）等人的帶領下，持續與天主教軍隊對抗，最後也因英國海軍送來的補給而解圍。隔年七月，詹姆士二世的天主教軍隊在波恩河戰役（Battle of Boyne）戰敗，雖然詹姆士二世的軍隊並無太嚴重的傷亡，但他仍拋棄他的軍隊與支持者，逃到法國接受路易十四世的保護，也確認他的復辟失敗。從此以後北愛爾蘭的擁皇派或親英派便以「倫迪」一詞通稱叛徒。每年十二月，親英派都會在德里大肆慶祝德里圍城戰的勝利，其中一個活動便是將倫迪的芻像高掛在柱子上，最後放火燒掉。這也是本篇「燃燒吧倫迪」的典故。

某個星期五晚上，我好想回家去吃我媽總會煮的白魚湯，還有看從方西叔叔店裡帶回來的漫畫剪輯週刊[×]，外公從那個睡了好久，讓他胸口上下起伏的睡夢中醒來，並激動地環顧四周。那天是十二月十八日。發亮的雨滴像是傾斜的眼珠子滑過玻璃窗。我知道，就在對面的山丘，掛在城牆石柱上頭的倫迪芻像就要被火燒了。那根石柱的頂端還有渥克市長的雕像[××]，他是一六八九年圍城戰的城市守護者；那個叛徒倫迪，總是在那根英雄的石柱上搖晃，看似被吊死的巨人，就要在底下集結的樂隊那不絕的鼓聲中化為火焰爆開，雖然那些樂隊的旗幟聳立飄揚於溼石一般的黑暗中，但在城牆後頭是看不見的。我們會注意倫迪的胯下炸開，接著像火箭爆炸一樣同時往好幾個方向直射出去的那一瞬間。接著火焰就會迅速貪婪地爬滿他全身。在那之後便感覺聖誕節近了。

我扶外公在床上坐起來。「他已經沒有生存意志了。」他的兒子和女兒都這樣彼此耳語，他們常坐在他身邊，專注看著他，但又當他不在那兒似的談論他。他就穿了件乳白色的無領內衣躺在那裡，露出皮包骨的喉嚨，他那歷經風霜的五官也變得更清楚了。在這些時候，他就會看著我卻又視若無睹。對他的孩子們而言，他躺在那兒是既可悲又專橫，既殘破卻又無情，不但不將他的力量分給在周圍的那些人，反而把那些力量吸回進自己體內，像床單一樣捲起來包圍在身上，隨著他帶走。對我來說，這樣子已經看起來像是宗教課上所說的飽受折磨之靈魂了。

這天晚上，我打開臥房的燈時，他並不知道自己人在哪裡。他邊呻吟，邊激動地看著四周好一會兒。接著他就平靜了下來。在接下來的沉默中，我聽見了第一波橘黨樂團xxx的樂聲高漲，拉長的鼓聲漸緩下來。「看在耶穌的份上，把窗戶關上，」他突然說，「我不想聽那些野蠻人和他們的鼓聲。」窗戶本來就關上了，但我還是假裝又去把它關起來，這樣我才能隔著那些屋頂看見那個垂吊在柱子上的巨大人偶，火焰正從他的雙腳緩緩往上攀爬。我轉頭看見外公的怒氣消失於雙眼的餘光。有好一會兒，他看起來很兇狠。

× Comic-cuts，發行自一八九零年至一九五三年的英國漫畫週刊。

×× 該石柱於一九七三年八月二十七日的午夜被當地的愛爾蘭共和軍炸毀，渥克的雕像雖然留存下來，但左手仍被毀損。雕像現已保存在博物館內。

××× Orange bands，威廉三世在繼位英國國王之前為奧蘭治親王（Prince of Orange），由於奧蘭治在英文與橘色拼法相同，因此他的支持者便以橘黨自居。愛爾蘭的國旗設計為綠、白、橘三色直條旗，綠色代表支持愛爾蘭人民，橘色便是代表新教徒，而中間的白色便是期望綠、橘兩派能和平共處。

空氣中有一道裂縫。我能感覺到它隨著呼吸進入我體內，而且在我能呼出來之前，讓我的心臟瘋狂低語了一陣子。他的臉就在我面前從羅馬式的平靜×變得皺成一團；那個晚上他就像座雕像一樣沒有味道地躺在那裡，我通常能聞到他年老的味道，那味道就像強烈的酒精味在乾淨的空氣中消散一樣。鼓聲越來越大，並且就在我們眼光交會時突然停了下來，接著我的直覺撲向那個總是在我要抓到之前就被抽走的餌食。

「只有你媽知道全部的事情。我得告訴某個人，特別是她，但我現在覺得很抱歉。她不懂，她無法原諒我，而我不想要像墨倫那種傢伙來原諒我。」

艾迪已經死了，就在鼓聲又一陣一陣響起時他跟我說。他被當做告密者處決了。告密者。我還以為艾迪是逃走了。但我爸知道；這就是他所知道的事。他的哥哥是個告密者。他知道艾迪已經死了嗎，而且是被處決的？遠處傳來火箭微弱的嗖嗖聲與叫喊聲。你是想告訴我的，我在內心說，對我那不在場的父親。在這麼多年後，他是想告訴我的，可是我已經知道了。是啊。好吧。但為什麼我媽這麼難過？她知道。而且她知道我爸知道。他一定有告訴她。這件事既不新鮮也不糟糕啊？現在我知道我爸的秘密了，但我媽的是什麼？這又和我爸有什麼關係？外公又躺回去一會兒。他不想要向任何該死的神父告解，他說。但他得告訴我媽。而現在他要告訴我了。因為她永遠都不會跟我爸或跟我說，但我們必須知道。他本來希望能親自告訴我爸整個故事的。什麼故事？我就站著，幾乎要對著他大吼。什麼故事？他閉上雙眼然後告訴我，告訴我。是他，外公，下的處決令。但他錯了。艾迪是被陷害的。他根本不是告密者。他告訴我真的告密者是誰。

我離開他便直接回家，家，在那兒我再也沒法正常跟我爸或我媽說話。

兩天後，外公被送到醫院去了，他意識仍是半清醒的，但因為中風幾乎全身都癱瘓了。他就無動於衷躺著面對世界，面對那些每天輪班來的神父的探視，面對他的孩子與孫子的來訪，面對只做做樣子的護士與醫生，就在大家都在等待結束的同時儘可能讓他覺得舒服。結束來得很快。他就死在睡夢中。我是在停屍間看到他的，像個古代小孩一樣乾

× 原文為Roman-calm，西方俗諺，表示一個人喜怒都不形於色。

縮在棺材裡。接下來我們又忍受了所有的習俗——守靈、在葬禮的前一個晚上將棺材帶到教堂、安靈彌撒（我知道他一定會嘲笑這個）、穿過隆穆爾路到墓園的漫長步行、領頭的神父斜披著從肩膀跨到腰部的肩帶、女人在人行道上看著（因為她們是不參與送葬的）、挖墓工人帶著他們斑駁的鏟子、在墓地的祈禱者、眼淚、拂切過我們的風，還有欣慰感。從頭到尾，我因為知悉內情而覺得噁心，希望隨著他的死，他告訴我的事所造成的影響能神奇地消失或減少，即使我內心知道那是不可能的，而是會重新鑲嵌進我媽身上，持續存在。我們被同一隻矛貫穿在一起。但她並不知情。而我也不打算說什麼，除非她先開口。而且就算真的發生了，所有的事都說出口了，我還是有種某些事仍有所保留的感覺，有些她不知道的事，有些外公遺漏的事。

我在我媽面前假裝相信她會那麼悲傷，只是因為外公的死，並鼓勵她告訴我關於他的事——就像我從前曾試著做過的——這樣她可能會覺得好一點。凱蒂阿姨加入後事情變得簡單多了，因為她樂於談論他的事，甚至帶了種解脫的感覺。一開始，她們就像神學家似的一直講，爭論說他一定接受了帶著信仰而死的恩典，因為神父已經祝福過他，而且他死得那麼平靜。其他時候，她們會想到他拒絕了臨終聖禮而難過，他的罪過都還沒被寬恕就去到永恆了。她們一想到這件事就哭。「沒被寬恕，沒被寬恕。」她們會這樣哭喊。當我看她們擦著眼睛，或雙手摀著臉圍坐成圈，雙腳皺巴巴的鞋子排成內八字，會突然感覺到這些女人生命的狹隘。另一個世界的空間維度在我周遭開啟，而我的胃為之一緊。跟自己說這些東西我全都不相信也沒有用。它就在那兒，一片無垠的宇宙，外公的鬼魂就在其中摸黑移動，永遠滅絕，永遠活在自己的滅絕之中，而他的兩個女兒就在這間廚房的小世界裡，還有這個他如此決絕離開的世界裡哀悼。她們會沉默地坐著，任爐灶上的鍋蓋顫動，滾燙的水咕嚕作響。

她們還想起外公週末的飲酒狂歡突然就停止了。凱蒂想起看到他在某個星期一早上，站在水槽前，把一整瓶威士忌往水糟裡倒光，他的臉別到一旁，就好像不忍心看下去。她心裡很清楚，她說，因為就是在那個星期，一九二六年七月，麥伊亨尼去芝加哥了，拋下肚子裡還懷著米芙的她。就在她提到麥伊亨尼的名字，光這樣，光他的姓而已，她就發出個聽來像是詛咒的聲音。我媽低下頭，而凱蒂就只是對著她同情地點頭，雖然在我看來好像凱蒂才是那個需要被同情的人。滴酒不沾，凱蒂說，從那之後她父親就沒再喝過酒。是因為馬恩案嗎，那是就在之前，還是沒多久之後？凱蒂比我媽小八歲。她總是相信我媽對過去的事比較瞭解。但我媽說不是，不是那時候，兩件事隔得久了，並不是因為那案子的關係。沒錯他戒酒戒好幾次了，每隔兩或三年吧。他在一九二一年戒了。早在馬恩案之前。但是大概一年後，他又開始喝了。一九二六年他大概真的戒了。她現在想不起來原因是什麼，為什麼他會突然不喝酒然後又突然開始喝。我盯著她看，然後看到謊言就像變化的表情一樣佈滿她的臉。我知道是什麼事讓他在一九二二年戒酒的。是在艾迪的事發生之後，而艾迪的事是發生在馬恩案之後。而一九二六年，是因為他發現麥伊亨尼才是告密者，艾迪是清白的。她轉著指頭上的結婚戒指並看著地板。而我痛恨自己必須愛她，因為那表示我不能說或者問任何事，就只能順著她，看著那只金戒指在她手指頭上前後滑動，想著，現在她把我關上了，現在她把我打開了；現在我想讓你知道，我從不想讓你知道，我從不希望你想要知道，如果你真知道了我也不想知道。那戒指一閃一滅的。她把右手放在左手上，而戒指就在她粗壯的手指下消失了。

她們繼續談論外公的事。我爸，願主賜他安息，凱蒂說，在那段時間對我溫柔多了，和之前比起來都要溫柔，甚至超乎我對他的想像。我猜他是可憐我吧。天知道我已經夠自憐了，就那樣一個人懷著孩子被丟下。然後她停下來，她們就沉默地坐著。不過我們都常常經歷那樣的事，她繼續說，而你也聽到不想聽了。但我仍向耶穌祈求讓我明白為什麼那個男人就那樣一聲不響消失了。我媽仍低著臉。她頭髮都變白了。所以凱蒂也不知情了。她看著我媽好一會兒，移動上唇蓋住下唇。她看起來不只小我媽八歲。她的頭髮仍是棕色而且卷曲，皮膚仍很健康。她轉向我，微笑。

他本身足球踢得並不是太好，但他是個很好的管理者，而且能發現別人所看不見的人才，她說。足球。足球。凱蒂其實對足球並不感興趣。他說你能成為一個優秀的小足球員，她告訴我，又微笑。我點點頭。這個讚美現在變得更強大，因為他已經死了。他無法改變想法，也無法要人改變說詞。他經營兩個球隊，兵工廠與凱爾特漫遊者，一隊穿紅白條紋的球衣，另一隊穿綠白條紋。我比較喜歡紅色的球衣，但政治上我是支持綠色的。「快把球傳出去，」他會從邊線那兒對我大喊，「不要搞什麼花俏的動作了。傳球。」但我會一直持球直到有人把我鏟得頭上腳下，起身後就會看到我爸在笑，外公皺眉瞪著我。足球是種舞蹈，不是比賽。但外公不這麼想。我才不管呢。現在我媽從何時跟為何她爸不再喝酒的問題解套了。妳是故意這麼做的嗎？我對凱蒂微笑時無語地問，並想起了那個後衛把我鏟到半空的重量。前一分鐘外公在永恆中迷走，下一分鐘他則在邊線大喊，我父親在他旁邊無比巨大，而當我從燒成灰燼的球場起身時，右腳已經麻木了。

父親

一九五三年二月

父親突然提議要李恩和我陪他散步到庫歐摩爾岬×，並划船過河到要蓋一座大英氧氣工廠××的地方。反正，他說，在工程開始前去那邊走走也好，因為再過不久那一整片堤防就會不見了。我們同意了。我們租到船的時候，天已經開始暗了，有陣風猛然吹起，接著又在沿著河口堤岸間來回反彈的詭異回聲中消退。他很強壯但船划得不好，很快船就順著光亮的水流偏到一邊去，然後隨著風陣陣吹起又被吹直，將我們抬了起來，隨著變形的水流上下起伏。雨水和水花刺在我們臉上。他坐在中間，我們各自坐在兩端。我們邊發著抖邊前行渡河，我把黑色皮製安全帽的下巴繫帶拉得更緊了，然後看到李恩起身並消失在我爸移動的肩膀下方。我們抵達對岸時都溼透了，而且雨下得又急又猛。我們先在幾顆樹下躲了一會兒，但沒多久枝葉也開始滴水到我們身上，所以我們乾脆冒雨沿著堤岸步道走在既響又亮的樹木之間。他沒說什麼話，只是時不時催促我們跟上，我們切進內陸朝阿得摩爾走去。雨停了，太陽光短暫地斑駁照在步道上，接著雨又整個籠罩住我們。這是趟堅毅的散步。

我們最後在一座開放的鄉間教堂躲雨，它並不在村子裡，而是位在路彎的地方。我們就坐在教堂內那淡淡的黑暗中，雨滴像時鐘一樣規律地從我們身上滴下，我們看著祭壇後方某片彩色玻璃上的紅與綠隨著外頭天空變暗也逐漸黯淡下來，還聽見遠方傳來幾聲如砲擊的雷響。我爸仍穿著雨衣坐在我旁邊的長椅上，直瞪著用鐵鍊吊在祭壇上頭、燃著火的聖心燈：暗紅、鮮紅、暗紅、規律地，閃耀著，規律地。李恩摘下了安全帽，他那一頭紅髮就像上冠一樣整個豎起來。他猛力將安全帽往旁邊甩，四散的水滴飛過了瓷磚地板。這

× Culmore Point，位在德里市東北方，靠近福伊爾河出海口。

×× 大英氧氣公司（British Oxygen Company，BOC），成立於一八八六年，一開始是以生產氧氣為主，但逐漸擴大至重工業、冷凍食物與運輸業等。

讓我們兩個人都很開心，所以我也依樣做了。我爸移了移身子，建議我們坐下一會兒，甚至來點祈禱。「為你們的媽媽祈禱，」他說，「也順便為我吧，既然都禱告了。沒什麼壞處。」他溫和微笑說，所以我們兩個人都跪了下來，並用很不自在的祈禱姿勢來禱告。

「哎喲，少來了，不用這麼正經啦，」他笑說，「你們禱告的時候不用讓自己看起來像小聖人一樣。」我們坐起身，但我覺得非常不好意思。這座小教堂很注意我們，為我們這些陌生人闖進它這遠離人世的平靜而感到不安。我們兩人都咯咯地笑了。他覺得很有趣，傾過身看著我們。

「什麼事這麼好笑？」他問。

我們笑得更大聲了。

「兩個神經病，你們兩個都是。」

但他開懷笑了。

「這整個地區，從這裡到河那邊，都要成為工業區了。」他小聲跟我們說。他希望我們來這裡看一看，因為在他還是孩子的時候常跟他的爸媽來這裡，他媽媽有親戚就住在這一帶，雖然他們早就不在了。那些親戚的家境也都很好。他們有兩個僕人、一匹小馬跟一輛輕馬車。他記得他爸爸和艾迪坐在馬車上，他爸握著韁繩，而艾迪會對馬吹口哨要牠開始走。他還記得某天艾迪被抱到馬背上，然後牠一開始是怎麼載著輕搖轠繩的艾迪慢慢兜圈；接著艾迪腳跟一蹬，那匹小馬便開始飛奔過房子前的草皮，他爸和其他大人都追在後頭邊跑邊大叫。但艾迪仍繼續往前衝，低頭驅使那匹馬跑過一排樹，邊興奮歡呼邊在半空中揮舞手臂。艾迪，他是個狂野的小子。

現在啊，他說，他希望能記起這間教堂是不是就是他們來拜訪時，偶爾會在星期天去的那間。他邊看著四周邊說，所以我們也跟著看，就好像某些記憶也會這樣回到我們身上。那些在彩色玻璃上的聖人悲傷地往下看著祭壇，還有一個小天使奮力要往上飛過那些張口注視的聖徒，往那光芒四射的聖靈之光而去。但他不確定。我知道這是他最後一次來這兒，而這是我們的第一次。我想像教堂的鐘聲響過外頭溼漉的葉叢，而那時還是小孩子的我爸朝它走去，艾迪騎馬跟著他，他的父母鎮靜地補上這個小隊伍的尾巴，大海一波又一波侵襲遠方的海岸線。

「艾迪並不是死在那場槍戰的。」他突然說，且馬上把臉別開我們。

他說出口了，而我就像死了一樣覺得平靜。李恩什麼也沒說。那句話就在教堂中消失，然後一直在我的腦袋中重複。我們得說些什麼。李恩問，如果他不是被殺的話，那是發生了什麼事？我本該因為他開口問了而擁抱他，但我又想阻止他。總算有這麼一次，我知道的比他多。比他們兩個人都多。知道更多事就好像變成他們兩個人的父親一樣。我直視我爸的臉，可是看他瞇著眼，努力想告訴我們他那沉重卻不真實的故事，是很辛苦的。我想用手去摸他的臉頰來放鬆浮現在上頭的肌肉，還有摸摸那在詭異的光線下發白的鬢毛。他低著下巴就好像夾了把小提琴。

「不是，他不是死在製酒廠。他是個告密者。是被自己人殺掉的。」

這下他全說出來了，一股龐大的羞愧感與哀傷把他的頭往長椅前方下壓。他並沒有看我們。雨滴散落在那排暗淡的窗戶並滴答打在地上。我清楚看見艾迪騎在馬上，高舉著一隻手，那匹馬低頭躍起，像牛仔競技表演一樣。我用手擦拭溼漉的臉。我應該阻止這事。媽媽，我應該阻止。你應該阻止。事情還會變得更糟嗎？「爹地，」我內心說，「我知道太遲了，但就回到幾分鐘前吧，回到教堂跟雨聲裡，什麼都不要說。絕對不要說。絕對不要說。」

他就一直說，把整件事從他體內逼出來，在旁邊的李恩臉就像顆星星一樣白。告密者。背叛他的同伴。沒人知道為什麼他要這麼做。他的哥哥。感謝主他的爸媽沒能活著目睹這事發生。這個秘密已經像一陣口臭一樣走味了，而我們三個就像共謀者似的一起蹲在長椅的中間，此時太陽開始閃耀，鳥兒又再次吱吱叫和歌唱，就好像一種虛假的撫慰，彷佛這座教堂成了一台已停止運作的機器，在其平靜的沉默下周遭世界得以再次進入。

「媽媽知道嗎？」李恩問。

他點頭。

「這就是為什麼她最近都這麼難過嗎？你是最近才告訴她的嗎？」

他搖頭。他們結婚不久後她就知道了。之後？我對那感到訝異。她父親聽聞她在跟誰約會，要跟誰結婚時，會怎麼想呢？我外婆也知道嗎？她難道什麼都沒做嗎？這本應是絕對不被允許的吧。這比違背我們在基督教義課學到的近親法則還要糟糕。這可是血海深仇，比我爸家族的那個還要更嚴重。這是真的宿仇。這個詞終於得到歸宿了。現在那個農舍宿仇相較之下顯得很荒謬。但對他而言不是如此。不是如此，除非我說了什麼。哦，媽媽，當妳告訴他們妳要嫁給法蘭克，妳的父母說了什麼呢？這個大蠢貨，就這樣牽扯進來，像隻羔羊一樣無辜，自以為隱瞞了一個見不得人的秘密，在娶了她之後才告訴她。那她那時候知道嗎，她是不是假裝是頭一次聽聞呢？不對。我不相信是那樣。我希望他是在結婚前就告訴她了。這就會讓他更加無辜。我就能更加愛他。但我無法比現在更愛他了，不然我的臉就會開始裂成小碎片，得用安全帽繫帶來固定了。拜託，李恩，別再問了。

他沒問。我們坐在那兒好一陣子。我知道我爸禱告了一會兒，但不知怎麼的我沒能聽見。李恩的臉色很平靜。他感覺長大了，我內心想。他比我更能夠面對這件事，當我瞧見他看著我時，他心理就是這麼想的，而且我知道自己看起來很困惑，正如他所預期的那樣。

我爸嘆了口氣，然後起身要離開。這時我突然想到：

「你怎麼知道艾迪的事？是誰告訴你的？」我問，雖然我希望整件事就此結束。但在他告訴我所有的事之前，不能就這樣結束。

「我就在想什麼時候你們其中一個會問我這問題。我是在事情發生八個月後知道的，從我兩個妹妹，艾娜與波妮黛那邊知道的，那時候她們剛逃離邦克拉那的農舍，那個虐待她們的地方，來到了德里。在大火之後的那個晚上，她們就在那兒，在那間農舍。他們就是把艾迪帶到那兒——或者是艾迪帶他們過去的，他們就是在那裡審問他，就是從那裡將他帶走處決的。她們是最後看見他的人。」

他持續說著，可是，雖然我聽見他說的話，而一切似乎都顯得如此清楚明白，但卻也讓人如此難以置信，以至於我無法理解，無法將其定位在那兒，在那個農場，在那個事件發生的地方，也無法確認那座農舍對他的意義。

「那這樣，」李恩問，「我們小時候跑去那裡幹嘛？那是為了什麼？」

那是為了快死的阿姨，還有她遺囑裡留下的一些從他父母家裡帶出來的東西。他得去拿回來，但卻是徒勞。他們什麼都不給。

他和李恩走過通道，繼續講著。我慢慢尾隨在後。

我們走進外頭的陽光，然後走回家。一路上我緊跟在他身邊，雖然我知道他也相信——部分是基於錯誤的原因——我是因為難過所以緊緊黏著他，走在他傷痛的庇蔭之下。我們進到廚房時，我媽抬起頭，他的家族跟她的家族，以及我們自身的所有歷史過往，就在一首直覺帶著歡迎卻接續著痛苦的圓舞曲中，劃過她的臉。

PART 2

CHAPTER 4
第四章

母親

一九五三年五月

我媽走動的時候，就好像有好幾磅的壓力壓著她；而坐著的時候，那股壓力就好像反過來開始在她體內堆積，並在她的嘴巴和雙手虛晃幾下，讓它們抽搐。我現在知道，或者以為自己知道，那是為了什麼，特別是我看見她的雙眼帶著如此的恐懼與同情望著我爸，我一直想他怎麼都沒有停下來，並發現事情不對勁，她想要為了某件事被原諒。如果她沒說出口，我也不能跟他說。我甚至不能讓她知道我知道。那會讓她更害怕，更沮喪。我非常想找到某種解放她的方法，卻什麼都想不到；每個來到我口中的字詞都很要命。我常進門就發現她在樓梯轉角，從大廳窗戶往外看，仍被糾纏著，但現在是被一個潛伏在她周圍空氣中真實的鬼魂。她會陪我下樓，她的心臟大聲跳動，呼吸急促，她就站在爐灶前調整燉著晚餐的鍋子，臉上表情是齜牙咧嘴的哭泣，卻沒有眼淚。

她總是在樓梯上，通常是在大廳窗戶前，往外看，對自己低語，有時候會哭喊出不明的聲音。有一次我上樓時，她轉向我，雙眼溼溼的。

「火在燒。正燒著。外頭全部，都是火在燒。」

她對著窗外遠方的空地拍打自己的手。然後又轉過身，嘴巴在那張靜止的臉上像一條肌肉般動著。

她就一直像那樣。甚至在晚上，我們會被聲音吵醒，然後下樓後發現她在後院啜泣，只穿著睡衣所以整個人都凍僵了，但她不讓我爸帶她進屋內。

「怎麼啦，親愛的？」他會問。

「火在燒；全都在燒。」她會哭著說，將她的手抽離他的，然後退開幾步，雙臂緊抱著自己，直盯著天空。

「回到床上吧；妳會凍死的；來吧，這才聽話。」

但她會搖搖頭，然後繼續盯著遠方，臉上閃著淚光。

大家都被吵醒了，聚集在後門，看他們兩個在後院：他在睡衣外頭罩了件雨衣，她則是在光與暗之間遊走，但總是往廚房燈光照不到的黑暗移動。接下來總是這樣，他會在後院盡頭的牆附近追上她，接著是一陣低語跟啜泣，然後他的一隻手臂會在抱住她時遮住她的肩膀。接著他們就會回頭朝我們走來，她頭低低的，我們全都會退到廚房裡，一直到走廊的樓梯腳那裡，他領她到折疊床邊並說服她躺下。他幫她蓋上毯子時，我看見她在發抖，隨後他就來趕我們上樓睡覺去。他的表情既沉重又嚴肅，臉頰上都看得見鬍渣。

「那是什麼意思？」我會問他，「是什麼在燒？她是怎麼了？」

「大概是夢遊吧，」他會說，「她在做夢。她很難過，但不用擔心，她會康復沒事的。」

「她為什麼難過？」

「因為她失去了父親。另外這也讓她想起烏娜——失去烏娜——那件事。」

我們全都嚇壞了。但我也感到羞愧。每當我看見她在房子裡遊蕩，摸著牆壁，手指沿著客廳門上花雕的漆劃過，或是疲倦地爬上樓梯凝視窗外，我的雙頰就會發燙且雙眼半發黑。她正遠離我們，變得陌生，變得著魔，而我不想要除了家人以外的人知道或注意到這件事。

再說，我仍覺得還有另一個人死了，除了烏娜，或是我媽的父親或母親，或是艾迪之外，還有一個人，某個我認識的人，某個很久以前就失去希望的神秘客。而這和我爸有關，且因為我爸告訴我們艾迪是個告密者而變得更糟糕。我能瞭解，但只是其中一部分。中間少了些什麼。我媽的悲痛根本無法平復，我想那一定是因為某個失落的靈魂，某個深陷地獄之火，了無止息如同火上添油的人。我之前會陪她坐在壁爐前看著煤炭燒。只要有一塊炭開始冒出濃煙，接著火焰冒出時便會伴著很微弱的嘶嘶聲。她會看我望著火燒。

「看見了嗎？」她會說，「那種痛苦很恐怖的。那火焰就是你，你就是那火焰。但還是有差別的。那就是痛苦所在。燃燒。」

接著她又會開始哭泣。有時候她哭泣時，會讓我握住她的手。有時候她會把我的手撥開，僵硬地坐著，就只讓眼淚在臉上流，直到下巴以下都溼透了，而喉嚨的凹陷處看起就像液狀的一樣。

醫生來了，給她開了藥丸還有其他的藥。她吃了之後變得比較平靜，但她的悲傷受到藥的影響就像栓塞一樣聚集起來。而當悲傷克服了藥物接手時，她的身體會發抖，雙眼因為淚水變得迷茫，那些淚水鮮少流下來，就只在那兒閃耀，在她的淚腺那兒累築起來，很危險。她痛苦到哭不出來，能哭出來就好了。我摸得到她，用我的手指順著她前臂的曲線滑過，用我的大姆指揉著她那有著粗藍血管的手腕，但她就好像什麼都感覺不到。「這是我媽媽，」我會對自己說，「這是我媽媽。」我會想像有隻魔法針筒，可以插進她手臂皮膚底下，吸出那黑色的悲痛，持續插進吸出，一次又一次，直到變乾淨為止，然後我抬頭看她的臉，會看到臉上掛著笑容，雙眼充滿了我所記得的那份喜悅。她的頭髮冰冷。她那被拉長且閃著光澤的皮膚就覆蓋在她骨頭上，也因為皺紋繃得緊緊的。「哦，耶穌啊，」我爸低聲說，那個聖名就像深淵裡的蛇發出的嘶嘶聲一樣從他嘴裡冒出來，「哦，耶穌啊，耶穌啊，妳是去哪裡了，親愛的？」他很溫柔地抬起她的下巴，讓她的臉看向黃昏的光線，而她會回以毫不關心的一絲淺笑。隨著他收回手，她又會低下頭，我以為——他以為——她說了：「火在燒，火在燒。」但那其實只是她發出的聲音，而她發出的所有聲音聽在我們耳裡都像是那幾個字。然後當我爸長嘆著從椅子上站起身，夾藏在工作服皺折中的那些鹹味與粉塵味刺痛了我的鼻子，而那雖然只是他喉嚨的哼聲，聽起來也像是在說那幾個字。我把雙手插進兩隻襪子裡，一直到腳踝的位置，然後緊抓著骨頭，繃緊自己好一會兒，這樣我才能擺脫開她那低斜的臉、那安靜覆蓋的雙手，以及那黑白相間的頭髮所散出的惱人寒意。

李恩與我在後院踢足球，伴著我們都感覺到的恐慌，我們的動作又快又大聲。如果我們打架，我們也是用一樣尖銳的方式，就只揮拳，不扭打或吼叫。天空中太陽升起，星星落下，而她就一直那樣，一動也不動，被糾纏著，燃燒著，有聲地，無聲地。

然後，終於，真正的哭泣開始了，致命的啜泣就像傳染病一樣，讓我們全都感染了那陣忽然襲來的恐懼。星期天是最嚴重的。我們從彌撒回來，全都穿得整齊漂亮，我的姐妹們會梳洗乾淨，套上百穿不膩的淡綠色粗呢外套，我的兄弟們和我則自覺地穿上襯衫與領帶，我們的頭髮還都以奇特的角度豎起，因為李恩建議說我們應該把頭髮浸在糖水裡，「好讓它們別亂翹」。

我們進到玄關時，父親跨了個大步走在我們前頭，因為他能聽到她哭泣的聲音，那陣分階段移動和波動的聲音，那股難以忍受緊繃的痛苦，在剝開後就只有更多的——更緊繃的痛苦——在裡頭。我想要逃跑，飛奔過米能公園，穿越星期天的足球賽，經過那些蹲下玩彈珠的人，還有在鞦韆上伸直雙腿的小孩子，經過那些在恍惚淡藍色煙霧中蹲坐防空洞邊破碎石板上玩牌的人，跑上店家全都關門的雷奇路，爬上那漫長的丘陵到主教街，走下阿伯孔路到河邊，然後過橋進入真正的外國領土所帶來的安全感，面對拿著他們自己聖經的新教徒所感受到的疏離，以及蜿蜒向科雷因[×]、斯圖爾特港[××]、貝爾伐斯特的鐵路所引

× Coleraine，位在德里東方，仍屬於德里郡管轄。
—— ×× Portstewart，位在科爾雷因與德里的北方。

起的痛苦。但我也想衝進那啜泣的魔口中，張開我的雙臂接受它，對它大喊，讓它朝我而來，用言語、言語、言語，而不是這無止盡的噪音、獸性，以及我媽那破碎的音調抑揚。但我什麼都沒做，就站在那兒看著她，而我爸則無助地在她身邊走動，接著大家都過來並撫摸她、輕拍她、摸她的頭髮，讓淚水滑下他們的臉頰。艾莉許跪在她面前緊抱著她，臉貼著她的肚子，但我媽的雙臂就無助地垂在身旁，半梳理好的頭髮從側面蓋住滿是淚水的臉。梳子就落在廚房的角落，一定是她扔到那裡去的。我撿起來，用力扯著她糾結在刷毛上的頭髮，將它們纏繞在我手指上，感覺到當它們接觸到我的皮膚時變軟了，彷彿那股緊繃感就這麼緩緩進入我體內。我能感覺到它在我體內遊走，尋找一個休息的地方，一個能定居下來並且繁殖的巢穴，最後找到我肚子裡糾結×的地方，就積累在那兒。

她哭了好幾個星期，接著好幾個月。夏天就在令人作嘔的感覺中過去了，我們會輪流煮飯跟採買，也全都在附近打雜工多賺幾個錢——撿廢鐵、破布、果醬罐，然後把它們賣給在雷奇路上的某個商人。他的小屋總是暗暗的，裡頭堆滿了各種東西。在小屋的後院，放著一台手把總是朝天的手推車，手把的尖端能接收到光照，其他的東西都是紫黑色。當他靠近來看我們帶了什麼東西來賣時，會把整間店的味道一起帶過來。不管天氣如何，他總是穿了件滿是髒污的雨衣，繫著腰帶，而且衣領豎直。他的頭髮又亂又硬，長褲破破爛爛；但他的鞋子總是很乾淨。他給我們錢幣時，錢幣會在我們手中叮叮響，但卻都髒到沒一點光亮。我們會在水槽裡用發泡的肥皂水清洗，洗乾淨後閃著棕色、黃色與銀色的亮光時，我們覺得它們真正的價值才顯現出來。每當我把乾淨的錢幣放在壁爐台上，或是拿給我媽看，我總會覺得好像多賺了一些。她有時候會收下那些錢，放進圍裙口袋裡並且說：「真棒。你們是好孩子。好小孩。」但之後如果我們有人去向她要錢買吃的，她就會一臉困惑，然後我們就得把錢從她的口袋中拿出來給她看。這常常又會讓她開始哭。我很高興壞天氣又來了。那比較合適，特別是當我提著裝了一堆馬鈴薯、紅蘿蔔、洋蔥，還有一桶重鹹鄉村奶油××的布製購物袋從雜貨店出來，邊跑邊撞著我的腿，還有風吹著雨斜打在

× 原文為cat's cradle（貓的搖籃），是一種用翻花繩構成複雜圖形的遊戲。

×× 原文是country butter，指的是鄉下農場自製且委託給地方雜貨店販賣的奶油。

我身上的時候。下雪的時候，我玩雪車撞上街底的牆，結果手臂骨折了。我媽會要我把那隻笨重裹著石膏的手從懸帶上拿下來，然後她會溫柔地撫摸它，彷彿能摸到裡頭的手臂一樣。那感覺很奇怪，聽著與看著她的手在石膏上移動卻什麼都感覺不到，除了那輕輕的擠壓，以及裡頭纏繞成一圈圈皮癬的癢處。

「就算我死了，離天堂也不遠了。」有一天——二月的某個星期二——她對著空氣說，那時我爸正在洗碗，笛兒卓和我把碗盤擦乾然後放在一旁。那句話讓我微笑。我拿在手上那塊有著藍色柳樹花紋的盤子既輕又亮，我將其堆在架子上。我是頭一次確切地知道，她談過戀愛。她的聲音既嘹亮又年輕；當然啦，我從洗碗間走進廚房看她，她正對著自己微笑。我看向我爸，但他就直盯著肥皂水，粗壯的手臂就插在裡頭一動也不動。笛兒卓對我眨眼，表示她也覺得很有趣。再來，幾個星期後，四月的某個星期五，我媽正在燙衣台前折床單時，用同樣的聲音說：「不遠了。我能看見它的邊緣。」這是她新的對話方式。相關聯的話隔了好幾天、好幾個星期、好幾個月，但總是用她的新聲音說出來。我知道她變得越來越疏離；她正在告訴自己一個不時才會在她話語中出現的故事。

她大多是和比較小的孩子說話，吉拉、埃門、笛兒卓。有時候，她會抱著吉拉那顆又小又圓，長著亞麻色頭髮的頭貼近她的胸部，並彎腰用她的新聲音對著他那害羞的臉說事情，那些讓我著迷亦困惑的事情。「跑了大半個地球卻再也不說話。可憐的膽小鬼。寂寞的靈魂。」我邊聽著，邊忌妒他。我覺得她是對他還有對其他人爆點小料，卻冷落了我爸、艾莉許、李恩，還有我。有次，我拆開收音機的背殼試著把它修好，她靠過來用指甲敲了敲其中一個轉鈕。這讓收音機發出了沙啞的砰聲，且短暫亮了一下隨後熄滅。話語懸浮在我們之間的空氣中，隨著光的泡泡膨漲，但她什麼都沒說。我就讓收音機的內臟散落在桌上，然後從抽屜裡拿了顆橡膠球。因為我手骨折了，他們要我儘可能經常擠壓這顆球來重建那些沒用到的肌肉，壓進、壓出、壓進、壓出。我邊站在那兒擠那顆球邊看著她，直到我的前臂累了。她含混地一下說這一下說那。她怎麼會這麼殘忍！我想要她用她的新聲音跟我說話，而她感覺到我的渴望卻加以抗拒。我上樓坐在冰冷臥房裡的床上，看著聖心圖像，心想我能瞭解耶穌的感受了，祂打開了胸膛，穿刺滴血的肌肉就這麼展示在那裡。我手中仍握著那顆球。我將它朝圖像的玻璃拋過去，正中那顆心臟，然後在彈回來的第一下便接住。她的聲音傳來，那音調既年輕又嘹亮，但我聽不清楚內容。我躺在床上哭了。她曾經愛上某個人，不太像是我爸。那就是她正在說，卻不告訴他的事。而她跟我說了。更重要的是，她是在跟自己說。海鷗極度的哀鳴聲，隨著從海港那頭過來的暴風雨充斥在空氣中，然後整個房間好像伴著牠們飛升的影子，也升到了空中。

有天，那一定是在接下來的冬天，她走到那個放著白色圓形盒裝藥丸的櫃子前面，將它們全都用圍裙裝著拿到我前面。要我把那些盒子全都打開，並且把藥丸全都倒在一個小碟子上。我照做了。接著，她要我把它們扔進火裡。我也照做了。它們就在火裡變成各種顏色的斑點，變黑然後變不見。接著她拿出五個藥瓶，紅色的、藍色的、黃色的，還有兩瓶透明的。她從碗櫃拿出一個罐子，接著把那些東西全都倒進去，一個疊著另一個。她要我聞聞看。我彎腰吸了一口氣。

「黏液，」她對我點頭說，「化學黏液。發臭的味道。讓我想吐。甚至一想到我曾經吃過就想吐。看看它對我牙齒幹的好事。」她讓我看她牙齒是怎麼爛掉的。接著她進到洗碗間將其全都倒進水槽裡。她走了進來對我微笑，但現在她純白的笑容已經毀了，已經毀壞好一陣子了，而且她有口臭。

「我現在好多了，兒子。但我永遠不會是從前那樣了。你這可憐的孩子。我這可憐的家庭。」

她抱著我的頭貼近她的胸。她身上仍有股藥味，而且我能感覺她變老了，她的呼吸似乎也比從前來得短促。我抱著她好一會兒，為我一直以來感受到的羞恥感到慚愧。但那一刻我什麼都不想問。那個晚上，好幾個星期以來頭一遭，她煮了晚餐，甚至聊到了萬聖節與聖誕節。在魂靈夜[×]那天，她去裝了假牙，然後她的微笑又變得潔白了。但從那之後，每次我看見她的笑容，都能聽見她那隨著悲傷而顫抖的聲音說著：「火在燒，火在燒。」而我會去尋找隱藏在後頭，深埋在地窖中，另一個年輕且嘹亮的聲音。但它就睡在那兒，熟睡不醒，就在她那虛假潔白的笑容之後。

她那驚恐的病讓他們兩人都變老了。我爸仍有用不完的體力，但我察覺到，現在他覺得那一點用也沒有。有時候，他下班從後頭巷子回來，我們會有兩三個人站在後院牆上。只要他一走到我們旁邊，我們便全都跳到他身上。他會一個一個接住我們，並且把我們扛

× All Souls' Night，也就是萬聖節（Halloween）的另一個說法。Halloween的演變是從All Hallow's Eve簡化而來。

在肩上，低頭穿過後門，然後把我們放回到牆上，就好像我們一點重量也沒有。但有一次，在我媽的病症結束後，我們一樣跳到他身上，他也接住我們——先是艾莉許，接著是笛兒卓，再接著是吉拉，再來是埃門——但在李恩和我跳上去之前，他搖晃地把他們輕輕放到地上，揮手趕我們走。

「孩子們，今晚不行。我接不了你們那麼多人。」

我看著他就留下身後的這群孩子走進後院，然後我因為在那圓形牆頂站不穩，緊抓著曬衣架的柱子。在我身旁的李恩在牆上倒立，還試著把他的腿打直。

「他受的打擊太大了，那個人，打擊太大了。」他倒立說。我還記得，他用那個姿勢說話時，嘴巴可真奇怪。接著他一個空翻，雙腳降落在巷子裡。「早料到了。」他補了一句。

我點點頭，但我完全沒有預料到，沒料到會那麼快，至少直到他說出口前都沒料到。

我小心翼翼從牆上滑下來，就好像是從很高的地方下來一樣，然後對腳下巷子那紮實的黑色土壤覺得感激。但就當我走到後門，透過廚房窗戶，瞧見他們說話時，她那副對著他微笑的假牙，原本那份紮實感也隨之減弱。

學校的靈修主任想要見我。他們在上課時點了我的名，要我到努根神父的辦公室。大家都心知肚明點點頭。這是我們每個人都會單獨接受的「生命的真相」面談。那個白子，黑鬼克羅森，在我爬出座位經過他旁邊時，捏了我的大腿內側一下。他老是跟我們說一些讓我們腦袋發昏的事。努根神父從不跟他面談。這要嘛是讚許黑鬼見多識廣，不然就是羞辱他那無法救贖的墮落×。

那天天氣雖然很暖和，努根還是點了熊熊爐火，在爐火兩旁各有一張緊鄰的扶手椅。

× 指克羅森的白化症。早期的西方文化與某些非洲國家相信白子是邪惡或惡魔的化身。

他個子小小的，而且滿頭灰髮，戴著無框眼鏡，還有一張發亮無辜的臉龐。他很少拉高聲音，很少發脾氣，而且從沒聽說他打過人。他問我介不介意他抽煙。我搖搖頭。他環顧四周要找火柴，然後說反正抽煙對身體有害。

「您可以用爐火點煙，神父。」我說。

「的確，你說對了，你真說對了。非常好。」

他用生火的紙捻點煙，一口氣坐在我對面那張扶手椅，然後隔著那陣藍色的煙霧螺旋對我點頭。接著他打開我旁邊桌子上的枱燈，儘管天色還很亮。我是坐在最靠近爐火的那邊，就這樣被火烤著，所以我用腳後跟抵著那塊薄地毯使力，儘可能悄悄把椅子往後移。椅子後頭的地毯變皺了。我就卡在那邊。趁他盯著爐火，對著燒紅的炭用溫柔又不安的方式沉思時，我依序演練其他人之前就告訴我那些預料中的問題。首先是，生命是種奧秘那一段。接著是，道成肉身——聖靈化成了血肉。會提到耶穌。會提到聖母。不會提到約瑟×。接著會提到我們的父母，亞當與夏娃。接著會提到墮落××。接著會提到我們自己家中的父母。接著會提到它，就是那個行為。

他真的就照大家跟我說的那樣問了。你是，他跟我說——開場的部分結束後——你的父母生下來的。這個我知道，但大聲嚷嚷似乎不怎麼禮貌。也就是呢，他繼續說，你的父母透過性行為生下來的。這我也知道，但這裡我開始有點好奇了，因為我不知道那是什麼，雖然我常常聽到。我所聽到的那些事當然是不太可信啦。那聽起來就像是某種精密工業的技術一般，我沒法將它和教會所稱的淫慾聯想在一起，淫慾感覺起來很狂野、兇猛、不顧一切，就好像又吃又喝的同時還隨著音樂在桌子上跳舞。我知道，但又不知道。我想要知道，但又不想要發現我早就知道了。我想要知道不一樣的事情，更巧妙地和女人相處的方式，他是這麼說的，雖然我不喜歡那種含糊不清的表達。更重要的是，我想要相信對我的父母，還有對我們之前的整個世代來說，它是不一樣的；這樣的話，這個性行為，如果它是真的，就只是針對我們而已，是我們這個世代的問題，而之後我們見到他們也不會有任何尷尬。

× 指聖約瑟（St. Joseph），瑪莉亞的丈夫，耶穌的養父。 — ※ 指亞當與夏娃偷嘗禁果一事。

「……因為愛而結合，」他正說著。我理解地點頭，雖然到目前為止，我都是帶著驚慌去理解，我幾乎什麼都沒聽進去。我決定要專心聽，但他選擇在這時候用那根長柄火鉗去撥動爐火，我們兩人就看著煤炭翻向火紅的那一面，然後冒出火花。我想到我喜歡的那個女生，艾琳．麥奇。我可以和她結合沒問題，只要我夠膽去跟她說話的話。努根神父談到了激情。愛情會醞釀激情。在激情之中呢，人的身體會變化。陰莖……我之前有聽過這個詞嗎？我知道那是什麼嗎？我知道，但我從沒聽過。我用力點頭。陰莖？所以他們是這麼稱呼的。

「是的。」

過了一會兒，他說了「陰道」，然後問我知不知道這個詞，還有那是什麼。我知道一定是那個，但我沒法想像它的樣子，然後他問我知不知道它在哪裡，我給了個有點歇斯底里的微笑，並且說知道，是的，我知道，但我又跟自己說，不對，你不知道，不真的知道，問他啊，你這個笨狗屎，問他啊，這就是你在這裡的原因啊。但我什麼都做不到，只能瞪著他，並感覺到自己經常點頭，雖然也不知道是為了什麼，因為我能看到的只有他的嘴唇前後動，上下動，他的牙齒出現與消失，還有偶爾映在他眼鏡上的火光，那讓他的眼睛看起來兇狠發紅。而他那件黑色法衣讓他看起來像是一隻雙眼在燃燒的奇怪動物，往前傾，發出咕嚕聲，準備躍起。

「當變大的陰莖進入陰道，種子就會排出來（emitted）。」排出來？我的基督啊，排出來？派出來？擺出來？這是什麼說法啊？我硬擠出聲音來。

「什麼出來？」

努根神父停下來，眉毛揚起。「什麼……？」

然後他明白了。

「哦，排出來。那是源自拉丁文，emittere，發送出來。種子就被發送出來。」

這讓我很困惑。那似乎是個距離頗遙遠的程序。

「你是說他發送給她嗎？」怎麼送？我想問。用信封嗎？裝在小包裹裡？看在基督的份上，這個瘋子是在說什麼啊？

「在某種意義上是這樣的。比較技術性的用字是『射精』。」

喔，源自拉丁文，我就知道他會這麼說，他也的確這麼說。謝謝你，神父。現在他把它射出去了，就像支長矛一樣。然後精子就是種子的拉丁文。一定要會拉丁文才能做這件事嗎？他會不會跟她說，「妳看。這就是拉丁文的射出來或是發送出來」？如果過程裡都沒用到拉丁文，那整件事就會變成一種罪惡了。愛存在拉丁文裡，而淫慾不是。我想遍所有我曾聽過的英文字，聽起來確實野蠻多了。

「現在你懂了嗎？」他看著我那種甜美的樣子，讓我不忍心說不懂，我完全是一團亂，也不知道這個有名的行為到底是什麼，或是我爸媽在沒有學好拉丁文字根的情況下究竟是怎麼做那件事的。或許是在進行婚禮的同時你就會得到那些知識了，然後你就可以照教會建議的方式去做那件事。想到這兒我表情變得開朗，而他把我的表情誤以為是瞭解了。

「現在你懂了？」

「是的，神父。」

那個種子在子宮裡長成小孩子。我從聖母經×裡學到子宮這個詞，拉丁文跟英文。愛爾蘭文也是一樣。這完全正當。我覺得我有半邊整個燒焦了，而且汗水在我的右膝蓋後頭積聚。他帶著疑問看著我。他一定是問了我什麼事情。我改變表情試著表現出一臉疑惑的樣子，揚起眉毛並張大眼睛。

「你會嗎？」

基督絕望的老媽啊，我會怎樣？我做了什麼？我該假裝被熱昏了嗎？拜託某人來敲個門吧？在我還沒能把舌頭從嘴巴的頂端移下來前，我感恩地聽到他繼續說。

「大部分的男生在這個年紀不會去想那件事。」

這你可錯了，我在內心裡大喊。他們很多人就只想那件事。但你沒看錯我。我很正常。

「他們之後才會自問，像我這個老獨身者怎麼會知道這些事情。」

他說的話讓我身體斜了一邊。我以為他在談性愛。誰在乎他是不是獨身啊？獨身者就是肥皂加權力的好笑味道。所以呢，他繼續說，當我之後想到這件事——雖然我想告訴他沒有比這更不可能的事了——但當我想到的時候，我會懂得感謝有一種將你的人生奉獻給

✕ 聖母經（Hail Mary）是天主教祈禱文，根據路加福音第一章二十八節至三十五節，與四十二節至四十八節而來。原文為：Hail Mary, full of grace, the Lord is with thee. Blessed art thou among women, and blessed is the fruit of thy womb, Jesus. Holy Mary, Mother of God, pray for us sinners, now and at the hour of our death. Amen.（萬福瑪利亞，滿被聖寵者，主與爾偕焉；女中爾為讚美，爾胎子耶穌並為讚美。天主聖母瑪利亞，為我等罪人，今祈天主，及我等死候。阿門。）

一個人的方法，還有一種將你的人生奉獻給天主的方法，而它們是很相似的，因為都是建立在無條件的愛之上。他暫停了一下。我之前聽過那個詞，在李恩和我參加我們的堅振禮×那天。堅振禮最讓人害怕的就是從一群人裡被挑出來問問題，就坐在教堂裡，我們坐了好幾排，然後主教由兩位神父陪同走上了走道，還有一個祭壇助手走在他後頭，端著他袍子的邊緣。他不時會在往祭壇的路上停下來，朝其中一排看過去然後指了指某人。被指到的那個男生就會被帶出來，並且得和其中一個老師在座位的盡頭站著等，等主教到了祭壇，坐在他的寶座上，把他的祭服攤平，並示意把那些男生帶到前面來。我們都儘可能低下身而且盯著地上。他現在停在我們這一排的盡頭。我感覺到他在掃視我們，還感覺到他那雙又肥又短的手指指了某個人。「是你啦，」李恩低聲說，「他指的是你啦。」我看到他手指著我，以及老師沿著座位走過來。他把手放在我的肩膀上。「不是我，老師。他指的是坎伯。」巴斯帝·坎伯就在我旁邊，他用手肘頂了我肋骨一下。「不是，孩子，」老師說，「是你。別緊張。沒事的。」

　　我們五個人就被帶到祭壇前。我們是首批接受堅振禮的，成為基督的士兵，成為教會在地上爭戰的一份子。他會摸我們的臉頰，象徵我們在保衛信仰時所受到的攻擊，接著他會在我們的眉毛上劃十字，對我們施以堅振。但首先，這個隨機挑人是為了確保課堂上有確實教導教會的教義。我們一個個跪在主教面前，他彎身問問題，學生回答，施以堅振，然後帶開到側邊的禮拜堂，之後就在那裡等，看著沿側邊長椅聚集的大人們，等時候到了再回去之前的座位。我是五人中的最後一個。

祭壇上滿是熏香的甜味。主教身上那件鑲金邊的袍子及右手高舉著的黃金法杖就照在我身上。我有種感覺如果他摸我，我也會變成黃金，我的臉會變成金屬，雙腿會變得很重，身軀則變成珍貴的死屍。主教對我微笑。

「告訴我，我的孩子，我們信仰的中心奧秘是什麼？」

「基督的道成肉身，閣下。」

× 堅振禮（Confirmation），基督宗教儀式之一，為信徒受洗後，將花費一段時間學習教理，之後再接受由主教所主持的堅振禮，才算正式成為教會的一份子。

這個簡單。我們已經在課堂上複誦無數次了。

「道成肉身是什麼意思？你能夠告訴我嗎？」

「藉由人類的肉體來顯現。天主成為人。」

「非常好。」

布朗神父，還有他那頭濃密的白髮，在寶座的後頭讚許地點頭。主教那隻圓胖的手朝我移過來。一想到他摸我的感覺，一想到要結束了，我就感覺到肚子在動，就想要咯咯笑。我的臉抽動了一下，他的手停了下來。

「最後一個問題。天主對人類的愛其本質是什麼？」

我看著他的袍子。一個字也想不到。我的肚子從中間開始發冷。他凝視著我。布朗神父停止點頭了。在寶座另一邊的穆倫神父對我皺眉頭。在我身後那擠滿教堂的人們幾乎一片沉靜，只傳來某人的咳嗽聲。信眾那頭的熱氣傳到我這裡來，然後穿過我，讓我整個人溼透了。我想要哭，但又想到我不論怎樣總得去回答那個問題。然後我發覺自己已經忘記問題了。他問了什麼？我又想起來了。

「無條件的。」我低聲說。

大家都笑了。主教輕輕拍了拍我的臉頰，用他的大姆指在我眉毛上揉，口中喃喃唸著拉丁文。

我繼續跪著。布朗神父用手示意要我站起來。我就像是落入陷阱一樣繼續跪著。

「無條件的。」我又說了一次。

主教靠過來說，

「你現在可以起來了。你的老師會帶你過去。」

但我動不了。我已經變成黃金了。我整個身體都變成實心的：一塊金塊。他們得把我抬起來搬離開祭壇，然後把跪著的我放進側邊禮拜堂牆壁上的壁龕裡。布朗神父碰了碰我的肩膀然後我立刻就起來了，老師抓著我的手肘領我到旁邊其他四個人站著的地方，留下我和他們在那裡。我整個頭皮發麻，「無條件的」這個詞在我腦袋裡轉，一遍又一遍，那詞一閃一滅就像燈塔的光線般從我的嘴巴射出去，並穿越信眾瞪著眼的臉孔，隨著唱詩班的歌聲淹沒在聲音的大海裡。那是主教第一次跟我說話。

努根還在講。

他說，他已為了聖靈而放棄了肉體。肉體是很好，但是它裡面的東西好而不是它本身好。這是個很重要的差別。

我同意，用力點頭。

肉體的危險性在於，他表示，有可能會變成仰賴餵養生存的食慾[×]。

他往後坐而且期待地看著我。

不然還有其他生存的方式嗎？我在想，但他又期待地對我微笑，而我又明瞭他問了個我沒聽到的問題。我腦袋裡的噪音讓我聾了。

「你知道那句話嗎——關於食慾？」努根神父問。

我看著他，嚇壞了。這是我應該知道的事情嗎？

「我相信，那是出自莎士比亞的其中一齣劇。」

其中一齣。我一直以為只有一齣，《威尼斯商人》，我們三年級的時候讀過還排演過。這個人可以進精神病院了。很快我也會進去。

他往前傾，而我儘可能往後靠。火焰就映在他的眼鏡上。

「沒有愛的性近乎謀殺。你就是謀殺自己的身體，與那個跟你進行無愛行為的女性身體的兇手。而且在謀殺肉體的同時，你亦謀殺了靈魂。」

他往後靠，鏡片上的火焰消失了。我喜歡他使用「亦」的方式。很恰當，真的很正式的用法。他繼續說：

「……濫用我們最神秘的力量，那讓生命誕生的力量。沒有其他東西能與之相比，除了讓生命誕生的愛，它就在天主裡，還有生命帶給我們的愛——當然，它一樣是在天主裡，也是在我們的人生中塑造我們、定義我們，以及淨化我們的力量。」

他停了下來，然後吸了一口氣。我又點點頭，但我開始在椅子上用儘可能最小卻又明確的動作來表示，我以為表演已經結束了。

「有一點。當面對女人。最重要的一點。避免使用暴力。那樣才會讓你成為一個男人。不是力量。不是打鬥。不是運動。不是錢。你的很多朋友都……該怎麼說呢？有點粗俗，你懂嗎？就為了強悍而強悍，你懂我的意思嗎，孩子？這要避免。平靜地離開吧。」

他站起來，並用很快的手勢劃十字來祝福我，那讓我一時半刻又釘坐回椅上。他送我

× 原文為an appetite that lived by what it fed on，以食慾來比喻性慾。典出莎士比亞的《哈姆雷特》（Hamlet），第一幕第二場，哈姆雷特的獨白，感嘆母親葛楚德在他的父親死後還不到一個月便改嫁他的叔叔克勞迪額斯：「天啊地啊！我一定得記得嗎？為什麼，她曾如此依賴他，就好像食慾隨著食物增長：然而，就在一個月內，別讓我再想下去了——弱者，你的名字是女人！」

到走廊的盡頭，兩端各有一扇綠毛氈門。我從建築物裡跑出來，從後門抄捷徑去攔截艾琳・麥奇，希望能在半路趕上她從學校回家吃午餐。我只想看看她，然後說服自己她也在看我。我邊跑，邊想像努根神父猶豫地關上門，看著爐火兩側的扶手椅，在他的枱燈與高聳窗戶的白光下，現在變得沉默且毫無自信。

看電影

一九五三年十一月

我們去看了電影《火爆三兄弟》[×]。對我們來說，把死掉兵團成員的屍體架在矮牆上看起來是個很巧妙的點子，雖然說死人是怎麼把來福槍夾在腋下，還有圖瓦雷克人[××]怎麼會沒注意到這點還有很大的爭議。

我們把那個邪惡士官的訓話內容當成了一句標語，當我們一群人走過位在學校與我們那個街區之間的新教徒區，我們就會規律地反覆唸出來。

× Beau Geste，這裡指的是一九三九年由派拉蒙出品上映的戰爭片。講述來自英國的蓋斯特三兄弟——鏢爾、迪比、約翰——加入法國外籍兵團，在非洲辛德諾夫堡壘作戰的故事。

×× Tuareg，位在非洲撒哈拉沙漠週邊地帶的遊牧民族，也是在《火爆三兄弟》中與法國外籍兵團對抗的勢力。

「每個人，管他是死是活，都要在辛德諾夫盡他的責任。我們會讓那些阿拉伯人以為我們有上千人在這裡。」

歷史老師指責我們崇拜電影中那些英國公立學校學生的胡說八道。三兄弟。被偷的珠寶。在電影結尾為死掉的鏢爾進行所謂維京式葬禮[×]。還有鏢爾・蓋斯特那個名字。我們應該從法國外籍兵團身上學到更多愛爾蘭傳統。例如說，偉大的芬尼恩[××]領導人，約翰・迪沃伊[×××]，年輕時就曾加入法國外籍兵團接受軍事訓練來對抗英國人。法國永遠都是我們的盟友[××××]，他說。

他們是這麼說的，他們是這麼說的，我爸跟我說。但說真的，不管哪個帝國都一樣。法國與美國都是共和國；它們不應該走上成為帝國的路。真的共和主義者是絕對不會這樣做的。但話說回來，他說，帶著明顯的諷刺，誰又曾見過真的共和主義者？那比真的基督徒還要少見。他又把報紙舉到臉前。

你的哥哥啊，你見過他，我想這麼說。你的親生哥哥。他就是啊。但你永遠都不會知道了。我反而問他為什麼迪沃伊要先加入法國人去對抗阿拉伯人，然後才能為愛爾蘭對抗大英帝國。他聳聳肩。他可能看太多電影了吧，他笑說。

× 維京式葬禮（Viking funeral），古時北歐維京人會將死者的遺體火化，也會照死者生前的地位獻上祭品，甚至是活人獻祭。在《火爆三兄弟》中，迪比在辛德諾夫堡壘發現鏢爾的屍體，並照其遺願將他的屍體與整個兵營都放火燒掉了。傳統天主教教會基於人的身體本身就是神聖的，一但火化後便失去復活的機會等原因，是反對火葬的，一直到七零年代後才較為軟化。

×× Fenian，芬尼恩兄弟會（Fenian Brotherhood），也就是愛爾蘭共和兄弟會（Irish Republican Brotherhood，IRB）的異名。愛爾蘭共和兄弟會是由詹姆斯．斯提芬斯（James Stephens，1825-1901）與約翰．歐馬恩尼（John O'Mahony，1816-1877）在十九世紀中期所創立的秘密組織。其目的便是致力於讓愛爾蘭脫離英國殖民，成為獨立的民主共和國。一九一六年的復活節起義（Easter Rising）與之後一九二一年的愛爾蘭獨立戰爭都是由愛爾蘭共和兄弟會所策劃。

××× 約翰．迪沃伊（John Devoy，1842-1928），出生於愛爾蘭基歐岱爾郡（County Kildare），年輕時曾加入法國外籍兵團並在阿爾及利亞服役一年。一八六五年IRB的建立者斯提芬斯任命迪沃伊擔任IRB臥底在英國軍隊裡的領導人，負責吸引在英軍服役的愛爾蘭人加入IRB。在擔任領導人期間，迪沃伊還策畫多起協助被英軍逮捕的IRB領導人的逃獄計畫。一八六六年迪沃伊被英軍逮捕，以叛國罪審判並判十五年徒刑。一八七一年，迪沃伊獲釋並前往美國。在美國期間，迪沃伊仍持續計畫各活動並擴大IRB在美國的支持勢力。一八七九年，迪沃伊回到愛爾蘭，並遊走各國為IRB籌募運作經費。在第一次世界大戰期間，迪沃伊也趁著英國與德國交戰之際，試圖透過各種行動讓愛爾蘭脫離英國統治。

×××× 由於愛爾蘭島與英倫本島隔海相望，戰略位置十分重要。因此自十二世紀開始，從愛爾蘭內部部落的鬥爭至對外的抗爭，還有英、法兩國之間的戰爭，都會牽扯英、法兩國之間，以及愛爾蘭內部的權力消長。例如，一四一五年英王亨利五世入侵法國改變了愛爾蘭內部親法與親英的權力分佈，以及一六八八年詹姆斯二世在愛爾蘭本土發動的復辟戰爭便得到法國的軍援。最明顯的介入便是自一七九三年後，由於英、法兩國幾世紀累積的嫌隙，以及英國一七九三年在法國旺代省（Vandee）的旺代戰爭軍援法國保王黨對抗法國共和軍，使得法國決心援助愛爾蘭獨立勢力，好讓英國兩面受敵。最後在一七九八年的愛爾蘭叛亂，法國亦直接出兵軍援。因此對愛爾蘭獨立勢力而言，法國自然是盟友。

不過每隔週六的下午，趁著足球隊沒有在主場比賽，我們就會去城市電影院或聖科倫姆廳看電影。有一次還是在假日，學校沒上課，我們去看了六點的那一場。這次，艾琳·麥奇終於答應和我還有其他人一起去。她仍然是葛雷納漢的女朋友；有其他人在場讓她覺得和我一起出去還算安全。他是個狠角色，儘管走路一跛一跛的。不過我決定晚點再去擔心他。她會坐在我旁邊。這就夠了。我的右邊是哈金與墨倫。艾琳的左邊是托納，他的女朋友席拉，然後是歐唐諾。我們和其他人一起嘲笑那些廣告，及一部關於在加拿大平原種植小麥的紀錄片。接著正片——一部驚悚片——開始了。我一吋一吋地靠近艾琳，而她也朝我貼近。某個坐在我後頭的人笑著踢了我的椅背。

「你們兩個安分一點。」一個男人的聲音說。

我們兩人臉都紅了，然後稍微分開了點。正吃著一桶冰淇淋的哈金低聲對我說：

「只要你開口，我就轉身過去修理後頭的那傢伙。朝他嘴巴來一拳。」

艾琳恐懼地看著我。

「不用。算了。我們就看電影吧。」

過了一會兒，隨著劇情發展，歐康諾開始打賭接下來會發生什麼事，還有誰是兇手。

「臥房裡的那個王八蛋是誰？我賭六便士是那個爸爸，那個戴眼鏡的大傢伙。」

「她爸？才不可能。把你的六便士亮出來，我跟你賭了，」哈金隔著艾琳與我低聲說。歐唐諾在黑暗中伸出手，手掌上有一枚銀色的六便士。然後他又把手收回去了。

「跟你賭了。」哈金邊說，邊出示他的六便士。

我們全都倒坐在椅子上，專心看著眼前銀幕上的光芒。影片的女主角進到廚房泡了咖啡。

「咖啡跟茶很不一樣嗎？」席拉低聲問。

「別傻了好不好，」托納尷尬地回答，「差多了。」

「你怎麼如道？」歐唐諾從另一邊咯咯笑說，「你這輩子從來沒喝過咖啡。」

「我喝過。有天在美國基地那裡。我從立頓的店送貨到那裡去，然後他們就有泡咖啡給我喝。所以我喝過，好幾次了。」

× 原文為your man，愛爾蘭俗語。

「安靜點，你們這些人，」後頭那個男人的聲音對我們說，「我們有人付錢進來是要聽電影台詞的。」

女領座員的手電筒在我們頭上晃了幾下，我們在座位上稍微往下滑。大家都安靜了。影片來到了緊要關頭。銀幕上一個警探正在質問一個嫌犯。

墨倫頭伸了過來，低聲說：「你們有聽過那個愛斯基摩警探的笑話嗎？他對嫌犯說：『你從九月二十一日到三月二十一日的那個晚上人在哪裡？』」

托納大聲笑了。

「我聽不懂。」席拉說。

「別管了；我們之後再解釋給妳聽。耶穌啊。」

「笑點在哪兒？」艾琳對我的耳朵低聲說。

「他說的方法不對。到外頭後我再告訴妳。」我的肚子突然一陣痛。她怎麼會沒聽懂？

銀幕上，門的把手轉動，朝向走道的門緩緩打開。一隻戴著手套的手閃了過去。奈特要離開了。門又開得更大。

「蠢蛋，」墨倫大吼，「那傢伙就在臥房裡啊。要那個傻瓜繼續說下去啊。」

「噓！」後頭的那人說。

有個坐在後頭幾排的女生哭了。

「她要被殺了。為什麼沒人跟她說。」

「嗨，小姐，你要被殺了。」哈金大喊。

有些人笑了，但也有很多噓聲，女領座員的手電筒又晃到我們頭上，而且待了好幾秒鐘。艾琳緊抓我的手。我的雙手纏繞住她的雙手，我們手指交扣著。

銀幕上，主角來到門前，準備要離開了。

「不要啊，不要啊，不要啊，」我們齊聲大吼，「你這個笨蛋。你就讓她和兇手在一起。他就在臥房裡啊。」

「她要死了。」托納預告說。

席拉開始哭。艾琳緊抓著我的手臂。

「我不敢看，」她低聲說，「結束的時候再跟我說。」

「但這是最精彩的部分啊！」

但她把臉埋進我肩膀不肯看。整個電影院都安靜了。

「耶穌啊，真的是她爸。」托納低聲說，鏡頭就對著一張女主角父親的照片。

「你欠我六便士，哈金。」歐唐諾高興地邊拍手邊說。

兇手把臉上的面具摘下來。真的是她父親。我嚇壞了。我完全忘記艾琳的存在。

「她爸？」席拉不敢相信地尖叫，「他不會殺自己的女兒吧。」「禽獸！」她對著銀幕大吼。我們周圍的人都笑了。

主角咚咚咚地上了樓梯，拔出了槍。

開槍，擁抱，旁白。全劇終。

「耶穌啊，真精彩，」燈亮時托納說，「我早就知道兇手就是他。」

「放屁啦，你知道才怪，」墨倫嘲笑說，「你以為是藥局裡的那個人。每個人都知道是她爸。」

我在我家街角這裡與艾琳告別，因為她認為我們比較有可能會在她家附近遇到葛雷納漢。我們站在街燈旁。我能從那裡看到我家門口，而且我一直注意那裡以免有人走出門把明天早上要回收的牛奶瓶拿出來。我們親吻了一次，非常輕柔地。就當我往前傾要再親她，我在想能不能提議離開光亮處到後頭的巷子去。此時有個身影出現在我們上頭的牆上，在她退開的同時，我知道，那是葛雷納漢。只見他面目模糊越靠越近。房門打開了。

我爸走了出來站在黃色的燈光下。我清楚看見他。葛雷納漢停下來看了看。我爸朝我們的方向望過來。然後他又進屋，留門開著。葛雷納漢朝我揮拳，打在我的側臉。接著李恩和其他人出現了，包括哈金、墨倫和歐唐諾。他們全都追著葛雷納漢打，他一轉身，翻過牆，跳到下頭的空地。他們並沒有追著他進到黑暗中。

李恩扶我靠牆坐下。

「艾琳在哪裡？」我問。

「艾琳？你還問她在哪？她在前頭一百碼那兒跑過我們身旁。什麼都沒說。她一定是設計你跟葛雷納漢碰頭的。」

我搖搖頭。那不是真的。他們全都把我當傻子看。但從那之後艾琳就一直躲著我，而我也沒有勇氣追上去問個清楚。她仍跟葛雷納漢在一起。我爸把我的嘴唇拉下來檢查裡頭的瘀傷。

「背對著暗處站在燈光下。你自找的。你應該更有警覺心的。總之，你要追女孩子還太年輕。專心唸書吧。還有離葛雷納漢以及與他有關的人遠一點。你聽到了嗎？」

他走了出去，接著在我們睡覺前把大廳的門栓上。整棟房子感覺又緊又小，而我的頭感覺像在打雷一樣。

故事是這樣的，李恩說，他在跟我解釋為什麼不要去理葛雷納漢。你以前就聽過，他告訴我，那個關於教區驅魔師布朗神父的老故事，他和魔鬼奮戰一夜後白了頭。天知道惡魔和那個瘋子相處一整個晚上後又變得怎樣了。總之，就是那個家族——葛雷納漢——事情就是發生在那個家族。好多好多年前，吉米．葛雷納漢，就是那傢伙的祖父，愛上了一個叫克萊兒．福克納的女人。不過他是那種害羞到無可救藥的男人，所以從沒開口告訴她，雖然她知道這事。在世紀交替的那個時代，所有的事情都很嚴格。她沒法直接說出她的想法，而他一想到跟她或任何女人說話就會臉紅。「寧可愛過且無法說出口，也不願就只談天過×。」李恩咯咯笑說。

克萊兒就這樣等啊等。葛雷納漢就看著她，但什麼都沒說。福克納家族也不鼓勵。吉米永遠都長不大。他就活在對自己陰影的恐懼裡，而且他的微笑，他們說，是空洞的笑；

就只是對他存在於這個世界的道歉。然後，總之呢，誰會想要那樣一個畏畏縮縮的人在自己家族裡？到了最後的最後[××]，厭倦等待的克萊兒便和另一個男人約會，丹諾・布瑞汀，還嫁給了他。布瑞汀是個跑商船的，所以經常要遠行，有時候一年中就有八個月在外頭。他們有三個小孩，一個男生跟兩個女生。出乎大家的意料，吉米・葛雷納漢也去英格蘭島找工作了。沒人想到他哪來的膽子去買船票而且離開他的媽咪。但他就真的去了，而且離開了好幾年。最令人訝異的是，他成了一個很傑出的商人，回到德里還在當地的鑄造廠找到了工作。他整個人都不一樣了，整個人都變了——不再是從前那個害羞的木頭。他甚至看起來也不一樣，走路也不一樣，穿著得體，說話帶著自信。英格蘭讓他改頭換面，讓他變得有頭有臉的。但他對其他女人瞧也不瞧一眼，反而常常拜訪克萊兒，成了那些小孩

× 這句話改編自丁尼生（Alfred, Lord Tennyson, 1809-1892）的詩句。原文為「'Tis better to have loved and lost / Than never to have loved at all（寧可愛過失去過，也不願未曾愛過）」。

×× 原文為in the heel of the hunt，愛爾蘭俗語。

的第二個爸爸，買禮物給他們，甚至發展到經常和她一起出遊去看新年的兒童劇，或是去鄉間小路散步。大家都倒抽一口氣，還不滿地說閒話。但那時候正是世界大戰，新聞報導說丹諾·布瑞汀搭的那艘船在阿根廷海岸附近沈沒了，無人生還。克萊兒與吉米等了六個月，接著他就搬進她家。他們沒有結婚；就只是住在一起。神父還跑來責罵她。她就靜靜地聽，並在他離開後把門關上。神父再來的時候，換吉米去見他，還把手橫在門口不讓他進去。跟他說這不關他的事。很多鄰居都不跟他們說話。吉米被排斥；克萊兒也一樣。這對她來說比較嚴重，因為她整天待在那條街上。他至少還得去鑄造廠當工頭上班，那裡沒有幾個人能反駁他說的話。然後丹諾·布瑞汀回來了。他在那起船難受了傷，終身跛腳，且一副病懨懨的樣子。他被迫領了退休金退休。但他回來了，跛腳但還活著，而第三者吉米佔了他的巢。

克萊兒與吉米一定是真的很愛彼此，因為她不肯讓布瑞汀回來。跟他說婚姻對他而言根本不是婚姻，因為他大部分的時候人都不在。聲稱她很清楚他跟其他女人有關係。那真是一陣大騷動。布瑞汀其實是可以訴諸法律把房子要回來的。但他反而在他們對面的房子租了間臥房，臥房有扇窗，他就坐在房裡，日復一日，坐在窗前，隔著街，看著他自己的房子，他自己的小孩。他從不出門，就坐在那兒，一張臉對著窗戶，看他的人生成了什麼模樣。那條街——就是威靈頓街——因為這事有著一股不安的氣氛。大家都不喜歡從那兩棟房子中間經過——就連克萊兒也是，她開始從房子的後頭離開，從小巷接到雷奇路，這樣她就不會看見丈夫那張日漸枯萎的臉看著她。吉米則是忽視他，甚至刻意在晚餐後站在門口抽煙，並對著那條街看上看下的，讓布瑞汀看到他根本不在乎的模樣。最後，有一天，布瑞汀終於不在窗前。他得了重病。他苟延殘喘了好一陣子。醫生說他已經沒救了。然後果不其然，他死了。葬禮也是亂哄哄的。布瑞汀的親戚不肯讓克萊兒或她的小孩參加。靈車開動時，拉車的那幾匹馬就好像被什麼東西嚇到了，舉起前腳嘶叫，那副棺材就在玻璃馬車×裡發亮的橫槓間搖動。他的家人朝克萊兒與吉米緊閉的家門吐口水。有扇前窗被打破了。布瑞汀的媽媽站在門外咒罵房子裡的所有人，罵得又長又刻薄，因為他們毀了他兒子的一生。詛咒他們這輩子都不會有好運，下輩子也永無寧日。詛咒他們從今天開

× 在西方有些載棺木的靈車會刻意使用透明玻璃。

始，後代子子孫孫全都處在痛苦的黑暗之中。詛咒他們永遠也無法找到一棟沒被詛咒的房子可住。詛咒他們日日夜夜都會看到他的臉，直到他們死去的那一天；她的聲音既虛弱又刺耳，對著緊閉的門、拉上窗簾的窗戶，還有其中一扇窗上的那個洞吟詠出那些句子，直到她終於被拉走。

事情平靜了一段時間。但之後鄰居們說開始聽見從那棟房子裡傳來奇怪的雜音，聽起來像是雷聲轟隆咯啦作響。小孩子都哭了。他們說有時候沒法打開前門出去，因為前門就好像被某人抵住一樣開不了。克萊兒變老了，還總是一臉驚恐的模樣。她去找神父，但他說除非她離開吉米，不然他也沒法幫她。然後有天吉米下班回到房子裡。他一直告訴別人說他們想把房子賣了，雖然大家都知道是賣不掉了。誰會想要啊？就在那天，吉米又出現在前門那裡，就像他以往那樣，邊抽煙邊盯著對面那棟布瑞汀曾住過的房子那扇空無一人的窗戶。據說，就在他把香煙彈進水溝，轉身要進屋的時候，他遲疑了，接著對著那扇空窗大喊了些什麼——一個詛咒，或是布瑞汀的名字之類的。然後他就進屋了。第二天早上他就被人發現倒在樓梯底部，摔斷了脖子。警察說那是個意外。六個月後，克萊兒死在她床上，臉上滿是驚恐，身上卻沒有任何痕跡。葛雷納漢家族帶走了那些小孩；福克納家族不想和他們有任何牽扯。

但那個詛咒延續下去了。每棟屬於葛雷納漢或福克納的房子都鬧鬼。有時候，你沒法上樓梯進到臥房，或是你沒法從臥房下樓去。沒人看見任何東西——就只是一股力量擋住或停住所有的動作，那股力量讓整棟房子晃動，結束的時候會留下好似從遠方傳來的雜亂聲音，哀號著。

大家說那兩個家族的成員沒人應該結婚。應該就讓他們滅絕。這是唯一能平息鬼魂的方法。但就算他們都不結婚，那些活著的人房子裡還是會鬧鬼。他們應該移民。小男生應該去當修道士，小女生去當修女。任何可以止住這件復仇的事都好。任何事。

所以啦，李恩說，你最好還是收手吧。那個女的，麥奇，應該要去檢查她的腦袋了，竟然和葛雷納漢在一起。如果她還繼續跟他在一起的話。任何還有點判斷力的人都不會跟他有瓜葛的，不管是當朋友或是敵人。他並不是個狠角色——只是個嚇人的傢伙而已。離他遠一點吧。他體內的血緣有害。

「如果你相信那些狗屁的話啦。」他補了一句。

「……否定避靜的整個本質與功能。」校長是這麼說的。他就坐在他的辦公桌後頭，一旁站著院長，另一旁則是靈修主任努根神父。墨倫和我站在他們面前，我們的手背在後頭，打量那三位神父也被他們打量，每個人多少都對即將要發生的事感到困窘。校長有張鮮明、仁慈的臉；他相信任何事都要直率以對，但總是在直率沒法發揮作用時不知所措。努根神父很苦惱，但也微微感到有趣。我能看出他並不是太苦惱憂慮。麥歐利神父就是另一回事了。他就是想要處罰。他個子又小又黑，且性情反覆不定。如果原來的老師生病或是因為其他原因沒來，他偶爾會來幫我們上拉丁文或希臘文。他有時候會犯文法錯誤，我們就得小心用最禮貌、最謙卑的方式來告訴他。墨倫和我是最常在這些情況下指正他的。這下子他相信他逮到我們了。

墨倫和我在年度靈修避靜的時候離開校園，跑到白蘭迪威爾足球場去看對抗林菲爾德隊的星期六盃比賽，他們是從貝爾伐斯特來的好戰新教徒球隊。我們兩人對被發現都感到遺憾，但不後悔跑去看，特別是我們的球隊在最後一刻贏了。

院長聲明說他認為光只有體罰是不夠的。太快結束了。我們該執行更持久，與這個過錯更相稱的處罰。大家都同意了，他跟我們說，我們要接受長達一個月的靈修閱讀課程。墨倫由努根神父來指導；院長則負責指導我。文本是從耶穌會創辦人聖依納爵・羅耀拉的《神操》摘錄。之後的一個月，我們兩人每天放學後都得留下來上課。

× 避靜（Retreat），在天主教中，避靜為信徒暫時離開平日的生活（日期不定，可由數日至數月不等），靜心透過祈禱、冥想，或其他方式來重建與天主的聯結。雖然避靜本就是中世紀教會修行的一部分，但一直到耶穌會（Society of Jesus）的創辦人聖依納爵・羅耀拉（St. Ignatius of Loyola，1491-1556），於《神操》（Spiritual Exercises）一書中才有具體的規範與避靜方式。也因此教宗庇護十一世（Pius XI）在一九二二年冊封羅耀拉為靈修避靜的主保聖人（patron saint）。

第二週，第四日，針對兩標準冥思，一是基督，我們的統帥與主；另一是路西法×，我們人性致命的敵人。院長的方法很簡單。他選幾個段落，我背起來，複誦給他聽，他要我去默想那些段落，然後我再繼續把更多段落記到心裡。這些選出來的段落理性與熱情平衡得相當精準，我在其中所找到的慰藉比院長原本所希望的還要多，雖然其直白也很嚇人。

第一點是想像眾敵人的領袖就坐在巴比倫廣大的原野上，坐在冒著火焰與煙霧的寶座上，形態駭人恐怖。

然後對照這段：

第一點是思考我們的主基督是如何降臨在耶路撒冷地區那廣大的原野上，在那卑賤卻美麗與迷人之地。

所以撒旦派出了他的眾惡魔，基督派出他的眾門徒；撒旦以財富、名聲、驕傲來誘惑我們；基督則以貧窮、對富人的折辱，與謙卑來救贖我們。那些為了在這輩子做出良善與健全選擇的準則；第一種方法有六點，第二種方法有四條規則還有一個註解。第一條規則是以出自於對天主的愛來做抉擇。第二條規則的操練是：

假想一個從未見過也不認識的人，而我，全心盼望他的完美，思考為了天主更大的榮耀，以及他靈魂的完美成全，我會要他怎麼做和怎麼選擇，而我自身也將依樣行事，遵照我為他人所立的準則。

第三條與第四條規則要求我們思考在瀕死時，我們會如何抉擇，或是，在最後的審判面對基督時，我們會希望曾做過什麼抉擇。

× 路西法（Lucifer），撒旦墜落成為魔鬼之前的天使名，原意為光之使者（light-bringing）。

我複誦這些段落給他聽，一天又一天，一整個月，坐在他辦公室裡的一張直背椅上，而他就坐在一張扶手椅，邊聽我說邊檢視文本。他比我還要快便覺得厭倦了。羅耀拉具備了困難度與畏懼感；院長則沒有。我背誦的時候他常常點頭，但在意的只是我把字句背對，而不是其中可能的意義。

《神操》既簡潔又令人振奮。一個從這些操練中成長的人，一個我從未見過也不認識的人，完美無缺，根據那完美去做各種抉擇。他是顆明星，堅定卻又困擾，但總是靠累積確信來漸漸減少他的困擾，靠一個又一個的抉擇，深知越多的確信與抉擇，他就得花更多的精神去進一步認知。但當我如此地想像他，我就又會看見自己在光明與黑暗之間猶豫，又看見我爸，看見艾迪，重新認識我媽，看著他們逐漸模糊然後消失，並知道自己也變得模糊，因為不知道該如何抉擇而迷途。晚上我就醒著，書本就攤開在我的枕頭旁，哥哥弟弟們在黑暗中沉睡，足球賽觀眾於最後進球時的吼叫聲在我耳裡嗡嗡作響，院長又出現在教室裡，然後一具不安的雷達開始掃描我體內，察覺到來襲的砲火，那些抉擇火速從羅耀拉的巴比倫與耶路撒冷衝出來，自動朝向那些砲火而去。

妓院

一九五四年四月

就在足球場的男生入口旁邊，有棟房子的窗簾總是拉起來，且有風聲說那是間妓院。李恩堅稱那肯定是，因為他真的知道去那裡的男人的名字，也知道裡面一些女人的名字。其中特別有個人，一個叫查理・麥卡比的郵局督察，每個星期二都會去。麥卡比在教區工作中是個重要人物——為慈善活動募款，還有照李恩說的，不斷巴結教會。混蛋一個。我不相信李恩。他跟我、托納、哈金為這事爭執起來。最後我們打賭，我同意去那棟房子「把麥卡比趕出來」。

如果我走到門前，敲門說要見「我的叔叔」查理・麥卡比，假裝有急事要他去處理，我就可以贏到兩先令。如果我沒法讓麥卡比來到門口，李恩就可以把錢留下。他攤開手掌把錢給我看證明這是真的賭注，然後說：「去吧。」我走進死巷裡，一直到左手邊的最後一棟房前。前門兩旁的窗簾都拉了起來。我敲了門。過了好久，一個穿著藍色上衣與裙子，頭髮蓬亂的年輕女人來開門。她的嘴巴擦了鮮紅色的口紅。她問我要幹什麼，我說來找我叔叔查理・麥卡比，因為有急事要他去處理。他女兒出了意外，我說。她半微笑看著我問什麼意外。我愚蠢到沒有準備要怎麼回答這個。他女兒生病了，我很快說。她可能得去醫院。她留我在門口，穿過那短短的玄關接著消失進入客廳。我聽到她說話然後大笑的聲音。有個男人的頭從門附近探了出來，看了看我又縮回去。更多的聲音。接著另一個男人出現了，又矮又壯，正在繫上——還是在解開？——他的皮帶。他穿了件無領條紋衫跟一條厚棉長褲。他站在離我一呎遠的地方問我是誰。我給他一個假名——羅力・哈金。我住在哪裡？我又說謊。羅斯威爾街。羅斯威爾街才沒有姓哈金的，他非常輕鬆地說，兩隻手仍抓著那條鬆開的皮帶兩端。我退了一步。還有查理・麥卡比不在這屋子裡，他說。他從沒來過這裡。還有他沒有女兒。就在那個時候，他和我一起動了。他手伸過來抓我的襯衫，而我往後跳開，他咻地一聲抽出了皮帶，我往街角跑，在那裡的其他人已經轉頭開始跑。我們都沒停下來，直到回到在斜坡街道的地盤。跑過畢區伍德街街頭時，我們與賴瑞擦身而過，他就站在那裡，雙手插在口袋，一如往常盯著布萊巷看。李恩說上個妓院會對賴瑞有好處。那些關於女惡魔的故事讓他痛苦不堪。那個人只是害怕性愛而已，就像大部分年紀比較大的人一樣。我盯著賴瑞。他完全一動也不動。我能理解有人會害怕性愛。它讓我想到火焰，閃耀著貪婪與危險。

「不過，那也值兩先令了，」李恩說，邊用手掂了掂那幾個錢幣。「我們平分吧，一人一先令。我企劃行動，你去執行。」

那棟房子真的是家妓院嗎？傳聞是這麼說的。那個人是麥卡比嗎？李恩想要知道。他待得不夠久所以沒看到；他只看到一個男人跑出來，一隻手拿著皮帶而另一隻手要抓我。不是，那不是麥卡比，我回答。那是別人。我只記得他的雙手抓著皮帶的扣環。我也不認識那個年輕女人，但我記得她，她的全部：她那無精打采的頭髮、她那似笑非笑的笑容、她那很紅很紅的嘴巴。和她在一起是怎樣的感覺呢？我不能想像。不對。我能。但那是我不該做的事。看看賴瑞．麥拉夫林的下場，就站在布萊巷的盡頭而且從不說話。為求保護，我在後頭臥房裡對自己低聲唸著聖依納爵的話：

對那些一再犯下罪孽的人，敵人通常會提供他們表面上的快樂，讓他們想像肉體的歡愉與樂趣，以便更能掌控他們，並讓他們更加沈溺在其惡習與罪孽之中。

但那年輕女人的影像仍在四周遊蕩，一會兒模糊，下一會兒又清晰，向我伸出手，鬆開她裙子的釦子，那裙子沙沙地掉了下來，而我先往後跳開又往前靠近，內心變得一片模糊，做出了我的抉擇。

凱蒂

一九五四年五月

凱蒂前陣子去了英國，她第一次離開家，因為她的女兒米芙要在那裡結婚。關於這些事有很多謠傳跟秘辛——為什麼她不按通常的慣例回家結婚；為什麼只有凱蒂過去，雖然她其他的兄弟姐妹也都被邀請了。「她嫁給一個黑人，」李恩跟我說，「而且他們說他根本不是基督徒，更不要說是天主教徒了。所以呢，大家都躲到柵欄後頭去。不過，凱蒂是無所謂。她討厭這樣，但她不會不去的，即使她因為要一個人去旅行嚇壞了。」婚禮是在魯頓[×]，我們會知道那個地方只因為它有支足球隊——之類的。

× Luton，位在倫敦北方約五十公里處。

她回來以後，一整個星期都滔滔不絕在講英國、魯頓、火車、船、婚禮早餐、米芙跟她丈夫馬可斯，他們住的那棟公寓，他們有多麼開心之類的事——一直講一直講。但她的喋喋不休一點用都沒有。我媽不贊成，跟凱蒂說她希望米芙過得好，但那並不是個基督徒的婚禮，不會有好結果的。她們生氣地爭論。最後，凱蒂聲明說再也不會來我們家，然後便甩門離去。

她不來往了好一陣子。但接著傳來米芙懷孕的消息。凱蒂被將要有個孫子這件事嚇壞了。她又急躁又擔心，除了這事以外什麼都不談。我媽又雪上加霜說她擔心這下子馬可斯會離開米芙。歷史是會重演的。就像麥伊亨尼拋棄了凱蒂，馬可斯也會拋棄米芙。有天深夜，我陪凱蒂從我們家回她家，她對那番比較很生氣。這兩個根本沒得比，她告訴我。以她的情況來說，事情有點奇怪。她並不是我媽認為的那樣傻。她有猜想過是發生了什麼事。我有沒有聽說過什麼呢？我外公在他死前那段日子有沒有對我提過麥伊亨尼？我跟她說沒有。她父親，她說，在麥伊亨尼離開後就對她非常好，但只有一件事，他不同意她追隨他一起去芝加哥；說他不是個好東西；說他們負擔不了那筆錢；說她懷孕不能旅行。那些的確是事實。但凱蒂感覺到有比錢更嚴重的問題；他一次也沒說過麥伊亨尼會回來，就好像他知道那是不可能的。但他是怎麼知道的？

我搖搖頭。我決心什麼都不說，裝啞巴。我們來到她家門前時，她用手帕擤了擤鼻涕。現在事情全都清楚了，就在她從洗碗間出來把水壺放在爐子上時，她宣佈說。她從來沒被原諒，沒被她爸爸，沒被她親姐姐——我媽——還有，雖然她很抱歉得跟我說……但除了她女兒米芙外，她又還能向誰說，而米芙又不在，而且這次是透過她，讓她，也就是凱蒂，又一次因為不是她的錯而被懲罰。她姐姐竟說出那種話，說米芙會被丈夫拋棄，就好像那是家族裡的某種詛咒，某種她必須承受的懲罰，就因為她丈夫曾對她做過的事。然後在哪裡呢，她生氣地問我，當我的女兒結婚時那個姐姐在哪裡呢？當我得單獨一個人旅行到英國參加米芙的婚禮，我的家人在哪裡呢？如果這不算懲罰，我不知道什麼才算。而且在我回來之後仍依舊無情，無情到跟她說我女兒懷孕了，還得說些「有其母必有其女」、「妳之前被拋棄，她以後也會被拋棄」的話來重揭那些傷疤。

她停了一會兒。我準備要走了，即便她也起身送我到門口，但仍繼續說著。

那是陳年舊恨，就是這麼一回事，她說。就因為麥伊亨尼在她二十六歲時甩了她，然後在我十八歲時娶了我——事情就是這樣。這就是為什麼她會一直有米芙會像我一樣被拋棄的想法。因為她自己也是被拋棄的。而我因為同情她，所以答應她永遠不告訴你爸爸關於麥伊亨尼的事。而這是我的下場。我用那個男人來給她好看，雖然天知道我希望自己沒這麼做，而且我還信守承諾；直到今天，關於他的事我什麼都沒說，而她在那兒藉由米芙，他的女兒還有我的女兒，來跟我算舊帳。看在基督的份上別跟我談什麼宗教。我敢打賭那個黑人馬可斯對待米芙，會比她在這裡所可能遇到的任何一個信教的傢伙都好得多——甚至比我嫁的那個非常虔誠的白人，現住在芝加哥，還年年每個星期天都會去望彌撒的男人好得多。

「這下好了，」她說，邊開了門，「這是我告訴你或你們這些孩子的最後一個故事了。我很高興這次是個真的換換口味。」

PART 3

CHAPTER 5
第五章

宗教知識

一九五四年九月

「一隻跳蚤，」宗教知識課的老師問，「要花多久的時間才能爬過一個焦油筒？」

「六個星期？」我瞎猜說。

「錯了，」他回答，打了我一下，不是很用力，用他的手背劃過我的臉。「再試一次。」

「六個月？」

「你還是不懂，是吧？」他扯了我的頭髮，不太用力，把我的頭拉向書桌的木頭，然後就放手了。他沿走道走到黑板那裡。

「我要把答案寫在黑板上，這樣你們可能會更瞭解。」他看起來是真的很疲倦的樣子，在黑板上潦草寫下「亞米安街火車站」[×]幾個字。

他面對我們。我們注視他。他指向我。

「挑戰我。否定這個答案。」

「我沒法否定我不懂的東西，神父。」

「你是在暗示你也無法同意它嗎？」

「我兩個都不行。」

「很好。這就是我們要尋找的情況。就是受了教育的狀態。我們再試一次。一根大頭針上能平衡站幾個天使？這個，我警告你們，是個傳統的問題，而且並不是那麼古怪。」

「神父，平衡並不是做為天使的要件。」

「不是嗎？你與天使間有我所缺乏的聯繫啊。」

× 亞米安街火車站（Amiens Street Station），現今的康納利火車站（Connolly Station），位在都柏林市中心亞米安街上，是都柏林鐵路交通重要樞紐。該車站於一八四四年正式啟用，在一九六六年，復活節起義五十週年紀念，為紀念起義領導人之一的詹姆士·康納利（James Connolly，1868-1916），將車站改名為康納利火車站。

我保持安靜。我不知道他最後一句話的意思。

「再一次。這次一步步來。你同不同意，當我們談到鬼魂，也就暗指在之前那是具體存在的某種東西或是擁有肉體的某人？也就是說，在那東西或人變成鬼魂之前，那個東西或那個人是有形體的。同意或不同意？」

「同意，神父。」

「既然這樣，告訴我，聖靈在成為鬼魂之前，他是誰或是什麼東西？」

我沉默了。坐在我左邊的亞歷克・麥克申笑了。老師皺了眉頭。

「我們現在面對的是一個在神學上非常重要的難題。這絕不是再次展現鄉下白癡行為的場合。我要個答案。」

他又指向我。

「我沒法回答，神父。我沒有答案。」

「很好。針對第一個問題，你不懂那個答案。第二個問題，你否定了問題的正當性。第三個問題，你沒有答案。我希望你現在能瞭解為什麼宗教是不一樣的。我主要的期望就是讓你們瞭解，世界上有理性的事物，也有不理性的事物，還有非關理性的——並在這之後讓你們在那團泥淖中打滾。有鑑於此，我要幫國家一點忙，這更能夠幫助教會。教義、信條跟抉擇——這些是你們能賴以為生的東西，如此也許能避免心智的崩解。這不是個嚴重的威脅，我必須說，因為有許多身在這個，或屬於這個班級的人，如此乏味地排排坐在我面前。」

這人的父親是個教廷騎士×。他是洛伊．克里頓爵士。爵士。我被激怒了，但憤怒讓我微笑。他說的沒錯，這是教育。

他的教士領圍繞那圓胖的喉嚨閃著白光。他太習慣嘆氣，把那件黑色法衣撐得比那條寬腰帶還要大。洛伊爵士開了一輛路華××。開路華的洛伊。只有洛伊爵士跟警察有車子。穿著閃亮盔甲的騎士。教廷跟反教廷騎士。

× Papal Knight，由教宗親自封賜的爵位，在天主教教會中地位十分崇高。

×× Rover，英國的一家汽車製造商。

「如果地理老師告訴你們信仰可以移動山脈，你們可能會表示驚訝。如果數學老師告訴你們在任何一串數列中，第一個數字是最後一個，而最後一個是第一個，你們可能會以為他喝醉了。但我可以清醒地告訴你們這些事情，而你們應該深信不疑。我只要求你們學會照著做，而不需要試著去理解。曾經我們這裡，愛爾蘭，有著農民單純的信仰。現在，多謝那免費教育跟不信神的社會主義，我們將有無產階級單純的信仰。我並不需要勸勉你們變單純。你們輕輕鬆鬆就達到那個境界了。但我會，在今年與接下來的幾年，敦促你們去相信教育的實行，是可以堅定而非妨害那份單純。這個，當然啦，是無償的活動，但卻是這個社會所需要的，而你們這些欣然被褫奪權利的人也是社會的一部分。現在我希望保持沉默，而你們也一樣，直到下課鐘聲將我們從彼此存在的負擔中解放。」

於是我們沉默地坐著，而他背對我們站著，注視著窗外，一動也不動。

得下決定了，選擇，在實際的經過與我所想像的，我之前聽過的，我一直聽到的之間。這個故事是關於某個IRA成員，他在製酒廠著火時，把自己捆綁在那棟建築物角落的一根直立鐵樑上。他有一把機關槍，可能是一把湯普森，就在警察偷偷穿過下方的街道來到建築物的底部時，他用那把槍瘋狂掃射。他大概離地二十呎高，子彈從那把湯普森冒出來，像是水從水管濾嘴噴灑出來一樣，四處飛。但那槍手是個明顯的標靶，背著大火成了剪影，就在一個地方不動地站著。他一定中了二十或三十槍，然後他的身影站在那裡，懸在那根樑上，火焰照在浸溼他前半身的血跡而閃閃發亮，雙臂直垂在他身前。我記不得他的名字。他的身軀消失在威士忌蒸餾桶的爆炸中，接著整棟建築開始垮下，然後倒塌。

不過，這只是無關緊要的細節罷了。也許這是我想像的，而且應該試著去忘掉。那件事發生時，如果真的有發生，還發生了其他的事嗎？建築物裡有些人在警戒線完成之前逃了出來，用跑的——可能甚至輕鬆地走出來——穿過後街的網絡，往藏身處而去。整個逃亡過程中，艾迪都帶著他的槍——一把一戰時期的來福槍，曾屬於一位三年前獨立戰爭[×]時在蒂珀雷里郡[××]被殺的黑棕軍[×××]。這是丹說的嗎？還是凱蒂？還是外公？我不知道。我能聽見的就只有他們從廚房傳來的聲音，但是我無法將那些聲音與細節配在一起。這也讓我難以把整個故事想通透。那故事的大部分肯定都是誇飾，人們將他們聽到或讀到的事情在腦袋中做出奇怪的小聯結，在那些無止盡的對話中試著去主張他們是對的，暗示他們全都知道，他們還能說出更多事，只不過……

那是一九二二年。晚春。這是確定的。艾迪的父母，也就是我爸的雙親，在一九二一年十二月死了。比利・馬恩是在一九二一年十一月過橋的。我爸的妹妹們在那間農舍待了八個月；她們大概是在一九二二年二月被送到那裡去，在十一月離開。就是在那個時候她們告訴我爸關於艾迪，及當晚那些戴著兜帽跟他一同前來的人的事。所以自那時開始，他就知道了那個他一直以為是全貌的故事。而我媽大概也是在那時認識麥伊亨尼的；那時就跟他約會了。然後他為了凱蒂而甩了她，並於一九二六年結婚。在那之後沒多久她便懷孕。然後伯克警佐，或是某個警察，在同一年七月幫助他逃到芝加哥，因為有人告密——

向我外公？是誰呢？幾年後我媽認識了我爸——大概是一九三零年。過了好久他們仍沒有結婚——他們沒有錢，沒有前景。他那時仍在打拳擊。他們是在一九三五年結婚。他們認識的時候，他們結婚的時候，她知道哪些事呢？那時候她知道艾迪的事嗎？那時她知道麥伊亨尼的事嗎？我非常確定她不知道；她不可能知道任何事，不然那天她從外公的臥房下

× 愛爾蘭獨立戰爭（Irish War of Independence），又名英愛戰爭（Anglo-Irish War），自一九一九年一月二十一日開始，至一九二一年七月十一日停火。之後，雙方於一九二一年十二月六日簽訂了英愛條約（Anglo-Irish Treaty），協議中英國承認愛爾蘭除了北愛六郡外的自治權，愛爾蘭也成為了自由邦（Irish Free State）。但英愛協議的簽訂，也讓以埃門・戴瓦勒拉為首的共和派不滿，認為這個協議破壞了愛爾蘭國土的完整性，也直接導致一九二二年六月二十六日爆發了愛爾蘭內戰。

×× County Tipperary，位在愛爾蘭南部的內陸郡。

××× 黑棕軍（Black and Tan）在愛爾蘭獨立戰爭期間，英國緊急召募許多自第一次世界大戰退役的士兵所成立的臨時部隊，共有七千人，主要是協助英軍在愛爾蘭對抗愛爾蘭共和軍。黑棕軍之所以得其名，是因為其部隊制服是黑棕色的。然而黑棕軍的軍紀極差，時有欺壓甚至攻擊愛爾蘭平民的情形發生，也因此至今愛爾蘭人對黑棕軍一詞仍無好感。

來時就不會那麼震驚，邊唸著艾迪的名字邊哭泣。但我不知道她嫁給我爸時，知道些什麼。我不確定自己是不是真的想知道。不過，我還是暫時保留這部分，先把剩下的事搞清楚。

於是他們到達了藏身處——他們有幾個人呢？外公、賴瑞、艾迪，可能還有那個叛徒麥伊亨尼本人。也許還有其他人。他們開了個會，一場調查。不知道哪裡有個臥底，沒錯，有人洩露了訊息。他們離開藏身處，穿過這個國家的新國界到了唐尼哥。他們得快速通過國界。他們有車嗎？他們是搭某種馬車過去的嗎？他們有馬嗎？不過我知道他們過去了。到了那間宿仇農舍，艾迪就是從那裡離開他的家人。他就是在那裡被審問的。那就是宿仇的核心。因為有人命令他的阿姨和姨丈帶著艾迪的妹妹們一同到雞舍旁邊的小屋，並待在裡頭直到有人叫他們出來。然後當他們聽見，他們一定聽見了，嘶吼與尖叫聲傳來，他們對艾迪與艾迪的家人頓時失去了感情。他們說不定看見了他被帶離開。艾娜與波妮黛嚇壞了，低聲嗚咽。阿姨與姨丈也被嚇壞了。有人警告他們什麼都別說。如果他們去告密，就會有人像處理那個叛徒外甥一樣來處理他們。波妮黛與艾娜有聽到這句話，或是差不多的內容。她們知道再也見不到艾迪了。總之，阿姨與姨丈也對她們說一樣的話，叫她們共和派的衰鬼、告密者的孽種，各種難聽話。那件事過了一段時間後，我猜，他們就把那兩個妹妹趕到小屋去，而且像下女一樣對待她們。而我爸在幾個月後發現這件事。他的兩個妹妹從那之後幾乎整個傻了，因為驚嚇、恐懼，還有暴虐。整整八個月。是在某天晚上波妮黛帶著她妹妹艾娜到了德里，請他收容她們，還告訴他她們在那裡真實的處境，以及關於艾迪的真相。而我仍記得小時候在那棟農舍裡發生的爭吵——那已經是過了二十三年，那個阿姨過世之後，有個律師通知我爸說她的遺囑裡交待要把某些他父母的東西留給他，那些東西是在他們過世的那星期，她從他們家裡拿走的，然後一直保留到現在。但是他一直沒得到那些東西。那個姨丈——他只不過是他們的姻親——拒絕交出任何東西，並聲稱我爸可以跟他在法院見，到時他就在那裡公開把艾迪的事揭露出來，那時他在多數人心裡仍保有好名聲。我爸沒有那個錢上法庭，也沒法面對哥哥的事被公開揭露出來。於是，他就抱起我們離開了。之後，好幾年後，他帶李恩與我到了農舍附近，並告訴我們失蹤者原野的事。而我那時還嘲笑他。

那晚在農舍呢？艾迪一定知道他有麻煩了。他比其他直接參與的人知道的還要多。他不知怎麼地逃了出來。還有誰會去告訴警察？我外公嗎？其中一個資深成員？不可能。艾迪有告訴其他人嗎？不對。他們一定都各自有不在場證明，他們的秘密，他們的嫌疑。他們揍了他嗎？把他綁起來？用香煙燙他？用一本又軟又重的書一直打他的頭？這可是能痛扁一個人卻又讓他保持意識的方法。那會不會是我在那些書架上看到的其中一本書呢？即使如此，艾迪仍沒有承認，他不承認是因為他是清白的，他不承認是因為他知道是另一個人，說不定就是審問他的其中一人，才是真的告密者。於是他們把他帶離那間農舍，穿過了鄉間來到格黎亞南，到達時已經是黑夜了。他們把他關在牆裡的秘密通道，把石頭推過去檔住入口，然後坐在長滿草的地板上，邊抽煙邊討論該怎麼做。然後，說不定，外公拿出了一把左輪手槍，交給賴瑞要他進去把事情辦一辦。接著賴瑞爬下通道到了艾迪那裡，艾迪就坐在許願椅上，他就蹲在艾迪面前看著他，然後，說不定，跟他說了些什麼，說不定，要他祈禱，隨後便開槍殺了他，開了好幾槍，或者說不定只有一槍，而整座堡壘就好像是空心般轟隆響。其他人聽見時在做什麼呢，是坐著或就站在堡壘長滿草的地皮上呢？說不定那只是在空氣中的一聲砰響，或是好幾響。說不定在開槍前他們聽到了艾迪的聲音。他們有沒有就把他的屍體留在那裡一整晚？賴瑞有沒有要他跪下，然後從背後對他的腦幹開槍？賴瑞有沒有告訴他沒事了，他現在可以離開了，接著讓他走在前頭，然後趁艾迪彎腰要去爬那個通道的時候射殺他？這都不會有人知道了，因為就是在那個晚上賴瑞遇到了惡魔女人並從此不再說話。他什麼都沒說就把槍交還給外公，並沿著那條黑暗的步道離開回家，而其他人都回到了唐尼哥。

實在很難相信賴瑞都不說話了。他在離開隆穆爾路轉角的那個崗位回家喝茶後，一定有說話，在他自己的家裡，對他年老的母親，對他那個沒有結婚、在屠宰場工作的弟弟威利。但是沒有，謠傳是他再也不說話了。他弟弟也好不到哪兒去。他會談談天氣、肉價或是賽狗，但除了這些以外，什麼都不會。你可以站在賴瑞前面對他說上十分鐘，而你唯一得到的反應就是他的眼睛從你的臉往下看到他的鞋子，然後又再看回來。這個男人和惡魔發生了性關係。這個男人殺了我爸的哥哥。都在同一個晚上。他就站在那裡，穿著閃亮的暗色西裝，他那件整潔的襯衫扣子都扣到脖子那裡，總是同一條沾著油污的領帶，就像條舌頭在他那件V領套頭毛衣裡扭曲著，他那雙小腳穿著一雙鞋尖擦得發亮的黑皮鞋，雙手插在口袋裡，在那頂鴨舌帽下是他那張尖銳的臉，既灰又沒有味道。你可以盯著賴瑞看一千次，想像他一千次，但下一次當你經過時還是會再看他一次，好確定他就在那裡，活生生且死氣沉沉，就直挺挺埋葬在那股包裹著他的死寂空氣裡。

其他人是怎麼處理屍體的？埋在附近，還是一路帶回來然後從橋上扔進河裡？那似乎不太可能。外公並沒有告訴我，而我也忘記問了。那些知道屍體在哪兒的人還有誰活著嗎？然後這段時間麥伊亨尼也許就待在家裡；也許他出門陪我媽散步，或是就坐在她家裡，和她談天說地，讓大家都注意到他有來找她。而這段時間伯克就在他的營區裡，知道可能發生了什麼事，希望它發生，懷念比利・馬恩。而那間製酒廠就悶燒到黎明，嚇到了從碼頭那兒飛來的海鷗，牠們繞著它飛翔，然後因為它的熱氣與味道鳴叫著離開。

我媽的父親下令殺了我爸的兄長。就在我外公死前，她知道了。我爸完全不知道這件事。我媽曾經和麥伊亨尼約會過，那個陷害艾迪讓他被處死的叛徒。我爸也不知道這件事。接著麥伊亨尼甩了她，娶了她妹妹凱蒂。之後他收到密報然後逃到芝加哥去了。凱蒂不知道這件事。我爸也不知道。我媽一直都知道麥伊亨尼是逃跑的，也知道他是告密者。她父親一定之前就告訴她這件事了；他沒告訴她，一直到他死前才說的是，關於艾迪下場的真相。現在她全都知道了。她知道我也知道。而她不打算說出任何事。我也不打算。但她不喜歡我知道這件事。而我爸以為他把所有的事都告訴我了。我什麼都不能跟他說，即使我討厭將他矇在鼓裡。但只有我媽能告訴他。其他人都不行。不告訴他是不是就是她愛他的方式呢？而不告訴他們任何一個就是我愛他們兩人的方式。但我很清楚這麼做卻將我與他們兩人分隔開了。

瘋子喬

一九五五年一月

是瘋子喬幫我幾乎完成了這個故事。他會定期被送到當地的格蘭夏精神病院關一段時間。但每次他被放出來，好像都會變得更錯亂，更混亂。

「天主唯一的藉口就是祂並不存在[×]，」喬對我宣布說，邊用他的手杖敲打公共圖書館外的欄杆，「那真是個好藉口啊，年輕的卡利班，是嗎？」

他的襯衫上有道長長劃下的蛋漬，雙眼上有泡沫。圖書館的女負責人被迫找了兩個公園管理員將他趕出圖書館，因為他在圖書館裡製造噪音，且又開始把書本從書架上抽出來

× 典出法國作家司湯達（Stendhal，1783-1942）。

扔到地上，邊大喊它們是垃圾、瞎扯淡、廢物。我跟著他到了外頭，然後看他憤怒地在煤渣小徑來回踱步，狂暴地用手杖砍著杜鵑花叢，對空氣咆哮詛咒。他最後終於注意到我，高興地微笑並衝了過來，邊扯著我的襯衫袖子，邊用手托著我的脖子後頭，把我扯向他那張迷惘的臉。

「好啦，你認為那是誰寫的？不是你那些愚蠢詩人的其中一個，我可以告訴你。你難道都不長大的嗎？你是比之前長高了一點，但仍然是如此的，如此的愚蠢。一點也沒有進步的跡象。我打賭你在想女人了。親愛的基督啊！看在沙漠教父苦行的份上，看在猶大的痛苦的份上，你難道什麼都沒學到嗎，你難道得在這個鳥蛋的存在中被救贖嗎，你這個沒出息的生物？」

他那小小的肩膀上下動著，臉因為怒氣而漲大。他直瞪著我，但他的眼睛是如此閃爍不定且混亂，我猜他應該看不太清楚了。

「至於那個又把我趕出來的賤人，耶穌為證我會在地獄與她相逢的，總有一天我會燒了那整座該死的圖書館，那個不識字、無知，一點也不性感的蕩婦！異教徒！狂熱的異教徒！」

接著，他讓自己平靜下來，伸出一隻手指然後吟誦：「寶貴的亞歷山大圖書館被掠奪或是摧毀了；然後，過了將近二十年，空書架的出現激起了每一個旁觀者的悔恨與義憤，他們的心智尚未被宗教偏見所染黑[xxxx]。」

然後他搖搖頭停了下來。「說得真好，宗教偏見。他應該生在那兒，然後他就能見到……」

x Desert Fathers，是約在西元三世紀一群自願在居住埃及附近沙漠中修行的基督教隱士與僧侶。

xx 原文為bollocks，愛爾蘭俗語，意指睪丸。

xxx 亞歷山大圖書館（Library of Alexandria），位於埃及亞歷山卓，由埃及托勒密王朝的托勒密一世所建，是當時世界上最大的圖書館，但現今已不復存。據史料記載，圖書館曾遭逢兩次災厄：一是在紀元前四十八年，朱利亞斯．凱撒在亞歷山卓圍城戰時意外燒掉了圖書館總館；二是在西元三世紀，羅馬皇帝奧勒良（Aurelian）在鎮壓叛亂的過程中摧毀了圖書館。由於許多珍貴的古籍都在這兩次災禍中逸失，亞歷山大圖書館的毀滅因此也象徵了知識與文化的破壞。

xxxx 這句話典出英國歷史學家艾德華．吉本（Edward Gibbon，1737-1794）所著的《羅馬帝國衰亡史》（The Decline and Fall of the Roman Empire）。在亞歷山大圖書館被摧毀後，西元四世紀時，其所剩的藏書都被搬走（有一說是交給了君士坦丁大帝），而位在亞歷山卓的古學者則利用城市另一角的賽拉庇恩（Serapeum）神殿做為圖書館與研究場所。但在西元三九一年，亞歷山卓主教西奧菲勒（Pope Theophilus of Alexandria）認為賽拉庇恩是座異教徒神殿並下令將其夷平。因此，吉本才做出這樣的描述，暗指是基督宗教的偏見毀掉了亞歷山大圖書館最後的血脈。

他又搖了頭，接著轉過身去。

「浪費時間！」他吼叫說。

然後他又面對我，呼吸向下吹，靠在手杖上，把他的假牙推進推出的，臉龐既平靜又蒼白。

「你知道嗎？」他微笑說，「我最喜歡沿那個蓮花池散步，如果你願意讓我靠在你的手臂上，這樣我們就一切順利了。」

我們就繞著走，緩慢地，呼息仍在胸口裡憤恨翻攪，但漸漸緩和了。

「與過去太過接近毀了我的消化，小伙子。我希望你能瞭解。我想你懂的；它也毀了你的，我看到你就知道了。精神便秘。我要教你一些事情。但幫我個忙。要報答我，就不要老是當個年輕白痴。不要一輩子就只當個學生。那太侮辱人了。你老像條狗一樣四處跑，聞著每個秘密的屁股，骯髒的習慣。如果你一定要交配。就趕快解決然後就算了。然後長大。好啦，放開我的手。我想休息一下。」

他靠在欄杆上凝視那些蓮花。

「潰爛的百合。喔，雪納朵！你的小妹妹，死了。我愛你的女兒，先生。橘色的百合。莉莉斯布利羅！你從來沒有跟我說什麼值得聽的東西，但你從我這兒聽了不少值得說的事。全都浪費了。然後現在，在這件事之後，他們舉報我又被圖書館趕出來，他們會怎麼做，我可愛的家人？他們會又把我關起來，和那些廢物在一起，在裡面他們會把我揍到昏天暗地的，那些男看護。希望他們在地獄裡慢慢燒死！」

我知道他在當地的精神病院待了很長的時間，而且那間精神病院以殘酷聞名。有人說，那裡護士與病人唯一的差別就是身上穿的制服。他說對了。我對他沒什麼好說的。他總是讓我很無助，讓我的腦袋很興奮，讓我的心跳變慢。

「還有什麼呢，」他問我，邊把那顆在小身軀上的大頭往側邊轉動，就像是個發條玩具在絞動一樣，「自從我第一次帶你進入那間美術室之後，你現在知道什麼當時不知道的事嗎？你不需要回答。我知道。是誰第一個告訴你關於賴瑞的事的？是誰指引你正確的方

× 典出莎士比亞的十四行詩第九十四首的最後兩句：「For sweetest things turn sourest by their deeds; Lilies that fester, smell far worse than weeds」。

×× O Shenando，起源於十九世紀的美國民謠。

××× 原文是liliesbullero，應該指的是利利布利羅（lillibullero），一首在十七世紀在英國流傳的進行曲。其歌詞有許多版本，但最著名的版本是與十七世紀末的愛爾蘭政治局勢有關，其中提及了詹姆士二世在愛爾蘭的復辟。

向的？不需要回答。你知道的。那件事是在哪裡發生的？砰砰。它那巨大向外滾動，永不停歇的阿門。直上那高聳的山峰，又往下衝，他們說他看見了惡魔，可悲的小男人。對吧？」

他是在說關於賴瑞的事。我立刻就知道了。我想，如果我什麼都不說，他也許會繼續說下去。但是，同樣地，他也可能高揮雙手，扔掉手杖，要我去幫他撿回來，接下手杖然後開始跺步跳舞。他又開始變激動了。剛才幫忙把喬架出圖書館的其中一個公園管理員正經過水池另一頭，斜眼瞟了我們。如果喬想要再進去的話，他已經準備好要阻止。喬也看見他了。

「享利．派特森，」他說，「就是那個人的名字。四十歲而且已經達到事業的高峰了，把像我這樣的老人從圖書館扔出去。強壯的王八蛋。他的手就像樹根一樣。當他在裡頭抓住我的肩膀時，差點用他那隻爪子把我的骨頭給折了。希望關節炎會摧殘他，讓他的手變得像門把一樣。」

我們看著派特森繼續在我們附近繞著漫步。我們又開始散步，喬一隻手搭在我的手臂上來保持平衡。他想要坐在玫瑰花床旁邊，於是我們就朝附近的公園長椅走去。他坐在那兒，用一條又大又白的手帕擦著臉，雖然那天是陰天而且也不是特別溫暖。

「如果可以的話我會哭出來，」他說，「這手帕有時候能幫我哭出來。但今天不行，今天不行。講個故事或甚至唱首歌來安慰我吧。沒錯，那會好一點。你知道的故事都不值得聽。還是唱歌好了。唱首好聽、柔和的歌。注意，別嚇著小鳥了。」

我們靠近了彼此，然後我唱了〈甜美艾夫頓〉[×]給他聽。唱到第二段時，他開始哭泣但搖晃著我的手臂，對我點頭要我繼續唱。

我的瑪莉已入眠
伴你那潺潺流水
緩緩流啊，甜美艾夫頓
勿擾她美夢

× Sweet Afton，蘇格蘭詩人羅伯·伯恩斯（Robert Burns）的作品。

「啊，老天，」我唱完後他嘆了口氣，「雖然你糟蹋了這首歌，年輕的卡利班，但它仍是首悅耳的曲子。你知道〈俄琳的靜土〉ˣ嗎？」

我也唱了那首歌給他聽，邊唱邊注意有沒有人走過來，因為那會讓我立刻安靜下來。但是沒人靠近。接著他自己也唱了幾句，雙手就放在那條與神職人員相似之黑長褲的膝蓋位置。

而就是我放任星期日溜過
在海灣之上的杜鵑谷中

我看著一片玫瑰花瓣掉落，在靜止之前還不安地稍微在草地上滑行了一會兒。

「星期天，」喬說，「是恐怖的日子。我所知道的每一件恐怖事都發生在星期天。很詭異是吧？你自己也清楚，你們家族的故事。在星期天發生火災，在星期天被處死。還是火災是在星期五？你這下不會以為我會忘記像那樣的事情吧。我可是記得那天的。我這輩子從沒聽過那麼多槍聲。但是星期天，這我很確定。不對，是從星期天開始的，這就對了。」

「什麼事從星期天開始的？」

他用輕快帶嘲諷的聲音吟唱：

在星期天我們問了他為什麼

在星期一他就得死

我沉默了好一會兒。

「那時候，你在那裡嗎？在那個星期天？或是槍戰的那一天？」

他沉思了一會兒，雙手放在手杖上，將下巴靠在手上。他的嘴巴張大了一次或兩次。

「那個時候，不管是在哪裡，當然不會有人不在啊。每個重要的人都在那裡啊，全都有關聯，隨著另一個人的旋律起舞，但願他們早知道就好了。那時候，我還是個年輕人。

× The Quiet Land of Erin，愛爾蘭民謠。俄琳（Erin）是愛爾蘭的古名。

那時還沒這麼瘋癲，我想，但已經開始了，已經開始了。」

他暫停了一會兒。

「所以小米芙結婚了，我聽說？而且還嫁給了個黑鬼！我還真想看看她爸聽到這事的臉是怎麼個樣子！」

他用那不在乎的方式咯咯笑。

「你不太可能看到他的臉，他已經在芝加哥好久了。」我回應。

「哦，你不用擔心，我還是會看到他的臉啊。清晨四點。一九二六年七月八日。從警車出來，像個影子一樣。兩個黑衣人。還有我們親愛的老朋友伯克在開車。麥伊亨尼停了下來好把他的衣領拉高，然後我就走了出來，就這樣走出來，從那座我一直在雨中站著的牆出來，仔細瞧了瞧，看清楚那是誰後就溜了，像個影子溜過街道，留他站在雨中。」

「所以他是去那裡幹嘛？」

「你認為他去那裡還能他媽的幹嘛？告密啊。告密啊。為了幾先令出賣自己人。我告訴你。他從沒看到我。不過他是及時抽身了。從那之後再也沒見過他太太或是孩子。但是誰密報跟他說他被人看見了？確實沒有個答案，不過我有我的想法。我是很訝異警察竟然會費心去照顧他。他這輩子有那麼一次對他們派上用場了，然後就再也沒用了。」接著他展開雙臂唱道：

晚安，愛人，我們會等著你，
晚安，愛人，你很快就會後悔的……

他站起身。我把他的手杖交給他。

「我要走了，」他宣佈說，「當我下次再看到你，你會變老許多。但我永遠都會是一樣的歲數。」

他用手指輕敲了額頭，對我開心地微笑。

「永保青春。精神異常的秘密。」

他走開了一步，然後又轉身。

「那就是懲罰造成的結果；讓你記得所有的事情。」

他邊對自己哼歌，邊沿著小徑離開，而我在那兒待了一會兒，看著玫瑰花瓣不安定地停留在草地上，竭力想搭上下一陣微風。所以那就是密報的內容嗎，喬？喬指認出麥伊亨尼就是告密者。似乎不太可能，但就是如此。

用愛爾蘭文

一九五五年十月

我媽不懂愛爾蘭文，但她曾把用愛爾蘭文寫的詩或歌曲折解成一小段一小段的。她生病的時候，有一次問我知不知道任何愛爾蘭文的古詩，我有沒有在學校學這些。但我所知甚少。有一首，她說，是個女人寫的，在那首詩裡那個女人為曾經做了一件恐怖的事而哀傷，她拋棄了她愛的男人，但她仍然記得，在這件事發生之前，森林中的樹木是如何對著她演奏狂野的音樂，還有大海翻攪的聲音是如何刺痛她的胸口。我知道那首詩嗎？那個女人的名字是莉葉丹[x]。她認為可能還有一首關於這個故事的歌[xx]。可是我不知道。為什麼她要拋棄他？我問。她不知道，只知道跟要進入天堂有關。

我決定要告訴她我所知的一切。但每次我一開口，就失去了勇氣。我以為如果能起個頭，就能把所有的事說出來。什麼事都有可能發生。她可能會用手蓋住耳朵然後開始哭。甚至更糟。但我必須說出我所知道的事。真相在我的體內越漲越大。我想過要告訴李恩，但那好像不太對，除非我先告訴了她，然後如果她允許的話，我才能跟他說。我試了好幾次，但沒辦法。

我決定全都寫在作業簿上，一方面是為了把事情搞清楚，一方面是為了預演那個過程，並決定要包括或刪除哪些細節。但我又很害怕寫的被人發現並拿來讀。所以，藉著字典的幫助，我把它全都翻譯成了愛爾蘭文，花了我一個多星期才完成。然後我把英文版本毀了，就在我媽的眼前燒掉，雖然我媽跟我說那麼多紙會阻擋火勢。

我等了好幾天。然後，有天傍晚，我爸也在場，正讀著《皮爾斯百科全書》[xxx]，那是他的手持版教育，他這麼稱呼，而我正坐在餐桌前作功課，我對著他當場用愛爾蘭文重頭到尾唸了一遍。我跟他說，那是學校指派給我們的一篇關於當地歷史的文章。他就只是點頭微笑，還說聽起來好極了。我媽聽得很仔細。我知道她清楚我在做什麼。我爸拍拍我的肩膀，

× Líadan，那首詩名為〈莉葉丹為奎何哀傷〉（Líadan Laments Cuirithir）。該詩約在西元九世紀以愛爾蘭文寫成，背景為女詩人莉葉丹愛上了另一位詩人奎何，但因為莉葉丹曾發誓守貞，所以無法與奎何結合，奎何也因此渡海離開。莉葉丹因而哀傷地寫下這首詩感嘆這段沒有結果的戀情。據考證，莉葉丹與奎何兩位詩人都是生在西元七世紀。

×× 歌名為Mé Líadan，直譯為莉葉丹在哀傷。

××× Pear's Encyclopedia，由英國皮爾斯肥皂公司自一八九七年開始發行的單冊百科全書，一年只發行一冊，至今仍持續發行中。

說他喜歡在家裡聽見有人說愛爾蘭文。他離開去後院掃地後，我能感覺到她在看我，雖然我是背對她。她安靜了好長一段時間。我隔著窗戶看他用水桶把水潑在水泥地上，然後用力掃。她起身嘆了口氣，並開始往樓梯走去。他停止刷地，倚著握把，兩眼直盯著地上。她也在看他，我知道。然後她簡短說了什麼，或許是生氣的話，可是我聽不見，因為我正在哭。

我們聽說伯克警佐的兩個兒子，他就只有這兩個孩子，已經到梅努斯[×]去研修當神職人員。至少不會再有伯克的後代了，湯姆舅舅說。那我可不確定，他的哥哥丹說。他們只是不會再用那個姓，僅此而已。我媽從麻木中驚醒，請求天主原諒丹說了神職人員的壞話。每個人都笑了。這一家都是穿黑衣服的[××]，某人說。不要，我媽說，不要把這兩者聯想在一起。他們是屬於不同的世界，不同的世界。

× 指的是位在梅努斯（Maynooth）的聖派翠克學院（St. Patrick's College）。該學院建立於一七九五年，專門培養天主教的神職人員。在一八七六年，學院改制為愛爾蘭天主教大學（Catholic University of Ireland）。在一九一零年再次改制，成為國立愛爾蘭大學（National University of Ireland）的構成學院之一。

×× 警察與天主教神父的制服都是黑色的。

政治教育

一九五六年十一月

我們盯著演講者看，他是個穿英軍制服的牧師，隨軍牧師，皮膚光滑而且很高，口音也是高且平滑，俊俏的臉龐因頰上的血壓帶了點紅色。他來我們學校參訪，校長介紹說是由教育部派來的。當他戴上尖頂帽，和講台上的老師們握手，把他的報告折起來，對那帶著遲疑的掌聲微笑時，我覺得他很優雅。他朝我們微微鞠躬，雙手像是祈禱一樣握了起來，接著，在向校長與學校感謝跟致意後，他開始演講。

「如果你們從庇福納山×俯看福伊爾盆地，那山高幾乎海拔一千兩百呎，山腳還有滿是

× Binevenagh，位在德里市東北方，靠近福伊爾河出海口的地方。

鳥類的洛河[×]泥灘，你們會開始感恩這座城市坐擁如此戲劇化的地景與海景，其美麗與戰略重要性不言可喻。這座城市，直到今天，仍然掌控了北大西洋的東路，對偉大的北大西洋公約組織[××]的艦隊來說仍是座必要的港口，他們會在定期演習時進駐這裡，而那些演習是西方世界為了擊敗國際共產黨威脅所做的準備。現在那個威脅就像在大戰末期那些曾經圍繞在這附近的德國潛水艇一樣真實，而那些潛艇現在都躺在海床上生鏽，它們的沉沒象徵了也提醒了我們決意要保衛民主與自由的理由，提醒了伴著能力與意志力，我們永遠都能夠動員資源來維持那個我們全都有幸生活在其中的民主制度。蘇維埃潛艇悄悄在北大西洋水底下滑行的今日，眾多國家的水手來到了德里，為這城市的生活增添新色，而你們將會記得這座城市曾見證的那些戰爭記號——大批德國俘虜、在U型潛艇[×××]攻擊下英勇的生還者、成列擄獲的德國潛艇、數以百計的美國與英國戰艦、從一九四一年起至今仍存在的偉大美國海軍基地，還有那些前來轟炸這座城市，卻只能無力看著城市屹立不搖的德國戰鬥機——這些戲劇化的景色證明了你們的城市在那巨大的抗爭中所扮演的光榮角色。而再一次，你們又被召喚來參與這場同樣戲劇化卻不是那麼明顯的戰爭：這場戰爭的敵人雖無形卻同樣真實，是一場捍衛人類心與靈的戰爭；一場無信仰對抗信仰的戰爭；一場狡詐詭計對抗人類自由的戰爭；一場冷酷的無神論對抗那和藹溫暖，並在數世紀以來啟發眾多愛爾蘭心靈的基督信仰的戰爭。不向他們屈服，不向那種人屈服，關閉的教堂、集中營、被一個世俗與軍事國家徵收的土地，還有那無神信仰的果實。無神論不僅違背了我們的理性，也違背了我們的直覺。它是不可能獲勝的。愛爾蘭從未選擇這樣的邪惡，因為愛爾蘭與愛爾蘭人信任，而且是完全信任，他們最深層的直覺。與那些一同居住在這些島嶼上的居民，他們會放下使他們分心與無能的地方爭執，或是他們之間一時的區隔，然後轉頭，用更崇高與更卓越的視野，看向那被太陽照亮的人類自由高地，就是庇福納山起伏的斜坡，就是從那片無垠的大海一直延伸到我們內陸城鎮與村莊，保衛我們的廣闊高原。我們內部

× River Roe，位在庇福納山西方，河水直流進福伊爾湖。

×× North Atlantic Treaty Organisation，簡稱NATO，在一九四九年為對抗前蘇聯為主的東歐集團所成立的防禦性組織。會員國共有二十八個，但愛爾蘭在二戰時宣佈為中立國，因此並未加入北約。而北愛屬於英國，也是北約的一員。

××× 原文為U-boat，二戰時對德國潛艇的簡稱。

的爭執不過是家人吵架罷了；當面對外來的敵人，我們這個基督家族必須再度團結在一起，振奮起來保衛我們最重要的自由，就像數世紀以來，每個形形色色的愛爾蘭家族成員都在保護的一樣。我們有許多引領我們至自由的紀念物——從這座城市的城牆到那古老的格黎亞南堡壘，那堡壘環視整片高隆×修道院院址所坐落的腹地，而基督宗教就是從那裡傳播至周遭的島嶼。有著如此的歷史，有著如此的土地，有著如此的人民——做為敵人是有名的慷慨，做為盟友是有名的忠誠——我們能帶著自信面對未來，清楚意識到那遠方大西洋狂野怒吼的海洋，就像是我們所走過的街道，我們所保存的遺跡，與我們所滋養的愛戀一樣，都是我們重要領土的一部分。我知道你們這座城市在之前的大戰中曾做的事，而在這場已然到來的戰爭中將再做一次，而且在未來必定會勝利。這是個沉重的責任。但就是在攸關個人尊嚴與幸福的事態中，這城市的人民就會產生這樣的責任感。我第一次認識這城市的人民是在戰爭時，拜訪設立在馬其學院的海空軍聯合總部，之後我都會定期造訪那裡。在這裡，流行與時尚被視為消遣與不齒，這裡，是個紮根在傳統與延續性的社會，在這裡你會感覺到人類奮鬥與永恆真理的連結。不遵守延續性的感覺，那人類和夏天的蒼蠅比起來也好不了多少。把那感覺當做我們代代相傳的珍貴元素，我們就成了這齣偉大戲劇的演員，這個故事的結局是在超越我們這世界的那個世界，而對那個世界來說，我們的世界是個龐大且光榮的準備。上帝是我們歷史的終點；我們的歷史是要保護敬畏上帝的人、勇敢的人、有騎士精神的人、有禮貌的人，還有謙卑的人。我向你們所有人致敬。」

我們列隊離開了大禮堂，回到班上。每個人都出奇地沉默。

隔天，我們在歷史課上討論了那場演說。麥歐利神父要我們說說第一印象，但沒人回應。難道我們都沒有在聽嗎？他大吼。難道我們都不關心嗎？我們是植物、動物，還是礦物？我們都沒看出此人的造訪與最近的轟炸作戰的關聯嗎？

為了不讓他再繼續發脾氣下去，厄文打斷他問說為什麼要提到庇福納山？那跟共產主義有什麼關係？麥歐利稍微緩和下來，但他在對我們說話時仍稍稍散發出輕視的耐心，解釋說藉由提到庇福納山，那人給了我們關於這個區域還有情況的整體觀點。他是從我們知

×　Columba，也就是聖高隆。

道的某個東西起頭，然後連結到我們所不知道的事情。那是一種教學技巧，他告訴我們。我們得把那些字詞寫下來。又是一片沉默。麥歐利被激怒了，接著跟我們說那場演講的目的是要將我們的眼界從我們這些微不足道的爭吵中提升起來，並讓我們在整個世界中看見自己的地位。那個人有遠見。麥歐利還清楚記得那些U型潛艇在利撒黑利外頭排成一排×；他還清楚記得在湖裡的那些美國船隻；他還清楚記得這件事、那件事，以及其他的事。我們百般無聊，內心裡躁動不安。麥克申問說那人是不是天主教神職人員。當然不是，麥歐利回答，那個人是聖公會教徒，也就是英國國教的神職人員××，雖然對他而言——對我們也是——除了羅馬天主教教會之外就沒有第二種天主教了。他每年都這麼告訴我們。所以我們不應該使用「英國國教」這個詞，因為這樣就承認宗教改革有其正當性。這個差別把我們搞糊塗了。那究竟哪一個比較糟糕，我問，是共產主義還是宗教改革？兩個都很糟，但宗教改革已經是歷史了。共產主義是活生生的威脅。可是在這裡我們不是仍然受到宗教改革的威脅嗎？在這裡它不是反對你成為天主教徒嗎？這正是那場演說要告訴我們的，他一點也不擔心地解釋。忘掉那些陳舊的差別吧。那只是基督家族裡的家人吵架，自己會圓滿解決的。而當那些問題都解決後，共產主義仍然會在那兒，威脅每一個相信天主的人。我們屬於西方世界，所以必須與他們共進退。他告訴我們，我們就是被封閉在自己小小的街道中，才缺乏那人所描述的前瞻性視野，但只要我們保持信仰，只要這樣做，我們就能夠在世界上扮演好自己的角色。面臨世界歷史的種種要求，我們必須認清自身內部那些微不足道的歧異。全球的展望——那才是我們的眼界應該要注視的地方。然後隔天，我們就繼續上我們不變的歐洲歷史。維也納會議[xxx]。歷史是關於趨勢，不是關於人。我們得學習去瞭解那些趨勢。即使他跟那演講者這麼地努力，天主知道我們永遠都學不會的。鐘一響他便衝到外頭走廊，趕在下一堂課開始前抽個煙。

× Lisahally，在福伊爾湖旁，也是英國海軍基地的所在地。在二戰結束後，德國的U型潛艇艦隊向同盟國投降。盟軍在利撒黑利集結了這些潛艇並將它們鑿沉。

×× Anglo-Catholic，或Church of England，中文亦稱英國聖公會。是在一五三四年因亨利八世不滿羅馬天主教教會否決了他與妻子凱撒琳（Catherine of Aragon）的離婚訴求，並逕自宣佈英國教會脫離羅馬天主教，成為獨立的教會，並由英國國王來擔任教會的領導人。之後也受到新教徒宗教改革的影響，修改了許多教義，因此也屬於新教（Protestant）的一支。

××× 維也納會議（Congress of Vienna），在一八一四年至一八一五年由歐洲列強在奧地利維也納所舉行的外交會議。目的是重新界定歐洲各國領土的疆界，以平衡列強之間的實力，維持歐洲的和平。

「政治宣傳，」厄文說，「就是這麼一回事。一開始是對付德國人。接著是對付俄國人。還有總是要對付IRA。英國政治宣傳。德國人和俄國人跟我們有什麼關係？英國人才是我們的問題。麥歐利是個傻子。」

我記得我爸曾帶午餐給一個關在碼頭那邊戰俘營的德國青少年，然後他，他們跟我說，送了把德國手槍給我爸表示謝意——就是幾年前消失在軍警營，之後引起諸多風波的那把手槍。但那只是件微不足道的爭吵，大概吧。我總算開始懂了。全球視野。我需要它。

妳聽我說，女士，伯克警佐對我媽這麼說（或是差不多的話），我不是來給妳添麻煩的，所以放輕鬆。我們的檔案上記錄了很多事情，而我想要搞清楚並一勞永逸解決，而且這些事是我在這裡當警佐之前發生的。啊喲，她沒法正確告訴我他是怎麼把事情全都說出來的，他滔滔不絕就好像熱氣從發高燒的人身上持續冒出一樣。每一回他說不會有麻煩，不會有更多麻煩的，而且他不斷這麼說，我就感覺到麻煩來了，她說，我會感覺到身上的衣服繃緊，就好像有人在我背後用力拉扯。我想死，也想要面對他，但兩個我都辦不到，所以我就坐在那裡，天主原諒我，對他說的話點頭，邊想，親愛的耶穌啊，我體內是不是有個小孩啊，我是不是感覺到肚子裡被踢了一下，那感覺就像以前你們其中一個開始動了一樣，而且我從踢的方式就知道是男生還是女生了——我真的知道——而且我總是對的，因為你爸回家後我就會告訴他寶寶的性別。他總會嘲笑我說的話，但他相信我。如果我說是個女生，他的表情總是比較開心，因為他認為女兒是個更大的奇蹟，不過這並不表示他不想要你們這些男生。他就是那樣子罷了。

伯克來跟她說話的那天我是去上學嗎？即使在她告訴我這件事很久之後，我仍說服自己那天人在家，而且也聽見了他的聲音。隔了三棟房子，從弗萊迪．坎培爾的小屋傳來的鴿子輕柔歌聲，在夏天午後總會讓我昏昏欲睡。我們會幻想是鴿子專家，會用各種名字叫牠們——扇尾鴿、咕咕鴿、傳信鴿，還有和平鴿——每天都看牠們在屋頂上空繞圈振翅飛舞，然後降落在那座小屋帶著皺褶的錫製斜屋頂上。餵給牠們吃的種子及牠們藍白色的排洩物——那白色是乾火炬，那藍色就像是火炬頭上的一隻眼睛——灑滿了整個後院，宛如沒有傷亡的大屠殺場景。伯克是不是就在這樣一個下午來訪，當我躺在那裡打瞌睡的時候？並不是這樣的，但我希望是這樣。事情是發生在一九五七年十二月，我那時還在上學；但是經過了四年，當我準備要上大學了，她才告訴我這件事。然後，我想，會跟我說只是因為我要去法國過暑假，而她有種感覺我可能再也不會回來了，不然就是會死於意外。那是在我離開的前一晚。我爸出門去看他得了重病的弟弟方西。而我開始相信她並不是那麼在意我所知道的事，且更確定不論我知道了什麼，都會保持沉默。

事情必須有個了結，伯克說，完全了結，真的結束。他到底想說什麼？她問他。啊喲，伯克回答，就是與那些悲痛分離，從那之中脫身，和解。看看妳父親，他跟她說，死的時候良知還牽掛著兩個死人，那兩個人都還是錯殺的。看看凱蒂和她破碎的婚姻，還讓小孩沒了父親，而那個父親流亡在外過著兩面生活。看看法蘭克，妳的丈夫，在沉默中過日，一直以為他的家族因為一個告密者而蒙羞，怎麼都不願意談論這些年來所受的苦，任憑身邊的孩子問東問西，還有其他人納悶——納悶為什麼那個小傢伙發現手槍的那個晚上，他那麼輕易就被釋放了。伯克宣稱是他私下把事情搞定的，因為他不想再看到法蘭克受苦了，他知道他並沒有參與任何事。這就是為什麼你要在他面前打我的小孩嗎？她憤怒地問他。這就是為什麼你把他腰部打得黑一塊青一塊的嗎？他必須在其他人面前這麼做啊，他說，政治部的人員都從貝爾伐斯特來了，不這樣做看起來就會很奇怪，而且如果他們接手，法蘭克就會坐很久的牢。他可是費了番功夫才說服他們相信法蘭克是無辜的。不過他現在要跟她說他對那件事很抱歉，此外他對另一件事也很抱歉，就是在扔石頭那件事讓那個年輕小伙子惹上麻煩。不過那小伙子不是也透過主教反將了他一軍嗎？真是個機靈的小子。但那毒素也蔓延到他跟他的兄弟姐妹身上了。不該是停止這一切的時候了嗎？難道沒人想要從中解放出來嗎？為什麼得不斷不斷持續下去呢？

這個嘛，她告訴我，她立刻就連珠炮讓他知道為什麼了。不公不義。那些警察。骯髒的政治。對那些受害者說讓這一切停止吧真是太高傲了。他們該怎麼辦？說他們很抱歉不該有異議，然後回去過著失業、被操弄、被那些自認為理所當然的警察痛打、被那些惡毒治安官跟法官關進牢裡，而那些官其實才該被關進去，關一輩子，因為他們造成的傷害以及那些被他們毀掉的人生？他無話可說。就頭低低坐在那裡，不時嘆氣。然後他問她法蘭克知不知情，她有打算要告訴他嗎？她跟他說這是她和她丈夫之間的事，如果有其他人介入，只會掀起比之前更嚴重的麻煩。

什麼麻煩？我問她。她會怎麼做？天上的耶穌才知道她能做什麼，她哪有什麼權力啊，不過她得讓他們以為她能做些什麼，或會做些什麼。我懂了，她是在虛張聲勢，就像我們在撲克牌裡學到的那樣，在佩服她的同時我不禁猜想她是怎麼堅持下去的。大家都被抓進去了。幾乎一個也不剩。

她一開始一動也不動，她說，但她嚇壞了。伯克就站在廚房中，手裡拿著他的尖頂帽，一身黑色的制服，烏漆抹黑，皮腰帶跟手槍皮套閃閃發亮，手槍上拴著一條皮繩，警棍斜斜掛著。她介意他把帽子脫下來嗎？他能坐下嗎？他腦海裡有一兩件事必須告訴她，詢問她，而且他認為最好是在白天法蘭克去工作時過來。可以嗎，女士？他就真的脫帽坐下，把帽子放在膝上，稍微調整了警棍直到覺得舒適。他身材高大到幾乎把身後窗戶的光都擋住了。她也無法看清他的臉，因為那時天色也快暗了。

門原本沒關，她聽見了輕輕的敲門聲，於是說不管是誰就進來吧，然後他就這麼進來了。她馬上有股衝動要大喊趕他離開，但她發不出聲音。有那麼一會兒她以為是哪裡出意外了，有人死了或受重傷，也許是你爸工作時淹死了，因為他那幾天都下水去拉連接在船上的錨繩，不然就是在船塢的高處工作，得小心翼翼走在那他認為太窄太脆弱、讓他頭暈的舷梯上。他們正在拆解大戰留下的後備艦隊其中一艘軍艦。然後她想到可能是我們其中一個，被運煤卡車碾過，或是被流浪者放養在後頭空地的其中一匹馬踢到。但在他開口說話的那一刻，她就知道並不是這些事。即便如此，她仍在尋找自己的聲音，試著用口水潤溼嘴巴，好減輕突然發乾的喉嚨所引起的疼痛。

伯克說他知道關於凱蒂的女兒，也就是米芙，在英國結婚還生了孩子的事。他聲稱這讓他開始思考自凱蒂結婚以後發生的所有事。有時候這些事情的發展真是太令人遺憾了，要不是又發生了那個陳年的不幸，那本來該是一樁幸福的婚姻，而凱蒂和米芙也就不會被拋棄，一個沒了丈夫，一個沒了父親。政治摧毀了這個地方人們的生活，他說。有些事人們還是別知道的好，特別是年輕人，因為那些苦惱會拖累他們一輩子，這有什麼意義呢？

他說，她告訴我，他想儘快退休，而且他自己也已經受夠了。他想放下那件事，但那對他也很困難。他仍記得他的朋友比利．馬恩，幾十年前，就在條約[x]簽定後槍戰頻傳的那段日子，他們開始一起當警察。二零年代初期，他說，真不是段好日子。北愛爾蘭的誕生真是淒慘。而比利．馬恩的死也很淒慘，因為他並不是那晚在報社外頭該為她父親朋友之死負責的人。令尊，他跟她說，是個冷酷又聰明的人。他逃過了那次殺人的懲罰，在那之後他們也抓不到他的把柄，他真的非常謹慎。我媽說就在這時候她的聲音回復了；她告訴他，她說，他們也使盡一切手段了，伯克警佐就只是點點頭說是啊，他們利用麥伊亨尼，他之後成了凱蒂的丈夫，來報復他。麥伊亨尼是他們的人。他會洩露消息給他們。但就讓他直接陷害艾迪太危險了，所以他們找了個方法讓消息洩露出去，好像是不小心的一樣，說艾迪才是告密者。賴瑞．麥拉夫林是這件事的替死鬼；他以為從警方內部的消息來源得到了指控艾迪的犯罪證據。那是個反間計；而且還奏效了。所以在艾迪被槍殺後，他們本來是要讓她父親知道他犯錯了，可是他們收到命令要繼續讓他們的人麥伊亨尼做臥底待在敵營，他們照做了，直到他娶了凱蒂後，某人發現這件事並告訴了他。他經常猜想那個人是誰；因為他得幫助麥伊亨尼逃走，而且他的狀況糟透了，因為他知道自己再也沒法回來，而他也不想離開年輕的妻子，畢竟就算他們跟她說了，能不能容許她出來找他也是未知數。他問，是不是令尊不准她去芝加哥？才結婚幾個月，她就懷孕了？麥伊亨尼還活著嗎？還有他聽說他再婚了，仍住在那裡而且再也沒和任何人聯絡，那是不是真的呢？

我想告訴她現在沒事了，一切都結束了。但事情還沒結束。她沒有告訴我關於麥伊亨尼與她的事；她沒有告訴我她知道多少，或是他們結婚的時候，我爸知道多少。我知道妳和麥伊亨尼交往過，媽媽。我知道妳並沒有告訴我爸這件事。

我想像要這樣跟她說話，排演那些我永遠都說不出的對話。「妳不知道的事並不會傷害妳，」我會這麼說，「我不知道而妳不肯說出口的事，卻深深傷了我。那就是這裡正發生的事。如果妳更愛我一些，或知道我有多愛妳和他，那妳就會說出一切。妳怎麼會不知道？如果妳願意，我會做任何事，任何事，來幫助妳。」但那是真的嗎，如果她多愛我一點，她就會說出一切？如果她知道還有其他事，但不知道是什麼事，那對她不是更糟嗎，那不就是阻止她對我說更多的原因嗎？憑空想像，好比想像艾迪是怎麼死的，好比還有誰

× 指英愛條約（Anglo-Irish Treaty）。

在那裡，好比究竟發生了什麼事，那或許比只接受一組事實，只接受一個否定掉其他故事的故事，還有接受她所能說出的唯一真相更糟糕。但每一個曾牽扯其中的當事人要嘛死了，要嘛流亡，要嘛用各種方式保持沉默。而我要怎麼知道別人告訴我的是真相？我該不該就直接問她呢？在妳嫁給我爸時，媽媽，妳知道什麼？他知道什麼？你們是什麼時候告訴彼此的？妳為什麼一次又一次要我沉默？妳不記得那些玫瑰花了嗎？妳知道那是怎麼一回事；他也知道。妳為什麼不告訴我？如果妳真的在乎，就會告訴我。即使到現在，妳難道還不明白自己在做什麼嗎，只告訴我伯克所說的話，卻仍不告訴我任何我自己沒有發現的事，不告訴我關於妳和我爸、妳和麥伊亨尼的事，但卻讓我知道其他的一切？

她正看著我。我對她微笑。

PART 3

CHAPTER 6
第六章

待在小地方的人們

一九五八年六月

有一次，我跟我媽說，凱蒂曾告訴我一個奇怪的故事，是她丈夫麥伊亨尼告訴她的。那是在她懷了米芙後不久的事。故事是麥伊亨尼在斯威利湖公車擔任隨車收票員的暑期工作時發生的，那班公車是跑伊尼許歐文路線，定期來往德里與唐尼哥之間——德里、伯恩福特、法漢、邦克拉那、馬林、康多納、格蘭伊利、墨維歐、德里——沿路多個站穿插在屋宇、村舍、邊道間。她知道那個故事嗎？她還記得嗎？

「我記得那個故事的教訓，」她說，「那是他說的。可惜他自己沒有記得那個教訓。」

我又對她說了一次那個故事，試探她的反應。她非常平靜地坐在那兒，就讓我說。

麥伊亨尼的其中一個常客，是個每星期三都從馬林鎮上車的男人，那個鎮就在伊尼許歐文半島的頂端。他叫做西恩。他上公車時，那隻大手掌總會提著一個小小的，而且滿是傷痕的棕色公事箱上車。整趟旅程，他都將它放在膝上，從頭到尾。那裡頭除了一隻嬰兒襪之外什麼都沒有。凱蒂說，麥伊亨尼公佈這件事時，很滿意地對自己點點頭，然後小心把那綹總會在他點頭時掉在臉前的黑髮挑起，擺回原位。哦，他有一頭真的黑髮，她告訴我。至於西恩嘛，就是這樣。沒其他的了。一隻嬰兒襪。她問麥伊亨尼是怎麼知道的，他說西恩曾打開皮箱把襪子拿給他看，還說：「你看一看。當我找到相搭配的另一隻那天，就是我停止這旅程的時候。」

這個嘛，西恩好像在幾年前失去了他的幼女。她是死在德里的一間熱病醫院。她下午才被送進去，然後在下午茶的時間就死了。那個傍晚，西恩把她全部的東西都收了回來，但有隻襪子不見了。他仍試著要找到它。他每天都到醫院去，就坐在候診室，而護士會進來告訴他說他們很抱歉，他們找過了，但就是找不到。他們都會遷就他。要他們假裝找到相符的另一隻一點意義也沒有，因為，首先，他們從來沒看過放在公事箱的那一隻；另外，第二，不管怎樣，西恩都會對任何一隻襪子說，不對，這隻根本不相符。而且有很多人就像他一樣，麥伊亨尼說。如果你看過帶上那班公車的行李裡都裝了些什麼，你就會開始懷疑自己是活在什麼樣的世界。鄉下人都很奇怪，他說。他們對每件事都往心裡去，就算是意外也一樣。如果發生某個災難，他們總會找某些原因來責怪某些地方，某些人，更經常責怪他們自己。從馬林來的西恩相信在他收集到每一件曾屬於她的東西之前，他的孩子是沒法上天堂的。那是為了孩子的死，責怪他自己的方式。麥伊亨尼被問到了那隻襪子的顏色。黃色，襪口邊緣有一條紅斑紋。他說，馬林的西恩為他孩子所創造的，是最糟糕的一種懲罰——不讓她好好死去，就這樣困在今世與來世之間。唐尼哥，甚至整個愛爾蘭的空氣中，都是這樣的人，他宣稱，都是因為我們糟糕的歷史。看看格蘭維山谷[x]那頭的利群伯爵[xx]。邪惡的雜種，清光了山谷裡的人，還因此挨了槍。當然啦，他也沒法安息。每個晚上入夜時分，他仍會騎馬走在那條路上，朝他們射殺他的樹籬而去；一個騎在馬上的身影，像個剪影一樣，戴了頂寬邊帽，還穿了件斗篷。那匹馬一點聲音都沒有。牠就沿路飛奔，直到靠近那叢樹籬，接著，大概有一、兩秒鐘，你會聽見牠用馬蹄連番敲地的聲音。就在你聽見這些聲音的同時，那馬背上的人影瞬間消失無蹤；但當你再看向路那頭，它又出現了，寂然無聲滑進黑暗之中。利群伯爵和他的同類在審判日到來之前就會一直像那樣：非生，非死，只是漂浮在空氣中的影子。

我想像公車在墨維歐外頭的路邊乍停後，麥伊亨尼站在門口，在司機的對面，而那座湖就在格林卡索、雷得卡索，與奎格利岬[xxx]下方延伸開展，一直到庫歐摩爾岬那兒沉靜的河段，我爸就是從那裡划船載李恩與我渡河。我媽說她還記得他唱過一首關於克里斯洛格移民的歌××××，那是座我從沒見過的小鎮，就隱藏在北唐尼哥的海岸上，在往愛爾蘭語區拉納伐斯特與洛格努爾的路上，我真希望能去那裡好好學那個已經被我在父母面前摧殘得支離破碎的語言。

× Glenveagh，源自愛爾蘭文Gleann Bheatha，意思為「白樺樹之谷」。位在唐尼哥郡，現已成為國家公園。

×× Lord Leitrim，這裡指的是威廉·悉尼·克禮門茲（William Sydney Clements，1806-1878），第三任利群伯爵。他在任期間脾氣易怒且時常驅離他領地上的農民，因此樹敵無數，且數次遭遇刺殺，卻都幸運生還。但在一八七八年仍遭遇刺殺，不治身亡。

××× Greencastle、Redcastle、Quigley's Point，這三個鎮都是位在福伊爾湖的西岸，歸屬唐尼哥郡界內。

×××× 那首歌的歌名是〈在克里斯洛格收割玉米〉（Cutting Corn in Creeslough），內容是敘述一位來自提爾康諾的美麗女孩，諾琳·包恩，在移民到美國的路上，得了傳染病而死的故事。

那這個故事的寓意是什麼？我問她。

喔，她回答，就是來自小地方的人會犯大錯。不會比其他人犯的錯更嚴重。但在小地方對大錯的容忍空間比較小。她諷刺地笑了。

「而他現在知道了，」她說，「我們也都知道了。」

瘋子喬與母親

白從喬被精神病院放出來後，都會定期來拜訪我媽。我爸下班回來時，如果喬還在家裡嘮叨不休，他就會低聲咒罵。喬的外貌還是沒變，既古怪又有活力。喬現在只會對我媽談天說地。她和他有什麼好聊的？我爸會大聲問我們。她怎麼能夠忍受他那些嘰哩咕嚕的胡說八道？我爸出現後，喬就不會多待。他會站起來，戴上他的帽子，對我媽再次脫帽一揮，然後鄭重說：「親愛的，時光飛逝。我得離開了。」

可是當我下午下課回家，他就常常已經在家裡了，坐在沙發上，對著空氣說話，不時還起身做手勢或擺姿勢，而我媽就躺靠在扶手椅上，似乎專注於喬在她面前上演的一人分飾多角戲碼，裡頭淨是他在精神病院裡的回憶或幻想。我們兩三個人會把書包扔到桌子底下，待著看與聽喬蹦跳表演。

他在精神病院那段時間最深刻的記憶就是被男護士毆打，如果他惹惱他們，就會被扔進裝滿冰水的浴池。與他的狀況共生，他說，就是與他自身的不幸成婚——神智清醒的狀態嫁給了瘋顛的狀態；對他已瘋的認知嫁給對他還理智的認知；知道他是無害的，但他的狀況卻讓其他人變得有害。然後大家還以為他沒有結婚！他就像所認識的每個人一樣陷入不幸的婚姻。結束那個狀況對任何一對夫妻來說，他說，都是種恩賜。難道不是如此嗎？他去通風報信之後，他對我媽說，向那個妳知道的誰通報關於另一個你知道誰的事，看看這為他惹上了多少麻煩，但再看看這為他與她避掉了多少麻煩，所以他並沒有錯吧？他沒錯吧？難道不是這樣嗎，太太？他沒有瘋。

接著他會開始哭，然後我媽就會起身告訴他現在沒事了，他已經離開那裡，不用再回去了；一切都結束了。但是喬會搖頭說還沒結束，他的親戚會送他回去，沒人受得了他，要和他一起生活太困難了，可是為什麼會這樣，他到底做了什麼？

不過他很快又會開始露出笑容，並在我們走動的時候對我們點頭。我也很同情他，但她對他的憐憫讓我生氣。為什麼她不對我們，對我爸表現出同樣的關心？

某天，就在我爸進門，在洗碗間洗手時，喬站起來，一如往常揮舞他的帽子，然後在我們所有人面前說：「不過即使如此，太太，即使如此，我從沒告訴他們妳的故事。家族秘密就是家族秘密。當然他們本來也可能跑來這裡親自告訴他所有的事情。」洗碗間的水聲停了下來。我媽把手指放到嘴唇上。

「夠了，喬。」她說。

「我發誓，太太。由我來保管王家珠寶再安全不過了。沒有必要把秘密說出來，是吧？如果太多人知道了，那秘密還有什麼用呢？」

我爸走進來，邊用毛巾擦著手臂和手掌，一臉探究的神情。喬逃走了，他幾乎是躬著身倒退離開正門走廊的。

「他剛才是在說什麼？」我爸問。

我媽迴避了那個問題。喬，老是胡言亂語的。每回從精神病院出來，他的腦袋就被攪得更混亂。或許是她回答我爸時低頭的樣子，或許只是喬說的所有話的累積——但我突然知道了。

啊，主啊。我現在知道了。全部的經過，那最終的哀傷。媽媽，妳最後的秘密在喬那裡。在瘋子喬鬆散保管下，那秘密就在格蘭夏精神病院裡一下上了鎖，一下又開放。

母親

一九五八年十一月

我媽，就好像知道瘋子喬讓我釐清了什麼事，對我產生了敵意。她一直持續低強度戰爭。不用了，讓吉拉把煤炭搬進來吧。不用了，讓埃門去肉店吧。不用了，讓笛兒卓幫她泡茶吧。不可以，她認為我不可以去看電影，況且她也沒有我需要的三便士。更有甚者，不用了，我不用去凱蒂家幫她傳話；讓其他人去做吧。更何況凱蒂之前跟她說李恩在傳話上比較機伶。我最好專注在學校的功課上，這陣子太偷懶了。我今年要考初級會考×了，她期望我能在每一個科目都拿優等。十科優等？愛爾蘭語、英語、歷史、法語、希臘語、拉丁文、地理、幾何學、數學，還有藝術。她用手指算了一遍。在這之後，還有全愛爾蘭宗教知識會考。禮拜儀式、教義，還有聖經。我一樣也得好好表現。她把這些事一件件點出來時，一直維持著嚴厲的表情。

「沒問題，」我說，「十科優等。」

結果我拿到九科——藝術只有合格——她問說那個十科的約定是怎樣。我跟她說我毀約了。我只是開玩笑。她不是。

「你是毀約了。是毀約了。」她應道。

我在宗教知識測驗得到了高分，但那一樣不夠好。

「如果你再努力一點，就會是全愛爾蘭第一名了。」她指責我說。

她就這樣持續到冬天。在魂靈夜，我們在大教堂進進出出，唸著祈禱文好讓一個又一個的靈魂安眠。小時候，我們相信冬天夜空的每顆流星都是從業火中被釋放而進入天國的靈魂，是每個進入永恆的肉體。今天，如同以往，我們特別為烏娜祈禱，還有在她之後那些逝世的親人——外祖父母、艾迪、艾娜——接著是所有在煉獄中臨近最終救贖的靈魂。

× Junior Certificate examination，在愛爾蘭，學生通常在進入中學就讀的第三年會參加初級會考，由學生自選九到十二項科目（英語、愛爾蘭語與數學為必選）來測驗。通過的學生就表示已完成中學前三年的初級課程。之後就會進入「過渡年」（transi:ion year），在這一年，學生可以透過不同的方式，包括打工或去上各種不同的課程（不用考試）來發展或探索自己的未來，並以此在中學的最後兩年針對兩種不同類型的畢業會考（Leaving Certificate，分為申請大學用或技職型測驗）做準備。

在唸完一組祈禱文之後我們會先離開教堂，然後再進去唸下一組。她看到布蘭登・墨倫與我在外頭和兩個女生說話。晚些時候，回到家，她告訴我她看見我在教堂外可恥的行為，在這樣一個神聖的夜晚竟和小女生們糾纏，讓她一想到那個蠢貨就是她兒子便覺得羞愧。接下來有好一陣子她不會讓我晚上還在外頭待著了。

操他的，我想。她是要怎樣？挑戰我嗎？我什麼都沒說。

看得出來我爸為此感到心煩與疑惑，但他不打算在我們面前對她說什麼。他五十歲了。看上去還要更老。當他教我怎麼打拳，怎麼移動我的腳，傾斜我的身體，並用他的手握著我的拳頭好把我的大姆指收在手掌中，他的手和今年年初比起來感覺變小了，那時因為新年他發給我們每個人一先令的紅包，然後在大教堂的鐘聲於冰霜中響起時與我們一個個握手。

我媽不斷疏遠每個人；帶著敵意的圓滑，緩緩溜出我們的掌握。她說話時憤怒仍停留在眼中，但沉默時一陣空洞的恐慌便會取而代之。我為了她，從張伯倫街某個賣花的攤販那兒偷了朵金色鳶尾花，走進廚房，把花給她，並對她說：「別再擔心了。我絕對一個字也不會說。別擔心。一切都過去了。」

她接過那朵有三個頭，每個頭各三瓣的花。

「你聽好了，」她說，邊把花瓣扯下來，一次一片，然後就讓它們落在地板上：

「如果你想說，你就說，」

一片花瓣落下。

「如果不想說，那也無所謂。」

另一片盤旋落在油氈上。

「克服它，了結它，
父親、愛人、丈夫、兒子。」

她冷冷笑了，然後把那朵殘花扔在地板上，雙手叉在胸口前後搖著，邊哼著不成調的曲子。她臉頰兩旁耳朵以上的頭髮都白了。

我撿起花與花瓣，扔進了外頭庭院的垃圾桶。她已經差不多離我而去了。我還記得我摧殘那些玫瑰的那天，她是怎麼把手放在心口上的，而且才明白那時她的臉龐是多麼年輕。從窗戶望進去，我看到她仍前後搖晃著，我的心向她而去，正如我希望能再次像從前一樣愛她。但我只能因為做不到而悲傷；並且因為她同樣也無法再像從前一樣愛我而更加悲傷。空氣因為雨水而變得刺痛。

「你對她說了什麼嗎？發生了什麼事嗎？」我爸問我。

「沒有。我什麼都沒說。」我回答，覺得我真的說出了最重要的真相，雖然他無法瞭解。

他嘆了口氣。「我不曉得她怎麼會這麼不喜歡你。別心煩，她也沒法控制，天主會看顧她的。」

她又待在大廳的窗戶邊了。但她不喜歡有人陪她站在那邊說話，特別是我。她就在那兒陪伴她的那些鬼魂。現在鬧鬼對我來說有了新的意義——現在我成了那個鬼影。所有的事都壓在她身上。她變得更萎小，更緊繃，她的面容被封印到只剩下兩或三種表情。除此之外，她還變得沉默。我爸說服她讓醫生來看她。「她被焦慮控制住了。」他宣布說，並開了鎮靜劑，但她不肯吃。「別再讓那個傻瓜靠近我。」她對我爸說。

有家叫伯明罕唱機的公司在布萊巷開了間工廠，離我們只有幾百碼而已。他們雇用了很多人。看著男人和那些在僅存的幾間襯衫工廠工作的女人同時下班回家還挺不可思議的。這整個改變了附近街坊的行動模式。此外，很多人都直接從工廠買到了便宜的電唱機；整條街變得更吵了，特別是夏天，家家戶戶的門窗都開著，然後音樂就高聲放出來。我們也買了一台，而且每天晚上我爸下班回家就播放那三張唱片——都是詠嘆調選輯×，大多是從義大利歌劇選出來的。當詠嘆調從那綠灰相間的盒子流洩而出，他會閉上眼往

× 詠嘆調（aria），歌劇中的伴奏獨唱曲。

後躺，完全沉浸在吉利[×]的歌聲中然後什麼都不管。我媽就坐著，無動於衷，或許甚至沒在聽，雖然我偶爾會覺得看到她哀傷地望著他，就好像他是個不知大禍將臨頭的年輕小伙子似的。我的最愛是畢約林[××]唱的一首詠嘆調；歐菲斯太早回頭，因此失去了尤莉迪絲——Che farò sense Euridice[×××]?[××××]那曲子就像是漫長的聲音巫術一樣從那張黑色的唱片蜿蜒出來。有時候我會坐在電唱機旁邊，面對著她，而那時候音樂就好像是從我體內蜿蜒而出，一首哀悼失去她的悲歌。

隨著便利的新式電唱機，有人想到應該在提爾康諾街底的艾希菲爾德社區會堂舉辦有音樂與跳舞的社交之夜。每隔週的星期二，各年齡層的人都來了。通常在跳舞與唱歌的時候，我都不安地坐在一旁斜眼看著，以免有女生，甚至是我姐姐艾莉許，來邀請我跳舞。不過我根本不用擔心。反而是瘋子喬過來了，依然揮舞著他的手杖，就在我身邊的長凳，在這個社區會堂最黑暗的角落裡坐下。沒有活動會邀請喬，不過他什麼活動都去——婚禮、守靈、生日宴會、週年紀念，還有舞會。他直盯著舞者們在地板上四處移動，那空間是把所有的長凳堆到會堂兩頭才清出來的。他的假牙滑進滑出，在半空中的微笑，在他臉上的微笑，就這樣交替著。我仍能聽見他嘴巴的吸咂聲，雖然周圍都是唱片舞曲的噪音——還有人群的聲音。有個住在凱伯街的女生靠近了，還朝我的方向微笑。我對她露出了我的牙齒，心想自己一定看起來就像喬一樣，在要亮不亮的會堂裡打出了個似笑非笑的旗語。不過她又離開了。我希望自己會跳舞，但跳舞不是唯一的問題。還有觸碰及跟女生聊天，而且還得在長輩的注視下。

「離女人遠一點，小子。別讓她們的笑容騙了你。」

× 這裡指的是義大利歌劇演員貝里亞米諾・吉利（Beniamino Gigli，1890-1957），他是當時最傑出的男高音之一。

×× 畢約林（Jussi Björling，1911-1960），瑞典男高音。

××× 希臘神話中，歐菲斯（Orpheus）是個傑出的七弦琴手，而尤莉迪絲（Eurydice）是他的妻子。有天尤莉迪絲為了躲避薩堤爾（Satyr，上半身為人，下半身為羊的混血生物）的追趕而不慎被毒蛇咬中腳踝而亡。傷心欲絕的歐菲斯決心進入冥界，試圖讓妻子復活。在冥界歐菲斯如願見到了冥王黑帝斯（Hades）與其妻波瑟芬妮（Persephone），並用音樂打動了他們。黑帝斯答應讓尤莉迪絲跟隨在歐菲斯背後回到人間，但唯一的條件是在兩人都回到人間之前，歐菲斯絕不可回頭看尤莉迪絲，否則她便得再次回到冥界，永遠不得復生。一路上，歐菲斯強忍焦慮，都未曾回頭看。但就在他踏上人間的土地時，因為著急與興奮便回頭看，忘了尤莉迪絲仍在冥界，她也因此消失在歐菲斯的眼前。

×××× 義大利文，意思是「失去尤莉迪絲的我以後要怎麼辦」。

這下他要說：「專心在足球上。」我想，邊覺得噁心。

「專心在你的書本上。」他建議，邊拍著我露出的膝蓋，還稍微捏了一把。我把我的身體往內縮，避開了他。

「齷齪的命運！」

「齷齪，什麼意思？」

「命運就是宿命啊。一旦你懂這個，你就會懂每一件事了。為什麼每個人都這麼笨？你有很多書要看，這我懂，如果你懂這個雙關語的話，不過我很確定你不懂。又來一個那種女人。叫她滾開。我有話跟你說。」

不過，不管她是誰，根本一點興趣都沒有。她看也不看就走過我們。李恩在跳舞。他邊揮舞雙臂邊彈手指。羨慕的心情就像個陷阱突然在我體內展開。喬又輕輕碰了我的膝蓋。牙齒進，牙齒出。吸啞的聲音。他的右手在那根與地板垂直的手杖的彎曲部分來回移動。他的另一隻手在身旁亂晃。

「性慾的熱火。那就是所有鼓聲的目的。這音樂會讓你噁心。應該被禁的。」

我看見我媽與凱蒂還有其他幾個女人圍坐在講台邊的桌子，音樂正是從講台上播放出來。凱蒂輕揉著雙眼，而我媽彎身靠近她，邊跟她說話邊拍著她露出來的手臂。我在想凱蒂是為了什麼而難過。我爸坐在會堂盡頭的板凳上，直挺挺，一個人，雖然他好像稍微有點笑容。其他大部分和他同年紀的男人都在會堂的角落，圍在一張桌子邊，喝酒。我能聽見他們的談話一波波傳來傳去：「啊聽我說，我說啊，我說啊，聽聽這個……」「接著我轉過身，說不管是你，還是你的家人都沒人可以……」喬停止了吸咂，轉向我，鎮定的臉上滿是瘋狂。

「機智問答來了。在某個地方，有人死了卻成為鬼繼續活下去，另有人像鬼一樣活著卻像個男人一樣死去，還有人本來應該像個男人一樣死去，卻為了像鬼一樣活下去而逃走。那是什麼地方？」

他又把手放在我的膝蓋上。我不理會。他揉著我的膝蓋，就好像那是他手杖上的彎柄一樣。我看著他的手在我身上遊移。會堂裡的噪音糟糕透了。就在他瞪著我的臉時，他的牙齒滑了出來。

× 原文為「Filthy lot」，亦有「下流傢伙」的意思。另外，lot也有「很多」的意思，這也和瘋子喬接下來說的話有關。

「是哪裡呢？是哪裡呢？」

「我不知道。你告訴我吧。」

「不知道？我告訴你？我可以告訴你任何地方啊。埃及？巴西？大西洋？遠得要死的地方？聖經裡？少來了。猜啊，你這個呆瓜。你該死的明明很清楚。」

他用力揉我的膝蓋，就在那時候有人把我從椅子上整個抬了起來，放在地上。我爸抓著我衣領的後頭，並憤怒地瞪著喬。

「你再也不准碰他，聽見了嗎？」

喬露出懼色，還用一隻手遮住臉，什麼都沒說。他就那樣坐在那兒，另一隻手仍緊握他的手杖。大家都看向我們這兒。我爸把我推到他前頭。

「離喬遠一點；他的腦袋生病了。你剛才跟他坐一起幹什麼？去和你同年紀的人跳舞或聊天啊。去啊。」

他把我往前推，我就在他前頭遊蕩，瞧見我媽和凱蒂背過身看著地板，聽到我爸又坐回我身後的位子，看到喬在我們離開他時，一隻手臂橫擋在臉前，那雙狂野的眼睛直瞪著。有個女生碰了我的手臂。

「你想跳舞嗎？」

我感激地與她一起走向舞池，想要緊緊抱住她。

隔天，我媽也叫我離瘋子喬遠一點。我太常和他在一起了，她聲稱，而他不太正常。我絕對不可以讓他碰我。他很古怪。妳是指他是同性戀嗎？我問。她幾乎是懷疑這個詞的存在般搖頭。接著她又搖了搖頭。

「天主原諒我，天主原諒我曾做過的事。」她痛哭說。

她不只是被過去發生的事困陷住，也被我的知情困陷住了。那一定是羞愧，我認為。她被羞愧癱瘓了。她為了對我爸所做的事而羞愧。她覺得羞愧，我知道。每次她看見我，就覺得秘密被揭發了，即使我清楚表示我什麼都不會說，甚至還試圖表明我瞭解她為什麼會有如此的舉止。不過我還是無法完全瞭解，除非我能知道更多事。我想問她，是否曾經愛過麥伊亨尼，真心愛他。但我害怕她可能會說她仍然愛他，甚或她這些年來仍斷斷續續愛著他，從她第一次和他外出約會，經歷了他離開她然後娶了凱蒂，經歷了她藉由喬的幫助指認出他是告密者，經歷了她向他通風報信並看著他遠走高飛消失於芝加哥，經歷了凱蒂的悲傷，最後是經歷了她在四年後遇見我爸並得知艾迪對他與他家人的意義。我不想聽到在那整段時期或其中任何一段日子她曾愛過他，雖然我知道其中一定有部分是真的。最後，當她與我爸站在祭壇前的走道要完婚時，有哪些是她不知情的？她父親下令處決艾迪這事嗎？她不知道的只有這件嗎？那他知道些什麼？只有他哥哥是個被槍決的告密者嗎？可是從他們一九三五年結婚後也過了這麼多年。所有關於艾迪已經逃走消失的那些故事、提示，還有那些掩飾。難道他都沒發現艾迪的故事與麥伊亨尼的故事有多麼相似嗎？他怎麼可能會沒注意到那些關聯，怎麼可能沒發現這故事是另一個故事的翻版？還是他其實是知道的，且默默吞下他的痛苦、他的懷疑，因為一旦說出口便會毀了一切，會讓他們的婚姻陷入絕境？

伯克警佐過世了，他那幾個當神父的兒子共同在大教堂為他舉辦了安息彌撒。主教也出席了葬體。

「他怎麼可以這樣！」我媽不滿地說。

她不肯聽我們解釋說警察與神職人員向來都是彼此勾結。對她來說才沒有這回事。這是私人恩怨。所有事都是私人恩怨。這我瞭解。必然如此，因為她所珍惜的每件事物都與背叛密不可分。

有一次我問她想要什麼生日禮物。

「只要那天，」她回答，「就只要在那一天，五月十七日，我能忘記每一件事。不然至少讓回憶不被勾起。你能送我那個嗎？」

我沒有回答。

「你為什麼不離開？」她問我。「這樣說不定我總算能好好照顧你爸，而不會有你在旁邊直盯著我看。」

我告訴她我會的。我會離開的，大學畢業後。那個承諾，就是她的生日禮物。她點點頭。就在她朝我伸出手時，我走開了。

對母親忠誠讓我不忠於父親。為了避免我會忍不住把知道的所有事告訴他，我跟他保持距離，也知道他注意到了，卻無法說什麼來解釋。我到貝爾伐斯特上大學，高興的是住在那裡能擺脫那緊逼的壓力，遺憾的是我把每件事都處理得一團糟，在父母與自己之間製造了一道隔閡，這也成了我唯一能愛他們的方式。因此，我在自己腦海裡慶祝所有的紀念日：所有的死亡，所有的背叛——為了他們兩人——年復一年，直到，讓我高興和意外的是，它們開始變得混亂夾纏，讓我有時懷疑這一切是不是全是自己憑空想像。

糾纏在心頭的事，以其方式而言，是很具體的。每一件事都必須精確，就算是含糊曖昧本身也一樣。我家族的歷史也是像那樣。我是一點一點得知的，從那些很少完全認清自己所言的人身上。我所記得的某些事情，並不是我真的記得。只是有人告訴我那些事，所以現在我覺得自己記得，而且我想記得更多事，因為對其他人來說將其遺忘是如此重要。有人曾告訴我，在雙親下葬的那一晚，我爸是怎麼被人發現躺在高街上曾住過的那棟房子後頭的工具屋裡，就躺在裝煤炭的布袋與劈好的木柴之間，不停地哭泣。我想像那個情景並相信了，但當我再次看著他，我懷疑：那是我爸嗎？

我爸。他很想受教育。在我拿到學歷從貝爾伐斯特回來的那個晚上，我進到了擠滿人與說話聲的廚房。在那之前我已經喝了幾杯，覺得飄飄然的，所以當我踏進門，他們都期待地抬頭看向我時，我本來計畫要擺出一副絕望的樣子，假裝自己失敗了，但一看到我爸從門後的椅子站起身來，臉色發白，雙腳僵硬，房子的椽木又突然猛降下來，大西洋上空的雲將光線推集成光束，而他直起身子時我正好抬頭仰望他，於是立刻改口：「我拿到了。優等。」他的大手抱住了我的肩膀一秒鐘，並且笑了。

「優等，」他邊說邊坐下，「優等。」他對自己低聲說。等其他人又開始聊天時，他頭低了下來，我媽朝他點點頭說：「他從——我們從六點就在等你的消息。你怎麼現在才回來？現在都半夜一點了。」

「我在貝爾伐斯特喝了一兩杯。」

「喝了一兩杯！」他們全都重複了一次，還大笑。

「如果明早不用工作的話我也會喝一杯。」他從門後頭走了出來，「但我今晚會好好睡一覺的。」

他上樓去了。他這輩子從沒喝過酒。從那之後，我重建了幾百次他在那吵雜廚房門後的守夜經歷，就像我從那些殘存的故事來重建他的人生，關於他死去的雙親、他失蹤的大哥、他自己也不知道的事，還有，對我來說，那親愛的沉默。哦，爸爸。

在門後的那個男人，在煤炭小屋內哭泣的男孩，在那條塵埃飛揚的路上漫步，被毀掉的玫瑰花床，在教堂裡的告解，他那受人背叛死去的哥哥——這就是全部了嗎？就這麼一輩子？到底他感覺有多苦，還是因為傷心過度而陷入沉靜？他究竟知道還是不知道多少事？

我還記得早在我知道任何事之前，有個晚上我們都在聽BBC[×]廣播的一場拳擊賽，那場比賽是英國重量級冠軍布魯斯．伍卡克[××]對上一個叫約瑟夫．巴克西[×××]的捷克斯洛伐克礦

× BBC，英國廣播公司（British Broadcasting Corporatior），一九二二年正式成立。

×× 布魯斯．伍卡克（Bruce Woodcock，1920-1997），一九四五年至一九五零年為英國重量級拳擊冠軍，一九四六年至一九四九年為歐洲重量級拳擊冠軍。

××× 約瑟夫．巴克西（Josef Baksi，1922-1977），美籍捷克斯洛伐克裔的重量級拳擊手。在一九四七年他向伍卡克挑戰，而且在第一回合便將伍卡克擊倒三次，在第二回合又擊倒了兩次。之後幾回合，伍卡克雖然試圖反擊，但裁判仍在第七回合終止了比賽，比賽由積分較高的巴克西勝出。伍卡克則因下巴斷裂住院。

工。當然啦，我爸懂一些拳擊，而且仍保有興趣，雖然他自己說對這運動感到厭倦。那是場慘烈的拳賽。伍卡克被打得體無完膚，但仍站在擂台上堅持了十二回合。播報員尖叫的聲音就好像有人站在他的脖子上一樣；觀眾的噪音似乎也讓置於收音機擴音器上的布料鼓了起來。我爸就好像有把槍抵在他背後一樣聽著。

「停止比賽，」他不時對收音機說，「停止比賽。」

他曾一度站起身關掉收音機，在隨之而來的寂靜中點了根約翰玩家的海軍版香煙×，一直抽到整撮的香煙灰散落在他的指關節上。然後他又打開收音機。已經是最後一回合。伍卡克被打得滿擂台跑。然後比賽就結束了。

「勇敢但是愚蠢。」他說，隨後他先走到外頭的後院清掃，接著進到煤炭小屋把大塊的煤岩打碎成一塊塊的黑色鑽石及發出微光的流彈，再把木塊拖出來砍成粗糙的木棍，小屋則隨著擊打而晃動。我走出來看，但他沒有轉身就把我趕走。我媽要我們安靜上床睡覺去。當她把手指放在嘴唇上，我就知道他的哀傷並不是我想像出來的，可是我無法去理解。我整晚都沒睡，然後聽到他在早上六點出門。我偷溜到大廳窗前看他穿過後巷，走上了新路，手上還提著他的午餐盒。但那一點用也沒有。我什麼都沒解出來，而那天我在學校累到打了兩次瞌睡。

「噓，」柯林斯修士說，「我們不可以大聲說話。可能會吵醒他的。或許我們應該小聲唱一小段搖籃曲。一、二、三。」

當我張開眼，他的臉離我只有一公釐，但我只看見我爸。然後挨揍時，那一下下擊打晃動著昨晚的小屋，而我幾乎毫無感覺。

× John Player's Navy Cut，由英國香煙公司John Player出產的香煙品牌。海軍版之所以得名，是因為水手習慣將不同種類的煙草用繩子綑綁在一起，讓它們吸收彼此的味道，然後再將煙草分切給其他水手。

之後

一九七一年七月

我沒跟其他人說我所知道的事，就連李恩也沒有，而且希望我媽會注意到我一直遵守與她的約定。可是她似乎根本不關心。我們兩人都知道的事分隔了我們。我為她也為他悲傷。我為我自己悲傷。我要失去她了。她的雙唇維持緊閉，一年年過去，她的外表變得愈加嚴厲，越來越像她有著羅馬式冷酷的父親。就好像陪我爸一起，我留心著各個紀念日的日期，那些我認為她一年中一定記得且會哀悼或慶祝的日子。她與麥伊亨尼那段關係的開始與結束、艾迪的死、米芙的出生、麥伊亨尼的失蹤、與我爸成婚、烏娜的死、她母親的死、她父親的死、我們的出生、米芙的婚禮。而我爸，雖然不知道關於麥伊亨尼的事，也參與了一部分的事件，或許還有宿仇、他雙親的死，以及艾娜的死——它們比他所知的，也比她所希望的還要更加糾結。說不定他們不會慶祝這些日子；說不定唯一能讓他們——特別是她——繼續走下去的方式就是遺忘，不斷遺忘。凱蒂停下來了，就像一個凍結在時間中的人；她不再追求什麼，就單純省著花她現有的，然後在米芙的小孩——總共四個——來探望時歡迎他們，並看著整個家族對他們及馬可斯的態度軟化，直到最後他們儘管不常來訪，但仍彷彿一直都屬於大家族的一份子，雖有點像是異國人，但已不再是無法接受的了。

在過了這麼多年以後，是不是什麼都沒有說呢？隨著我們長大，隨著他們的婚姻因為那些她緊緊保存在心中的秘密而慢慢突變。而他也感覺到了，即使他也以為自己已經擺脫了所知道的那個秘密，因為他已經告訴我們了，儘管那並不是真相。我就看著他們一同老去。她似乎不像之前那樣被往事糾纏；他仍舊焦慮，周身有種惶惶不安的氛圍。他知道隱隱中有什麼，但他並不真的想要弄清楚。

對他來說或許這是明智的決定，他不讓那些多年來一直像從緩釋膠囊中逐漸釋放出來的毒素，以足以致命的劑量一次進入他體內，也因此才保住了婚姻。我寧可就地死去，也不願對他說，或是在她面前暗示，任何關於那個最後充塞於他們小小生活空間的大錯誤。當然，喬並沒有帶著關於麥伊亨尼的情報去找IRA。他不會知道要去哪裡找他們。他找了我媽。我對這點毫無疑問。就好像是她坦白告訴我一樣。是她帶著喬去找我外公，並要喬說出一九二六年七月八日那天晚上所看到的事情，他看到麥伊亨尼半夜從伯克的警車走出來。就是在那時候外公清楚明白他錯怪艾迪了。但即使如此，我媽仍不知道艾迪之死的全貌——只知道艾迪是被錯殺的。但不知道是她父親下的令。她那時不可能知道，不然那個晚上她就不會那麼傷心，那晚我陪著她瀕死的父親，而她如此痛苦地下樓，邊說著艾迪的名字。她所知道的事情已經夠糟了。麥伊亨尼，她妹妹的丈夫，她曾愛過——或許仍愛著——並拋棄她的人，是個告密者。現在她要告發他。但她不願就這樣判他死刑，或許也就是她之後去找他，並跟他說他的臥底身分已經曝光，最好遠走高飛。然後她嫁給了我爸，永遠封閉她自己，永遠被糾纏。

她小小的身影處在樓梯轉角；我離開家的時候，對她的記憶就是如此。被糾纏，被糾纏。現在每件事都變得明確了，卻也顯得更加虛幻。之前我是多麼想要知道是什麼事在折磨她，後來我自己卻反而成了那個折磨。過去有段時間，她都會在一年一度的安崔國家賽馬大會[×]下注。小小冒險一下，她是這麼說的。每一年她都會押注在抽到十三號的馬匹上。有一年，我幫她下注兩先令而且贏了。我跑回到下注商拿彩金，再把錢拿回家給她。她拿到錢笑了，還給了我一個擁抱。

「是你帶給我的好運。」她那時說。

那是好久以前的事了。

我媽在一九六八年十月北愛問題[××]發生時，因為中風失去說話的能力，我覺得那幾乎是種恩典。我會看著她，封印在自身的沉默中，而現在她會對我稍稍微笑，並緩緩地，幾乎是察覺不到地，搖著她的頭。我也打算封印這一切。我猜想，終於，我們現在能愛彼此了。現在我們能為彼此帶來好運了。

我們被陸軍發射的催淚瓦斯嗆過，看過或聽過爆炸、槍聲、隨著急亂的碎玻璃聲逼近的暴動、汽油彈的火光、個別的喊叫聲變成了一陣漫長的低吼，以及警棍反覆敲在鎮暴盾

× 安崔國家賽馬大會（Aintree Grand National），自一八三九年開始，每年固定在英國利物浦的安崔賽馬道舉辦的全國賽馬大會。

×× 北愛爾蘭問題（The Troubles），自一九六零年代後期至一九九八年簽訂北愛爾蘭和平協議前，在北愛爾蘭境內天主教徒與新教徒間的暴力衝突。

上的聲音。現在電視總是開著，但她就盯著卻沒在看。軍隊開火或IRA在狙擊的時候，我們求她別站在窗前看，這她倒看得認真。這些事完全沒有妨礙她在樓梯、大廳及壁爐之間遊逛，而舊的火爐已經換成了瓷磚壁爐，這也讓柴火的入口變得赤裸與乏味。

有時我爸會坐在她旁邊，握著她的手，看著電視，兩人都聽著外頭的噪音——喊叫、偶爾的來福槍聲，不時還有在市區炸彈爆炸的震動與轟隆聲。這時候房子裡只剩他們倆了。每個人都搬出去，離開，結婚了；但我們常常去看他們。我以前會好奇看著與聽著外頭的戰爭，對他們會有什麼影響。那棟房子兩度被英國士兵搜索且嚴重損害；埃門被逮捕然後釋放了；吉拉在某場暴動被警察用警棍打。在這之間，我爸保持和我媽一樣的沉默。我想像，在她的沉默之中，她輕撫他的手，歪著嘴對他微笑，讓他梳她的頭髮，順從地為他低下頭的種種樣子，她已經坦然告訴他且得到他的諒解了。我還是小孩的時候，從不相信他們是愛人，現在我相信了。

而突然，就在退休之前，他心臟病發作了。他因為提早一年退休而失去了退休金。現在，隨著週遭的戰爭加劇，他們兩人只能虛弱地坐在那裡，困在外頭的喧囂及裡頭電視宣傳的噪音中。

有個週末我去看他們，我是在星期五傍晚到達。那個星期很糟糕。兩天前，有個臉塗黑的英國士兵在搜街行動時，蹲坐在前頭門階上被一個IRA狙擊手射殺了。我爸聽到倒地砰的一聲，他努力從扶手椅站起來，然後把門開了條小縫。他看見那個人就躺在那兒，臉朝上，嘴巴開開。他很快把門關上，然後他們兩人都聽到其他士兵的吼叫，那扇門被踹開，槍火四射。我到的時候他仍渾身發顫；接著，幾個小時後，有人來敲門。我開門看見個男人，他躊躇地脫下帽子，問說能不能與屋內的人談談那個星期三在這裡被殺的士兵。我還來不及說什麼，他連忙補充說他不是軍方情報員或警察。他是那個士兵的父親。我請他進門。他對我父母介紹自己，說他來自約克郡[×]，是個礦工，而他的兒子喬治，據說是在我們家門前被射殺的。他想知道是不是有人看見事情的經過。接著是一陣沉默。我爸媽就看著他。他知道，那個約克郡人說，他知道這附近的人對英國士兵的感覺。但這是他的兒子。

× 約克郡（Yorkshire），位在英國本島的東北部。

我爸，雖然他這幾天都喘不過氣來，仍問他想不想喝杯茶。我把茶端來。我媽面無表情地盯著他，那種茫然只有無法說話的人才能掌握。

這個嘛，我爸告訴那個英國人說，他兒子當下就死了。他有聽到倒地的聲音，沒聽到槍聲。他有開門看。那孩子就躺在那兒，臉色相當平靜。但他死了，確實死了。

「所以他沒有受苦，沒有說什麼？」礦工問。

沒有。他們又多聊了一會兒，但也沒有什麼可多說的。那個英國人的雙手一直發抖，我們跟他說我們為他的痛苦感到遺憾，他點點頭，然後離去。

「可憐的人，」我爸說，「我很同情他。雖然他兒子是那些傢伙的其中一個。這世界真奇怪。」

沒過多久，我爸第二次心臟病發作，並在睡夢中殺了他。我媽坐在棺材旁，沒有流淚，她的手放在他交叉的雙手上，或他的額頭上；她會稍稍顫抖，就好像是因為他身軀的涼意。他是在軍方宣布宵禁的那天過世。週遭區域從晚上九點到隔天早上九點都是封閉的，而街上的路障則趁機被拆除。那天晚上，我先聽見裝甲車開進來的聲音，隨後才從樓上的窗戶看見它。推土機打頭陣，在路燈燈光下，它們的鏟子不斷抬起與降下把路障推到一旁。跟在後頭的是裝甲運兵車，邊偵查邊停下，在路障四周小心翼翼地探勘，照明燈低掃過後巷與小街。其他裝甲卡車，上頭架著槍，前頭亮著黃白色的車燈，搭配堅硬的高壓輪胎，車身閃著紅色的條狀側燈，在轉彎時隱約顯露出裡頭面對面並排坐，身穿酪梨色戰鬥服的士兵。

我躺著卻沒睡著，直到黎明聽到馬蹄聲響才又起身到窗前。就好像在作夢一樣，我看見一個年輕的吉普賽男生騎在一匹灰色斑紋馬上，沉穩穿過瓦礫的碎屑。他並沒有使用馬鞍，即使仍是宵禁時間，他就這麼輕輕抓著馬鬃，消失於幾個小時前軍隊行進的方向。他消失後，那踢踏的馬蹄聲仍在平靜的街道間迴盪。

我下樓去泡茶。在玄關，我聽見一聲嘆息，於是回頭看向大廳窗戶。那裡一個影子也沒有。那一定是我媽在睡夢中發出的嘆息聲，也許，是為了我爸。那是她在舊世界的最後一覺。到九點，宵禁就結束了。那天傍晚我們就會把我爸帶到樓梯窗戶外頭的那座大教堂，而她則會沉默地爬上樓回臥房，並在樓梯轉角那兒暫停，向外凝視教堂的尖頂，在那底下，那個晚上，暗下的祭壇前，他就如此純真地躺著。

真相會說故事：在黑暗中閱讀的救贖

逢甲大學外文系教授、台師大英語系兼任教授／莊坤良

喬伊斯在《尤利西斯》一書中說：「歷史是一場惡夢，我正在設法從夢裡醒過來」。一九二一年的「英愛協議」（Anglo-Irish Treaty）把愛爾蘭分隔為南、北愛爾蘭，北愛爾蘭歸屬英國統治。這個政治現實，演變成所謂的「愛爾蘭麻煩」（The Troubles），為愛爾蘭在一九六零年代末期的動盪，埋下因子。尤其北愛的愛爾蘭子民，更是陷入一種認同分歧的麻煩。英國的壓迫性殖民統治與愛爾蘭共和軍的反殖民鬥爭，進入長期的對抗狀態，雙方的暴力仇恨相向，讓北愛子民生活在惡夢中。

本書作者丁恩出生北愛德里（Derry）的一個天主教家庭，在成長階段親身經歷這段衝突的歷史，感受尤深。他這本自傳式的小說以小男孩作為敍述者，描述小男孩在四零、五零年代，在德里這個南北愛國界交接處成長的經驗。小說檢視在北愛錯綜複雜的政治環境下，小男孩的個人成長、家族秘密和愛爾蘭歷史三者如何互相糾纏交織成一則深沉的故事。

小說以小男孩的大伯艾迪被他外公以背叛者的污名私下槍決作為故事中心，而此一事

件逐發展成家族的禁忌話題。艾迪在北愛警察與愛爾蘭共和軍的衝突事件中，被誣陷為告密者，觸犯了愛爾蘭共和軍（IRA）的大忌。但事實的真相是告密者另有其人，也就是小男孩的姨丈麥伊亨尼。麥伊亨尼在娶阿姨之前曾是母親的情人，而且就是母親偷偷通知姨丈他被人發現向英國告密，勸他趕緊逃走。麥伊亨尼立即拋棄懷孕的阿姨逃到美國，從此失去聯絡。母親不敢告訴父親真相，但也因為這個不能說的秘密而承受巨大的壓力。

這個不能說的禁忌，牽動整個家族成員，每個人都受到不同程度的痛苦。

小男孩因好奇而探索這個家族禁忌，試圖解開真相，但真相最殘酷，叫人無法承受。小男孩的母親就質問他：「你就不能讓過去的事情過去嗎？」但發生過的事情不會消失，它變成記憶，如鬼魂般不斷回來騷擾生者。母親因之經常失心見到鬼，受苦極深。父親因自己的哥哥之故，覺得家族蒙羞。小男孩也因為這個汙名的詛咒而遭到同儕的排擠。有一回他向警察丟石頭，卻被栽贓為「抓耙仔」。父親痛打他一頓，指責他缺少對抗的勇氣。在殖民抗爭氛圍下，「一日告密者，終身告密者」變成北愛天主教社群內部的暴力邏輯。國族大義凌駕父子親情，扭曲了基本人性。此外，外公主持革命「正義」，親手殺害自己的族人。阿姨原是無端的受害者，莫名失去丈夫，被迫獨力扶養幼子，但最該被同情的她卻回過頭來安慰間接加害自己的姐姐。這些違背人性的種種錯亂行為，都在北愛的殖民與反殖民抗爭中，找到了合理化的藉口。政治摧毀了北愛人民的正常生活。英國的高壓統治，激起更大的抗拒，雙方陷入互相殺戮報復的惡性循環。

除了上述政治的暴力外，小男孩也面臨宗教的威權教化。喬伊斯曾說，愛爾蘭人是「一僕二主」，一是政治上的英國人，一是天主教羅馬教會。宗教高於一切，成長於北愛的小男孩，也被教導「唯一值得過的人生就是生活在終極的光芒之中」。他在學校的數學課，神父以荒謬的問題刁難學生，學生不管怎麼回答都錯。他的教學不重啟發，重背誦，以懲罰脅迫學生屈服。神職人員和英國警察一樣，成了北愛心靈自由的壓迫者。小男孩特別喜歡聽舅公康斯坦丁的故事。舅公年輕時嗜讀天主教禁書法國作家伏爾泰的作品。伏爾泰信仰自由，批判教會和神職人員濫權。小男孩和外公談康斯坦丁，雖然外公批評康斯坦丁因失去信仰而失明，但小男孩卻私下在心理上認同康斯坦丁的追求自由。他說：「我從沒有見過康斯坦丁，但對我們來說那是個偉大的名字，唯一被公認的異端，他最後的崩潰成了神父們令人哀傷的勝利宣傳，而他們現在都成了我的老師。」康斯坦丁成了他的偶像和精神解放的象徵。

成長中的小男孩面臨內外的壓力，特別嚮往自由。他受到爸爸誤解懲罰時，心中的念頭是：「我得逃跑，我想。芝加哥？」他沒去過芝加哥，但聽說姨丈去了芝加哥後就得到自由了。爭取政治的自由、信仰的自由、思考的自由、精神的自由，這些念頭隱約在他心中萌芽，但又說不清：「自由。在這個地方嗎？以前不曾有，以後也不會有。說到底，它到底是什麼？去做你喜歡的事的自由，那是一回事。去做你應該做的事的自由，那是另一回事。兩者很接近卻又差很遠。」對北愛的子民而言，自我實踐的自由仍是可望不可及，因為「喜歡」和「應該」之間，依然有著沉重的國族責任。

這本小說談成長之痛，特別是在北愛的情境下，成長變得尤其艱辛而苦澀。小說的調子雖然陰鬱，但丁恩不忘穿插幾段黑色幽默的描寫。面對苦難的環境，幽默具有解放的功能。〈瘋子喬〉一章，就有這樣的作用。瘋子喬經常在圖書館附近徘徊，他「自顧自地點頭和微笑、哼著歌、甩轉著他的手杖，還有對女人舉帽……他那張臉好像個面具掛在他的大頭上，然後那顆頭，放在他那瘦小的身體上，就像隻昆蟲的頭一樣搖來晃去」。他刻意接近敏感聰慧的小男孩，他們的邂逅，開啟了一段變調的啟蒙。瘋子喬領了小男孩在圖書館裡看裸女的畫像，告訴他男女之間的肌膚之親，還有荒誕的狐狸與人的情慾，這些性與慾望的人性需求，開啟了小男孩對這世界的想像與理解。北愛在政治與宗教上的荒謬現實，扭曲的社群與家族關係，壓得人喘不過氣來，小孩只能以這種變調的方式尋求解放與自由，去摸索自己的成長之道。

小說雖然談的是深沉的故事，但丁恩的寫作筆觸其實還蠻詩意的。例如，在〈血〉一章，「我爸的家族支離破碎，讓我覺得像個得保持沉默才能與它共處的災禍，像場危險的大火，得讓它自己漸漸消退」。這幾句意象鮮明而語意密度高的話描寫了小男孩的家庭，像一場火，太靠近了就有被火灼傷的危險。同樣〈血〉這章的結尾：「我覺得我們住在一個空曠的空間，其中迴盪著他的長嚎。又有些時候，那空間有如一座迷宮般狡詐與錯綜綿延，經過精心設計，而其最深處有個人正在啜泣」。丁恩寫艾迪大伯的冤情，從無盡的深淵裡傳來的一聲哭泣，引讀者同悲。又在〈外公〉一章的結尾：「在我還小的時候，我晚上就躺在樓梯平台，聽樓下廚房裡的大人說話，然後趴在欄杆上想像是矮牆的邊緣，而我正在掉落，掉進玄關那條河流，就像根木頭一樣聾一樣光亮」。這些天啟式的結尾讀來具有強烈的詩意，但也傳達更多成長所面臨的幽微、無法言說的感情，值得我們細細品味。

本書的書名《在黑暗中閱讀》與書中的一章同名。小男孩在黑暗中閱讀他的第一本小說《柵番渥》，這是一本有關一七九八愛爾蘭起義的故事，內容涉及民族主義、愛情與背叛，也是一本他的政治啟蒙小說。小男孩沉溺於書中激情的世界，他在夜裡思索小說的情節與想像它的可能發展。他用浮華的修辭來陳述愛爾蘭的故事，但他的英文老師卻偏好一位農村小孩平凡平淡的書寫，沒有強烈的故事性，只有樸實、單純、虔誠等人性的善良。雖然小男孩質疑說：「那只是平凡的生活——沒有叛亂或是情愫或是夜裡在丘陵間危險的逃亡。」只有晚餐桌上平靜的等待，似乎不值得書寫。但學校老師卻說，寫作「就是把事實寫出來」。

丁恩說得很委婉，愛爾蘭的歷史紀實向來就是激情掛帥，而忽略了日常生活的平實。事實上，激情與平凡是構成真實生活的兩個面向，兩者互相映照。就像這章的結尾，丁恩意有所指點出兩者的互補性：「但是我一直想起那篇作文裡的那對母子在荷蘭式內景等待的樣子，桌上擺著牛奶罐和奶油，而他們後頭與上頭是那些來自叛亂裏著圍巾的瘦弱身影，在大火之上與令人發疼的強風之下嘶嘶作響。」忠實善良的常民，卑微地期待和平，與為民族大義起而反抗的義士，共同構成北愛社群的歷史面貌。

這本小說以禁忌開始，但也暗示如果我們不能打破禁忌，正視事實真相，歷史將是惡夢一場。小說的引言：「每對結縭的愛侶，總有一人懷著未曾訴說的哀淒。」是個暗喻。未說的秘密，最終會變成一個禁忌，甚至於成了世代遺傳的詛咒，禁錮個人、家族或國族的靈魂。丁恩本人為《田野日愛爾蘭文選集》（Field Day Anthology of Irish Writings）的主編，這個計畫透過寫作，以北愛在地人的觀點，梳理歷史，挖掘故事，來檢討與批判後殖民愛爾蘭。丁恩的這部小說藉由小男孩探索家族禁忌的故事，「把事實寫出來」，開啟了閱讀與書寫北愛經驗的新方向。

讀／獨愛的哀愁

台大外文系教授／曾麗玲

丁恩出身於一九四零年代北愛非常靠近南愛邊界的德里市（Derry），他與諾貝爾文學獎得主悉尼（Seamus Heaney）結識一輩子，兩人同念市區有名天主教私立聖可倫布文法中學六年，之後，悉尼進北愛皇后大學就讀，丁恩則入劍橋大學彭勃羅克學院，並取得博士學位，其博士論文標題為「一七九八至一八二四年法國啟蒙思想家在英國的境遇與聲望」。之後丁恩曾在美國柏克萊、愛爾蘭都柏林大學、美國聖母大學執教，最後從聖母大學退休。丁恩以其兩本文學批評專書著稱——一九八七的《凱爾特復興：早期愛爾蘭文學1880-1980》及一九九五的《奇異國度：1790起愛爾蘭寫作中的現代性與國家》。此外，他在一九九一年一手策劃三大冊由諾頓出版社出版的《田野日愛爾蘭文選集550-1988》，也令人津津樂道，這是他與愛爾蘭戲劇家傅立爾（Brian Friel）、史蒂芬·瑞（Stephen Rea）、科若依（Tom Kilroy）、詩人悉尼與湯姆·保林（Tom Paulin）、及音樂家大衛·哈蒙（David Hammond）等人合作推出的一系列重省愛爾蘭文學創作、批評系列之一。二零零零年後，丁恩則擔任企鵝出版社古典系列喬伊斯作品叢書的總編輯，同時也是美國聖母大學與愛爾蘭寇克大學學院（University College Cork）聯合出版愛爾蘭研究叢書的總策劃。

相較於與他有瑜亮情節的悉尼來說，丁恩創作的成績就比較不起眼，其實丁恩在擔任都柏林大學學院（University College Dublin）講師的七零年代早期，就出版了他的第一部詩集，當時的悉尼早已發跡，並已出版三部詩集受到肯定。接著，到八零年代末，丁恩一共出版了四部詩集，之後，他就先停下創作之筆，轉向他後來被學界肯定的文學批評大業。一九九六年丁恩推出了自傳式小說《在黑暗中閱讀》，讓他文人作家的身份再度被大眾認可，這本小說在愛爾蘭及英國獲獎無數，如獲得英國衛報一九九六年度小說大獎、也入圍當年的布克獎。小說已被翻譯成多國語言，由從丁恩曾經執教的都柏林大學學院取得博士學位、現執教於高雄文藻外語大學英文系的謝志賢助理教授所翻譯的譯本，藉由他精準的中文譯文，及詳盡且具有高度參考價值的大量註釋，使華文界讀者首次能親炙丁恩震撼人心的文采。

根據丁恩一九九七年夏天接受英國民間文教組織「英語與媒體中心」及登在該中心刊物《英語與媒體雜誌》的訪談[×]，《在黑暗中閱讀》最直接呈現的主題當然就是記憶的書

× The English and Media Magazine, No. 36, Summer 1997.

寫。這本小說的標題，充滿多元解讀的可能性。丁恩坦承「在黑暗中閱讀」就是他童年最深刻的記憶，他與其他三個兄弟共睡一房，兩個弟弟睡上鋪，他與哥哥睡下鋪，他總在大家已就寢之後還持續閱讀小說類的故事書籍，每每遭致同室兄弟們的抗議，丁恩只好放下未看完的書，關燈入睡。但在黑暗中腦裡仍迴旋著剛剛讀到的故事情節，總不耐需等到白天才能再看到故事之後的進展，故丁恩總是在黑暗中忙著想像故事結局。所以，丁恩說他小時候真的幾乎每晚就「在黑暗中（繼續）閱讀」。這整段非常自傳性的情節也直接出現在小說的開頭不久、日期記載著一九四八年十月〈在黑暗中閱讀〉那一章裡。在這一章當中，男孩敍述者提到他平生閱讀的第一本小說《珊番渥》，此書背景為一七九八年愛爾蘭反英抗暴的革命，這個故事可說是與他家族政治認同若合符節的經典著作，然而，這本經典小說就是靠敍述者每晚斷斷續續在黑暗中接力完成閱讀、也可說共同創作的啟蒙之作。

此外，丁恩小說裡的男孩敍述者面對他家族不能言說的背叛與秘密，也可類比成一種類似「置身於黑暗中」、或「未知」（in the dark）的經驗，小說就是他慢慢洞察家族黑暗秘密的過程。然而，面對家族中如同禁忌話題的背叛秘密時，男孩敍述者一方面急切地想在家人、親戚、社區當中尋求讓秘密水落石出的線索，但另一方面，隨著部分秘密抽絲剝繭般地浮現答案時，愈接近真相越愈是不忍面對、甚而想逃離事實，所以，「黑暗」或「暗影」及其對應的「未知不明」的意象貫穿全書。

此時，就可討論丁恩在訪談中點到他小說的另一主旨，那就是事實與真相之間的辯證，小說裡常常凸顯事實與真相常不能等同的體驗，可分成兩個層次演繹：層次一，即便敍述者極盡所能，如偵探辦案細究證據線索，礙於北愛德里市錯綜複雜的政治、宗教、派系所謂的「事實」或現狀，敍述者有永遠捉摸不到完整「真相」的挫折；層次二，即令主角湊齊了所有的「事實」，他反而因為近鄉情怯，不堪、不能、也無能直視最終「真相」的顯露。如此與後現代解構不謀而合的真理無從可尋／循的體悟，體現在小說表面看似以日記體順時順序式的章節排列，但細究內容則並不總是順時間的敍述安排外，敍事的內容還千瘡百孔，前後事件還不一定連貫，究其目的就在呈現小說雖然事實看似已到位，但並不表示真相就必然昭然若揭的主旨。

訪談裡，丁恩接續闡釋小說下一個十分相關的主題為攸關個人／政治層面裡盤根錯節的秘密與謊言。小說裡最令人震驚的秘密就是原來參與一九二二年愛爾蘭獨立運動的艾迪被外界認為是死於革命槍戰當中，其實他被認為是告密出賣愛爾蘭共和軍戰友的罪人，後被愛爾蘭共和軍處決，成為敍述者全家的羞辱，他的背叛更也是禁忌話題。然而，敍述者最終從他外公那兒發現，原來艾迪被誣陷致死，其實，真正的內賊是敍述者遁逃至美國的姨丈麥伊亨尼，而他的母親竟然在婚前與後來成為妹婿的麥伊亨尼曾有過一段情，是她通風報信，協助麥伊亨尼脫逃至美國，而敍述者的外公則是在愛爾蘭共和軍裡指使處決艾迪的人。這個家中出現「愛奸」的事件成為敍述者的父親，即艾迪的弟弟，永遠在人前抬不起頭來的主要原因。小說裡因而凸顯在北愛，個人的悲劇及創傷與政治事件息息相關，政治抗爭所帶來的衝突與災難，立即衝擊著家庭倫理與人際關係。丁恩的小說也直指從十九世紀以來愛爾蘭抗暴、反英國殖民歷史裡層出不窮、也最令人不安的「背叛」主題。二百多年的愛爾蘭抗爭運動是一部地下非法秘密抗暴組織前仆後繼發動各種「反抗」、「起義」的武裝革命史，然而，秘密行動與造成屢次革命失敗的背叛、出賣也一直相伴相隨這一脈「令人失望的」歷史（借用《尤利西斯》裡斯提芬有名的感嘆詞×）。小說最令人震驚的揭密就是麥伊亨尼才是真正的洩密者，他在小說裡背叛了所有的人，他不僅背叛了他的政治信仰（愛爾蘭共和軍），更背叛了他的愛人（即敍述者的母親）、他的妻子（敍述者的阿姨凱蒂）、妻子當時腹中懷著的孩子、以及被構陷的艾迪（敍述者的伯伯）。他的背叛除了直接毀壞革命的目標外，更令人心驚的則是，背叛讓人對於彼此的認知失據，讓即便是號稱最為親近的人也無法讓人確認是否曾經真正認識過他，此人於是在小說中變形為一「影子」，所有關係人對他的認識好像為真，但一旦知道他的背叛行之有年，且程度之深時，他就突然像是影子般那麼不真實。這樣的痛心體驗，也可呼應前面丁恩所說「事實」與「真相」之辯證主題。

除抽絲剝繭解開這個宗族裡最大的秘密外，小說也記錄許多民間傳說及鬼故事，特別藉由小說裡最愛說故事、可說繼承愛爾蘭西方鄉間口述傳統的凱蒂阿姨來呈現，丁恩在訪談裡解釋在愛爾蘭敘事傳統裡，以鬼或「影子」為主角的故事，通常扮演「暗號」（code）的功能，像愛爾蘭流傳許多有關嬰孩被仙群偷走的傳說故事，就是暗示當時社會中有發生女子遺棄未婚產下之嬰孩這種違背善良民俗的情事。當然，凱蒂阿姨所說的鬼故事裡面暗示有關僭越道德界線的訊息，在小說裡直指敘述者母親無法對她丈夫坦白（儘管是婚前）不貞的秘密，丁恩寫下這本自傳性極高的小說，表面上是一種「自我發現」的過程，但書寫此自我發現的過程本身也是另一種的自我發現，最終他也希望是對他「自我的

× 《尤利西斯》第二章斯提芬教歷史課時，在課堂上順著學生答錯歷史問答的答案借題發揮，評論國王鎮碼頭是一座「令人失望的橋」Ulysses 2. 39)，意指愛爾蘭歷史當中與英國的關係充滿令人失望的結局。

原諒」，因為他的書寫不可避免地揭發他母親與外公不可告人的秘密及罪行，他的家人身陷愛爾蘭冤冤相報的大環境裡，他作為事件主角的第二代，無可避免地繼承上一代的哀怨情仇，他的書寫既想解冤但又無可避免地結怨，如此治絲愈棼的情愫也是小說令人震撼不已的原因。

在北愛，個人就等於政治的情況歸根究底必須回到北愛仍處於「被殖民」的狀態，丁恩在訪談裡直指敍述者母親在知道被麥伊亨尼背叛的事實後，因無法面對此殘忍的真相，整個人退縮到無言的悲傷與沈默當中，她的狀態就是愛爾蘭仍處於被殖民處境的直接病徵，丁恩說到：「母親的悲傷與愛爾蘭歷史裡常有的經驗如出一轍，也就是，無從表明、無從全面傳達看似的真實或現實，連她自己都無從理解『自己曾身歷其境的歷史』，更遑論她要對別人表達了。」丁恩直接用了「傷殘」（maim）這個字眼來描述母親與被殖民的北愛爾蘭處境，無從表白就是一種愛爾蘭歷史的創傷，敍述者母親面對歷史的創傷時，只能複製整個愛爾蘭史被掠奪發言權的傷痛及結果，那就是唯有無言與沈默以對了。

做為仍未脫離殖民狀態的愛爾蘭作家，丁恩特別有感語言在愛爾蘭文學扮演的角色，他以葉慈名言「英語是我與生俱來（native）的語言，但非我母語」來解釋愛爾蘭奇異的語言處境。他提及許多人小時候經歷學校禁說母語蓋爾語的措施，讓說蓋爾語的小孩在胸前掛上一根木條，白天在學校說了幾次母語，在木條上就被刻上幾次劃記，回到家之後，就會被家長打幾次的恐怖記憶。此為愛爾蘭人隨英國殖民者起舞，對自己的母語持續進行「自我肢解」，直到萬劫不復的慘境。丁恩分析，愛爾蘭文學特色之一便是失語、拙於辭令與辯才無礙這三個面向之間深層的辯證關係，寫《在黑暗中閱讀》時，丁恩的確運用結合多重文類與語言——民間故事、傳奇故事、虛構、或自傳；愛爾蘭古語、英語，及由英語所代表的法律、教育，以及現代性。他的小說講的是有關傳統與現代的關係，以及一個傳統社會如何進入現代的故事。

在接受訪談的一九九七年夏天，北愛正處於和平協議的前夕，當時北愛已歷經二十八年的「低密度戰役」狀態[×]，可說是破曉前最長的黑夜，被問到他對北愛未來的憧憬時，他回答英國與愛爾蘭共和軍兩方都必須先鬆解其武裝行動，和平才有曙光，然此前景在

× 丁恩引用1970-2年間領導北愛政府鎮壓愛爾蘭共和軍暴亂的英國反叛亂（counterinsurgency）行動紀德生少將（Frank Kitson）針對當時制訂英國應如何平定北愛暴亂策略的用詞。

一九九七年的當時，連丁恩都覺得希望渺茫，但他最後仍極有信心地預言二零二零年會有新天新地的可能，「屆時我們都將會有二零二零前景」。歷史的演進何其緩慢又何其快速：一九九八年復活節北愛政府與愛爾蘭共和軍所支持的新芬黨聯合簽署黑色星期五和平協定，通過北愛留英或脱英的決定將由全體北愛住民公投自決，也終於將和平帶進戰火延綿的北愛。從那以後的北愛得以休養生息，住民棄意識型態、改拼經濟，在南愛創造的「凱爾特之虎」（Celtic Tiger）經濟奇蹟裡也貢獻良多，當然之後因經濟復甦而國力大增的兩愛也無法自外於二零零八年全球金融危機的衝擊，凱爾特之虎的大愛爾蘭經濟體也從雲端的榮景重重被打趴掉回地面，直到二零一四年愛爾蘭經濟泡沫化的危機才總算開始止血。孰料，二零一六年六月二十三日英國公投脱歐之舉，將非常諷刺地讓北愛（再次）遠離仍留在歐盟的南愛。歷史的循環似乎屢試不爽，丁恩小說故事開始的一九二二年是讓南北愛硬生生劃界分離的開始，一九九六年丁恩寫下這歷史發展之後生存在北愛家族的故事，所有的恩怨情仇在寫作的當年仍無化解的契機，但在英國的脱歐公投剛開始發酵的今天來讀丁恩的小說，小說裡事實與真相的辯論可說換了一種形式持續產生作用——北愛脱歐後與南愛的邊界即將再起，丁恩小說裡所有因為硬性邊界劃分所導致的災難及犧牲，二十年後因新（經貿）疆界再立，是否會以新的形式出現於兩愛人民之間？新時代的讀者應該會因此歷史巨變而興起見山、見水如何又是山、又是水的感慨與難題吧，這也是丁恩這本完成於二十世紀末有關他「前世」的小說，在二十一世紀出奇不意創造之「來生」（afterlife），值得「今生」的讀者細細思量。

譯後記

在黑暗中閱讀

二零一四年十一月某日午後，再次確認譯文與原文無誤後，我闔上了筆電與書，這本在二零一一年耶誕夜前夕，一時興起開頭譯了兩段的譯作終於完成了。將近三年的時間，一度為了完成博士論文而中斷翻譯，直到回到台灣才又專心將其譯完。完成的當下，雖感到興奮，卻也略感失落，畢竟是個從愛爾蘭「糾纏」我回到台灣的作品；譯完它，似乎便完結了最後一個與愛爾蘭的連繫，正式宣告「往事只能回味」。

第一次讀《在黑暗中閱讀》是因為這是愛爾蘭文學碩士班小說課的指定文本之一，只有一星期的時間來看完並準備好在課堂上討論。初讀時便覺得丁恩的文字細膩，情節安排也讓人不禁好奇探究那個糾纏家族的秘密究竟是什麼，直到最後真相大白，卻又不禁唏噓那不能說的秘密，終究還是得埋葬在沉默中。幾天後，歷經三小時不間斷的課堂討論與滿滿筆記，感覺自己對這本小說似乎多瞭解了一點，卻又說不清究竟懂了什麼。直到幾年後開始翻譯它，一字一字細讀，才將那草蛇灰線漸漸拼湊起來。翻譯與註解《在黑暗中閱讀》一書，成了檢視與反省自己在愛爾蘭所學的過程，也是回想那六年異鄉生活的媒介。六年時間說長不長，也夠一個人學習與成長，只是成長的過程究竟真的懂了多少，又是另一回事了。就像小說裡無名的敍事者，在黑暗中一點一點拼湊自己過去的所知所聞，直到最後才發現仍有太多需要也想要知道的事。

對我而言，完成《在黑暗中閱讀》的中譯象徵了一個階段的結束，亦是下個志業的開端。愛爾蘭作家在主題、風格、技巧等，都是英語文學獨特甚至前衛的一支。這個在歐洲西陲的島國，沒有豐沛的天然資源，只有不定的天氣與青草地。英國超過四百年的殖民統治與隨之而來的宗教紛爭，更讓愛爾蘭人的生活苦上加苦。愛爾蘭當代作家羅迪・多義爾（Roddy Doyle）就在他的首本小說《承諾》（The Commitments）自嘲愛爾蘭在歐洲的地位：「愛爾蘭人是歐洲的黑鬼。」艱苦的生活雖折磨愛爾蘭人的身，卻困不住他們的心，就如蕭伯納所說：「愛爾蘭人的心中除了想像力外一無所有。」做為一個喜愛愛爾蘭文學的譯者，我所能做且想做的，便是視自己為譯經師，將愛爾蘭文學與裡頭的無邊想像力譯介給台灣讀者，只盼「所傳無謬」，爾後「薪滅形碎，唯舌不灰」罷了。

愛爾蘭文學是英語文學界舉足輕重的一門學問，但在以英、美文學為主流的台灣卻只是小眾，因此要在台灣出版愛爾蘭文學的譯作與相關作品不是易事。《在黑暗中閱讀》中譯本能問世，要感謝一人出版社的支持與投入；在審閱譯稿時，看的不是作者與作品的名氣，而是耐心讀完譯稿，認同這部作品的重要性與魅力。我也要謝謝臺灣愛爾蘭研究學會的諸位先進對我的鼓勵與指導，特別要感謝逢甲大學莊坤良教授與台灣大學曾麗玲教授兩位老師為中譯本寫推薦序。翻譯一本書是曠日費時的工作，除了個人的投入，更需要家人支持。我要謝謝他們對我的體諒，讓我能在甫回國的「無業期間」，天天泡在咖啡廳，埋首翻譯。也因為這個機緣，我才能認識我的太太惠芳，她親手沖泡的咖啡是讓我能完成這譯本的最大功臣。婚後，她仍是全力支持我對愛爾蘭文學研究與翻譯的投入。我要謝謝她對我的包容與付出，更要感激她願意與一個在大多數人眼中「沒有正當職業」的我交往，最後步入禮堂，共結連理。

最後我要謝謝我的父親。他在我於都柏林求學時因意外過世。是他教導我要有「橫眉冷對千夫指」的氣魄與體會，我才能對自己所愛全心投入。是他教導我何謂文人的風骨，我才能將自己所學視為職志。我會堅持自己的信念，並繼續投入愛爾蘭文學的引介與翻譯。我想，這才是對他給我的教導最大的回報。

二零一七年七月十二日　於高雄

在黑暗中閱讀

Reading in the Dark

作者：薛穆斯・丁恩 Seamus Deane
選書翻譯：謝志賢
編輯：劉霽
封面設計：賴逸軒
內頁編排：陳恩安

出版：一人出版社
地址：臺北市南京東路一段二十五號十樓之四
電話：(02)25372497
傳真：(02)25374409
網址：Alonepublishing.blogspot.com
信箱：Alonepublishing@gmail.com

總經銷：聯合發行股份有限公司
電話：(02)2917-8022
傳真：(02)2915-6275

二〇一七年十月　初版
定價新台幣三五〇元

國家圖書館出版品預行編目（CIP）資料

在黑暗中閱讀／薛穆斯・丁恩（Seamus Deane）作；謝志賢選書翻譯. -- 初版. -- 臺北市：一人，2017.10
368面；13×19.8公分
譯自：Reading in the dark
ISBN 978-986-92781-4-0（平裝）
884.157　　106015615

本書由 Literature Ireland 贊助出版

This book was published with the support of Literature Ireland

LITERATURE IRELAND

Promoting and Translating Irish Writing